Harald Schmidt
GIB MIR DEIN WORT
Im Schatten der Mafia

Dank sagen möchte ich an dieser Stelle den Menschen, die mir bei der Herstellung dieses Werkes maßgeblich zur Seite standen. Besonders genannt werden sollten Claudio Gabriele und seine liebe Gattin Giovanna, die nicht nur als Namensgeber für meine Protagonisten herhielten, sondern mir auch wertvolle Tipps für Inhalte zur Story geben konnten. Ohne die Hilfe der Lektorin Simona Turini wäre die Geschichte nur Stückwerk geblieben. Sie feilte und formulierte um, bis jeder Fehler, jede Unlogik beseitigt war. Es tat gut, bei einem Roman, der teilweise in Italien spielt, italienische Freunde an seiner Seite zu wissen.

Harald Schmidt

GIB MIR DEIN WORT

Im Schatten der Mafia

*Bibliografische Information der Deutschen Nationalbibliothek:
Die Deutsche Nationalbibliothek verzeichnet diese Publikation in der Deutschen Nationalbibliografie; detaillierte bibliografische Daten sind im Internet über http://dnb.dnb.de abrufbar.*

© 2016 Harald Schmidt

*Covergestaltung: Alexander Kopainski
www.kopainski-artwork.weebly.com*

*Titelfotos:
Kratzer: Thawornnurak / shutterstock.com
Gesicht: Brunobarillari / fotolia.com*

Lektorat: Simona Turini

Herstellung und Verlag: BoD – Books on Demand, Norderstedt

ISBN: 978-3-7412-2538-3

Wie alles begann	7
Ein verhängnisvoller Schwur	45
Mailand	59
Eine andere Welt	119
Heimkehr	134
Zurück in Neuss	142
Falsches Spiel	176
Ein todsicherer Coup	189
Auf eigenen Beinen	198
Neuer Versuch	223
Die gute Tat	236
Die Waffe	243
Wieder zuhause	270
Besuch	278
Bindung fürs Leben	283
Gemeinsame Zukunft in Deutschland	297
Ein bedeutender Schritt	323
Spiel auf Zeit	338
Der Schwager	351
Die Feier	358
Späte Gäste	363
Das letzte Versprechen	373

Treue- und Verschwiegenheits-Eid der 'Ndrangheta

Ein gutes Abendessen und eine gesegnete Nacht an unsere heiligen Brüder.
Genau an diesem gesegneten Abend in der Stille der Nacht und unter dem Licht der Sterne und des strahlenden Mondes schließe ich die heilige Kette.

Im Namen von Garibaldi, Mazzini und La Marmora.

In Demut nehme ich an der heiligen Gesellschaft teil.

Sprecht mir nach:
Ich schwöre, alles abzustreiten bis zur siebten Generation,
um die Ehre meiner weisen Brüder zu bewahren.
Unter dem Licht der Sterne und der Schönheit des Mondes forme ich die heilige Kette.
Im Namen von Garibaldi, Mazzini und La Marmora wähle ich Buttà G.
Wenn ich ihn früher als einen weisen Bruder kannte, dem ich nicht treu ergeben war, ab diesem Augenblick kenne ich ihn nur als meinen weisen Bruder an.
Unter dem Licht der Sterne und dem Strahlen des Mondes löse ich nun die heilige Kette.
Im Namen von Garibaldi, Mazzini und La Marmora in Demut löse ich die gesegnete Gemeinschaft.

* Quelle: Polizeivideo der italienischen Ermittler von November 2014

Wie alles begann

Ungeduldig schlug Annunziata Zanetti gegen den Fensterladen - ihre Augen blitzten gefährlich. Ständig musste sie auf den Bengel warten. Das Essen hatte sie vorgekocht, da heute der Wocheneinkauf anstand. Das bedeutete für sie, entlang der Viale Aldo Moro runter ins Zentrum zu gehen. Claudio versuchte stets, sich davor zu drücken, doch sie alleine konnte die Tüten nicht tragen.

»Wo bleibst du nur? Um sechs kommt Papa von der Arbeit.«

Begeisterung sah anders aus. Mit tief in den Hosentaschen vergrabenen Händen zeigte das Gesicht des Jungen deutlich, was er von dieser Aktion hielt. Der Klaps auf den Hinterkopf erinnerte ihn an seine Aufgaben.

»Du trägst Taschen und Rucksack. Los geht's.«

Der Weg vom höher gelegenen Teil Roccas hinunter ins Tal führte über eine Serpentine, hier ließ die Hanglage einen Blick bis zum Horizont zu. Sie kamen an der Säule vorbei, in der die Statue von Francesco di Paola, dem Schutzpatron Kalabriens, auf Gläubige wartete. Automatisch blieb Claudio stehen, er ertrug geduldig Mamas gewohnte Prozedur, sie sprach ihr Gebet. Die Zeit, in der sie mit dem Stein palaverte, nutzte er, um gelangweilt über die Häuser des trostlosen Ortes zu sehen. Die Hitze des Tages ließ die Luft über den roten Dächern flimmern. Beim dritten Versuch schaffte er es, mit dem Kiesel eine Orange zu treffen, die mit einem dumpfen ›Platsch‹ auf dem staubigen Boden aufschlug.

»Du Lausebengel könntest ebenfalls ein Wort an den Heiligen richten, damit er dir die Flausen austreibt.«

Mama stupste Claudio an, trieb ihn in Richtung Stadtkern. Sein Shirt hatte bereits bessere Tage gesehen; das war zu einer Zeit, als es von dem älteren Bruder Nicola getragen wurde. Mit den Sandalen, in die er noch hineinwachsen musste, wirbelte er mutwillig den Staub auf. Quittiert wurde das mit einem erneuten Nackenschlag.

Der Einkauf war umfangreich und der gefüllte Rucksack drückte unangenehm auf Claudios Rücken. Er wusste, den Abschluss bildete der Besuch der Parfümerie. Mutter hielt gezielt nach preiswerten Haarwaschmitteln Ausschau. Die Zeit nutzte Claudio, um sich zwischen den Düften umzusehen.

Den schweißtreibenden Rückweg bergauf schafften sie lange vor Papas Rückkehr. Jetzt hatte Claudio endlich die Gelegenheit, im Zimmer zu verschwinden. Grinsend saß er auf dem Bett und betrachtete die vier Parfümflaschen, die er in der Parfümerie *organisiert* hatte, das brachte zusätzliches Taschengeld. Gedankenverloren sortierte er im Kopf die Abnehmer, die für Düfte infrage kamen. Das Geräusch der aufspringenden Tür ließ ihn erstarren,

Mama erschien wie ein Geist im Raum. Sie sah nicht ein, warum sie in ihrem eigenen Haus vor dem Öffnen an die Türen der Kinder klopfen sollte. Das Herz schlug ihm bis zum Hals und er versuchte spontan, die Beute notdürftig mit dem Laken abzudecken.

»Claudio, hast du die Milch ...?«

Mitten im Satz brach sie ab. Sie starrte auf die Beute, die er nicht komplett hatte verstecken können. Mit einem Ruck warf sie die Decke zurück.

»Was ist das? Das ist doch nicht etwa ...?«

Ungläubig starrte sie abwechselnd auf die Düfte und auf ihren Sohn.

»Du stiehlst, während ich im Geschäft einkaufe? Das hast du tatsächlich getan?«

Mit einem kräftigen Stoß schleuderte sie die Tür ins Schloss, während Sie gleichzeitig in Claudios Haarschopf griff. Die Schläge trafen ihn hart ... überall, der Lärm schallte durch das Haus. Francesco Zanetti, der zwischenzeitlich eingetroffen war, stürmte entsetzt in den Raum.

»Was ist hier los?«, stammelte er. Er fasste seiner Frau in den Arm und versuchte, ihr den Lederriemen aus der Hand zu winden, den sie vorsorglich hinter der Tür zu Claudios Zimmer an der Wand hängen hatte.

»Du schlägst den Jungen ja noch zum Krüppel. Annunziata, hör auf damit.«

»Weißt du, was der Bengel heute angestellt hat? Der klaut in meinem Beisein in der Parfümerie.«

Sie rang nach Atem und fuchtelte mit den Armen.

»Er stiehlt, während die Mutter einkauft! Der demütigt uns im gesamten Ort, oh Gott, warum hat mich der Allmächtige mit diesem Kind gestraft?«

Erneut wollte sie auf ihn einschlagen. Claudio hielt schützend den Arm über den Kopf, Vater Zanetti schob sich zwischen beide.

»Ist das wahr, Sohn?«

Claudio hatte den Blick gesenkt, er nickte stumm und wischte mit dem Ärmel eine Träne ab, die er nicht hatte unterdrücken können.

»Siehst du, Francesco, der Bengel ist durch und durch verdorben. Das wird er mir büßen.«

Mit drohend erhobenem Zeigefinger verließ sie den Raum und verschwand in der Küche. Zu diesem Zeitpunkt hatte noch kein Familienmitglied eine Vorstellung davon, was sie damit meinte.

Mutter Annunziata saß mit wutverzerrtem Gesicht auf dem Beifahrersitz. Erstaunt empfing der Inhaber Pietro Calabrese die drei.

»Buonasera, habt ihr was vergessen?«, fragte er nichts ahnend.

»Los, du Mistkerl, sag es ihm.«

Heftig stieß Annunziata ihren Sohn zur Theke. Claudio trat von einem Fuß auf den anderen, er hatte aufgegeben und akzeptierte das Schicksal.

»Signor Calabrese, ich möchte ... ich soll Ihnen das hier zurückgeben.«

Mit gesenktem Kopf hielt er dem erstaunten Inhaber die vier Fläschchen entgegen, die der zögernd entgegennahm.

»Hast du die etwa bei mir ...?«

Mit Unglauben sah er Claudio an, der wortlos dastand, der Schlag in den Nacken kam unerwartet.

»Gib gefälligst Antwort. Gestehe deine Tat bei Signor Calabrese.«

Die Aufforderung drang als Zischlaut durch die gepressten Lippen der Mutter.

»Entschuldigen Sie ... es tut mir leid.«

Er schrie die letzten Worte, obwohl ihm der Trotz den Hals zuschnüren wollte. Er fühlte, wie die Szene seinen Stolz verletzte, in ihm eine unbändige Wut hochkochen ließ. Er stürzte auf die Straße, denn keiner durfte sehen, dass ihm die Tränen über die Wange rollten. Im Augenblick ahnte er nicht, dass der Rachefeldzug der Mutter erst begann.

Der Gang zur Kirche bedeutete für Familie Zanetti eine heilige, sonntägliche Pflicht, wie sie es für jeden gottesgläubigen Italiener war. Padre Cornetti sprach über die ausgesprochen erfolgreiche Ernte und lobte das Engagement der Frauen bei den Vorbereitungen zum kommenden Dorffest. Das Vaterunser beendete den Gottesdienst. Die ersten Besucher rafften ihre Kleider und Taschen zusammen, alle freuen sich darauf, auf dem Vorplatz die obligatorische Passeggiata, das Schwätzchen, abzuhalten. Annunziata Zanetti stand auf, sie sah in die Runde und erhob die Stimme.

»Padre, bitte. Darf ich für einen Moment das Wort an Gott und die Gemeinde richten?«

Sie hatte augenblicklich die volle Aufmerksamkeit aller. Ein allgemeines Geraune setzte ein, Köpfe wurden zusammengesteckt, selbst Francesco blickte überrascht auf.

»Signora Zanetti, sprechen Sie, wir hören.«

»Padre, geschätzte Gemeinde. Alle kennen mich hier als eine gottesfürchtige Frau. Niemals würde ich Dinge tun, sie auch nur zulassen, in denen unser Herr Sünde sieht. Das verlange ich auch von meiner gesamten Familie. Niemand darf gegen die Gebote Gottes und der Gemeinschaft verstoßen.« Sie schlug ein Kreuz. »Ich muss hier im Angesicht des Herrn, im Angesicht der Anwesenden gestehen, dass eines meiner Kinder ein Unrecht beging. Mein Sohn Claudio hier ... steh sofort auf ... hat gegen die Gesetze des Herrn verstoßen, er hat gestohlen. Aber er bereut. Das tust du doch ... oder?«

Sie zog ihn am Kragen des Sakkos hoch, ihr Blick duldete keinen Widerspruch. Claudios Kopf glich einer überreifen Tomate, pures Entsetzen erfüllte ihn. Jeder im Gotteshaus sah auf ihn ... nein, sie *starrten* ihn an. Alle nahmen die Spannung auf, die im Augenblick zwischen Mutter und Sohn entstand.

»Bereust du deine Tat, mein Junge?«, richtete der Padre das Wort an ihn.

Er hatte die Situation erfasst und versuchte, sie zu entschärfen. Claudio sah ihn an, er war nicht in der Lage, zu antworten. Erst nach dreimaligem Schlucken presste er heraus: »Padre, ich ... ich bereue meine Tat.«

»Das ist im Sinne unseres Herrn, Gott wird dir vergeben, er vergibt dem reuigen Sünder. Sei deiner Mutter ein gehorsamer Sohn, damit sie stolz auf dich sein kann. Lasst uns den Gottesdienst nun beschließen. Einen gesegneten Sonntag wünsche ich allen Anwesenden. Der Herr segne und beschütze Euch.«

Zufrieden in die Runde blickend drängte Mama Zanetti ihre Familie zum Gehen, sie mischte sich auf dem Vorplatz unter eine Frauengruppe. Die Blicke der restlichen Dorfgemeinschaft suchten immer wieder Annunziata. Es war deutlich spürbar, dass dieses Thema heiß diskutiert wurde, die Gemeinde hatte Gesprächsstoff. Claudio schritt steif zur Gruppe der engsten Freunde, er stierte stumm in die Ferne, während alle gleichzeitig auf ihn einredeten. Er bebte vor Zorn, das wollte er Mama niemals verzeihen.

Am 15. August feierte Italien mit viel Trara Ferragosto. Die vier Jungen hingen im Nachbarort Scandale ab. Pietro, der bis vor drei Jahren in Rocca gewohnt hatte, freute sich über den Besuch der Freunde an seinem zwölften Geburtstag. Er hatte nur Mario, Guerino und Claudio eingeladen. Die Via Milano lag in absoluter Ruhe vor ihnen. Sie nuckelten im Vorgarten gelangweilt an ihrer Coke und Guerino erzählte zum gefühlt dreißigsten Mal die gleiche Meerschweinchen-Story, immer wiederholte er sie gebetsmühlenartig. Einst hatten sich die drei Freunde aus Rocca in den Grotten die Zeit vertrieben. Das Geschäft mit Meerschweinchen wurde mit Begeisterung betrieben, die Zucht, die Renato Crasci dort angelegt hatte, ließ den Burschen keine Ruhe. Sie vertraten die Meinung, dass damit Dollars zu verdienen waren, also verabredeten sie eines Nachts, dass sie die Käfige aufbrechen wollten. Mehrere Familien in Rocca kauften ihnen das Viehzeug paarweise ab. Jedes Mal, wenn die Geschichte aufgetischt wurde, klopften sie vor Vergnügen auf die Schenkel.

»Mario, hatte dir nicht eines der Biester in den Anorak gepisst? Deine Mama wird gejubelt haben, als du stinkend nach Hause kamst.«

Selbst Mario musste an der Stelle mitlachen.

»Dafür bekam ich doppelt so viel Knete für meine Viecher«, konterte er.

Guerino spuckte bei dem Gegröle seine Cola zurück in die Flasche und Claudio hielt sich den Bauch. Er versuchte dabei vergeblich, einen Kräcker in den Mund zu schieben. Einer der drei Männer, die schräg gegenüber im Schatten einer ausladenden Pinie um einen Tisch herum saßen, sah belustigt herüber und winkte ihnen zu. Ihr Gespräch dauerte schon den gesamten Vormittag, ab und zu nippten sie an ihren Rotweingläsern.

Pietro, der in der Gruppe zurückhaltender war und bei Erzählungen mehr im Hintergrund blieb, sah den roten Alfa zuerst. Unauffällig rollte er mit mäßigem Tempo heran und hielt gegenüber von dem Haus, vor dem die Männer in ihre Diskussion vertieft saßen. In dem Augenblick, in dem sich die beiden Türen öffneten, kam Bewegung in die Runde. Alle drei sprangen wie nach einem geheimen Kommando auf, riefen sich etwas zu und suchten nach einer Deckung.

Erst erschienen die Läufe der Maschinenpistolen. Ihnen folgten zwei Gestalten, die ohne jede Hektik auf das Gebäude zugingen. Die Schüsse peitschten aus den Mündungen ihrer Waffen, Geschosse schlugen in die Körper, Schmerzensschreie zerrissen die Stille. Ein dickleibiger Mann wurde gegen die Hauswand geschleudert, das austretende Blut sprenkelte den weißen Hintergrund. Das Gesicht drückte pures Erstaunen aus, während er versuchte, mit den Händen die Blutung der Bauchwunden zu stoppen. Langsam rutschte er an der Wand herunter und hinterließ dabei einen blutigen Streifen. Der zweite Mann stand, bei jedem Einschlag erneut zuckend, am Stamm der Pinie, woran er im Zeitlupentempo herunterrutschte. Der Brustkorb war von mehreren Geschossen zerrissen worden, er bestand nur noch aus einer breiigen Masse. Der Dritte hatte hinter einer Hecke Schutz gesucht. Unablässig jagten die beiden Killer ihre todbringenden Geschosse in Richtung Haus – überzogen den Vorgarten mit ihren Salven. Geduckt hinter ihren Stühlen verfolgten die Jungen das Geschehen. Auch sie suchten den dritten Mann, der weitergerobbt war und jetzt versuchte, hinkend ins Haus zu gelangen. Dort schaffte er es, die Haustür mit der Schulter aufzustoßen. Mit einer Hand versuchte er, die stark blutende Wunde abzudecken, ein Geschoss hatte ihm den Oberschenkel aufgerissen. Der Schatten tauchte in die dahinter liegende Dunkelheit ein, die Tür fiel mit Getöse ins Schloss. Einer der beiden Schützen ging, unablässig die Tür beobachtend, auf den Eingang zu. Der zweite Killer verschwand seitlich vom Gebäude.

Gespenstische Stille. Die Gardinen der Nebenhäuser ließen ab und zu Bewegungen erkennen, bevor die Läden schützend vorgelegt wurden. Die vier Jungen saßen starr vor Angst auf dem Boden hinter ihren Stühlen, nicht einer von ihnen schaffte es, den Blick von der Szenerie abzuwenden. Mit einem brutalen Tritt öffnete der erste Schütze die Haustür und spähte mit angeschlagener Maschinenpistole in den Flur. Beängstigende Stille – selbst die Vögel hatten ihr Gezwitscher eingestellt. Die Straße, der Ort, alles wirkte ausgestorben, kein Gesicht, kein Auto. Der Mörder betrat geduckt das Haus. Das nur schwach einfallende Licht ließ es nicht zu, das Ende der Diele zu erkennen. Eine steile Treppe führte in die oberen Stockwerke, sie gab dem Killer den Blick auf zwei verschlossene Türen frei, sein Partner tauchte einem Phantom gleich am Ende des Korridors auf. Lediglich der Schatten zeichnete sich gegen den Hintergrund des hellen Zimmers ab. Mit einer kurzen Bewegung der Mündung zeigte der Erste ihm an, dass er nach oben gehen sollte. Leise knarrende Stufen begleiteten die Schritte.

Die vorspringende Gestalt am oberen Treppenabsatz ließ ihm nur den Bruchteil einer Sekunde Zeit, zu reagieren. Es war ein Wimpernschlag, den er brauchte, um die Waffe hochzureißen und das gesamte Restmagazin in den sich aufbäumenden Körper des Gegners zu entleeren. Die Pistole fiel aus der Hand des Getroffenen, seine Lippen formten einen stummen Schrei, bevor er über den Rand des Geländers stürzte. Die Augen drückten neben der Angst, Unglauben aus. Ein Schritt zur Seite genügte dem Killer, damit der Körper an ihm vorbei auf der untersten Stufe aufschlagen konnte. Der Getroffene blieb dort unnatürlich verkrümmt liegen. Ein Treffer war unterhalb des Kiefers in den Kopf eingetreten und hatte Teile der Schädeldecke zerfetzt, sein Gehirn lag weit verteilt auf dem Flurboden.

Der nervenzerfetzende Schrei einer Frau zerriss die eingetretene Stille, die Mörder rissen gleichzeitig ihre Waffen nach oben. Sie stand, scheinbar aus dem Nichts kommend, am Treppenabsatz, die Hand vor Entsetzen auf den Mund gepresst. Ihr Blick war starr auf den Leichnam gerichtet, der nun als blutige Masse auf dem geblümten Teppich lag. Das strähnige, leicht ergraute Haar hing ihr wirr in der Stirn und verdeckte nur teilweise die weit aufgerissenen Augen, die ihr ganzes Entsetzen zum Ausdruck brachten. Die Killer verständigten sich mit einem stummen Blick, denn der durchdringende Schrei war auch in der Nachbarschaft zu hören gewesen und ließ das Blut in den Adern gefrieren.

Claudio, der den Kopf gehoben hatte, sah als Erster die zwei Schatten in der offenstehenden Haustür. Die beiden Killer sicherten den Fluchtweg, die Schatten ihrer schwarzen Hutkrempen verdeckten die oberen Gesichtshälften. Ohne Eile gingen sie zurück zu ihrem Auto. Kurz bevor sie die Fahrzeugtüren öffneten, verharrten sie, da sie die beobachtenden Jungen bemerkt hatten. Beide flüsterten miteinander, dann richteten sie die Läufe ihrer Maschinenpistolen auf die entsetzt blickenden Burschen.

Keiner der Freunde bewegte einen Muskel, lähmende Angst stand in ihren Augen, die Pupillen waren unnatürlich vergrößert. Lediglich Marios verhaltenes Wimmern durchschnitt die Stille, seine Tränendrüsen gaben jetzt jede Zurückhaltung auf, auch Guerino bemühte sich, Herr seiner Schließmuskeln zu bleiben. Die Beine schlotterten. Beide Männer legten an und fixierten ihr Ziel. Nach endlosen Sekunden senkten sie die Waffen und einer von ihnen hob warnend den Zeigefinger. Er zeigte in ihre Richtung, um dann den Finger auf den Mund zu legen ... Die Nachricht war eindeutig. Der Alfa schoss mit Höllentempo davon. Die Straße und sämtliche Häuser blieben wie ausgestorben, eine Starre hatte sich über die Menschen gelegt. Jeder hier wusste, dass Schweigen oberstes Gebot war.

Das durchdringende Geräusch der Polizeisirenen holte die vier aus ihrer Starre, die Furcht saß in allen Gliedern. Niemand sah den anderen an, denn keiner wollte die Angst eingestehen; Grabesstille, nur schweres Atmen. Der Überfall hatte lediglich drei Minuten gedauert ... ihnen kam es vor wie Stunden.

Durch einen Nebel nahmen sie die eintreffenden Carabinieri wahr, die das Grundstück umstellten. Das Gelände wurde großräumig abgesperrt und von mehreren Seiten drangen die Beamten mit gezogenen Waffen in das Haus ein. Minuten später führten sie vorsichtig eine Frau hinaus, die von der Besatzung eines Notarztfahrzeuges übernommen wurde. Stumm verfolgten die Jungen das Geschehen.

»Was war das denn?«

Claudios Frage zerriss die Stille.

»Mir ist schlecht. Ich glaub, ich muss kotzen«, steuerte Mario bei.

»Kotz mir nicht auf die Schuhe, du Weichei. Ich schneid dir die Zunge raus.«

Claudio hatte sich zuerst gefangen und sah Mario vorwurfsvoll an.

»Leute, eines ist klar, wir haben nicht einen der Killer erkannt, wir haben auch kein Nummernschild gesehen. Niemand von uns wird sich daran erinnern, welche Farben ihre Anzüge oder ihr Auto hatten. Ich kann mich noch nicht einmal daran erinnern, wie viele sie waren, ist das klar?«

Er sah in die Runde. Guerino und Pietro nickten.

»Mario, auch du hast nichts gehört und gesehen, du warst ohnmächtig. Hast du das kapiert?«

»Ich habe wirklich nichts gesehen, das könnt ihr mir glauben«, versicherte Mario.

»Doch, Mario, dir glaub ich das, du hast dir bestimmt vor Angst die Augen zugehalten. Hoffentlich hast du dir nicht in die Hose geschissen«, bemerkte Guerino und blickte umher, da er Beifall erwartete.

Zwei Carabinieri kamen direkt auf sie zu und blieben vor der Hecke stehen.

»Alles in Ordnung? Ist euch nichts passiert?«

Mit Ausnahme von Mario schüttelten sie stumm die Köpfe, bis Guerino ihm vor das Schienbein trat.

Mario spürte schmerzhaft, dass man von ihm Zustimmung erwartete, er nickte ebenfalls.

»Wir brauchen eure Aussage. Das Beste wird sein, Ihr beschreibt uns den Ablauf. Habt ihr den oder die Mörder erkannt, könnt ihr uns sagen, wie viele es waren? Welches Auto fuhren die?«

Er zog den Notizblock hervor und wartete. Claudio war der Meinung, dass er für alle sprechen sollte.

»Ich glaube, dass keiner von uns was Brauchbares weiß. Als die Ballerei losging, haben wir uns alle auf den Boden geworfen und gehofft, dass die Kerle uns nicht entdecken. Haben die ja auch nicht, wie man sieht, sonst wären wir jetzt wohl auch tot.«

»Bevor die geschossen haben, müsst ihr doch was bemerkt haben«, versuchte es einer der beiden Beamten erneut.

»Hat keiner von euch was erkannt? Das Auto, die Farbe oder sonst irgendwas ... kommt schon, raus damit.«

Claudio sah die Freunde an.

»Nö, nichts gesehen, hab mich sofort hingeschmissen«, erwiderte Guerino, Pietro und Mario nickten zustimmend.

»Na gut, lassen wir das für den Augenblick. Wir schreiben auf jeden Fall eure Namen und Adressen auf und kommen noch einmal auf euch zurück. Jetzt befragen wir die Bewohner der umliegenden Häuser.«

Der Mord wurde nie restlos aufgeklärt. Es sickerte lediglich durch, dass es hier einen abtrünnigen Boss der 'Ndrangheta aus Rocca di Neto treffen sollte. Dass dabei gleichzeitig zwei der Unterführer draufgingen, war nicht geplant gewesen. Die Aktion ging aus einem anderen Grund in die Annalen der Mafia ein. Strafaktionen der 'Ndrangheta konzentrierten sich ausschließlich auf zuvor festgelegte männliche Personen, Kinder und Frauen mussten auf jeden Fall verschont bleiben.

Hier war eine unbeteiligte Bewohnerin des Hauses zwar nicht getötet worden, doch auch ein psychischer Schaden war auf keinen Fall mit den Gesetzen der Familie vereinbar ... Niemals durfte ein Unschuldiger leiden. Kurze Zeit nach dem Anschlag wurde das Gebäude komplett abgerissen und an gleicher Stelle neu gebaut.

»Ich möchte bei Ihnen arbeiten ... Signor Colucci, ich möchte mich bei Ihnen als Autoschlosser bewerben ... Scheiße, ich krieg das nicht hin! ... Signor Colucci, ich bin mit der Schule fertig und möchte ...«

Stets aufs Neue stammelte Claudio die Worte auf dem langen Weg zur größten Autowerkstatt des Ortes. Die Schule hatte er abgebrochen, er war immerhin dreizehn Jahre alt. Endlich wollte er einen Beruf mit eigenem Einkommen erlernen, denn erst mit einem Job würde er zum Mann werden. Vater hatte ihn eines Morgens mitgenommen in die Schlosserei, in der er arbeitete. Dass es eine schmutzige Arbeit war, störte Claudio nicht, es war schließlich ehrlich verdientes Geld. Papa schaffte es, davon die Familie zu ernähren. Nun wollte Claudio allen beweisen, dass mehr in ihm steckte, als der Taugenichts, der Streiche aushecht und krumme Sachen anzettelt.

Weil der geschlossene Kragen des Hemdes ihm die Luft nahm, löste er den obersten Knopf. Den Anzug hatte er schon bei Tante Amalias Beerdigung getragen, Mama hatte lediglich den Saum aus den Hosenbeinen gelassen. Sie war der Meinung, dass die Änderungen ausreichten, wenn er die Jacke offen trug.

Die Fabrik baute sich wie ein unüberwindbarer Berg vor ihm auf, einen Augenblick blieb er nachdenklich stehen. Durch die flimmernde Luft sah er die gewaltige Werkshalle und das danebenliegende Bürogebäude, in dem er sicherlich Signor Colucci antreffen würde. Das Vorstellungsgespräch hatte er heimlich verabredet, Vater und Mutter sollten stolz auf ihn sein, wenn er ihnen den Lehrvertrag vorlegte. Die Geschwister, die ihn stets hänselten, würden staunen.

Laster rangierten auf dem Hof, verschwanden in den Hallen oder verließen das Gelände. Claudio knöpfte den Hemdknopf zu, entschlossen straffte er den Körper.

»Na Junge, wo willst du hin?«

Die Stimme kam scheinbar aus dem Nichts, kurz bevor er sich an dem Pförtnerhaus vorbeischieben wollte. Hinter der Scheibe hatte er niemanden gesehen, sodass ihn der stämmig gebaute Mann seitlich des Hauses überraschte. Lässig stand er an die Wand gelehnt, beide Hände auf der Brust verschränkt, ein müdes Lächeln umspielte die wulstigen Lippen.

»Bin mit Signor Colucci verabredet ... ja, verabredet ... möchte hier arbeiten. Wo finde ich den?«, stotterte Claudio.

»Bleib da stehen!«, kam es zurück. Der Kleiderschrank verschwand im Pförtnerstübchen und telefonierte. »Komm mit!«

Die Tür des Verwaltungsgebäudes öffnete automatisch, nachdem ein Code auf einer Tastatur eingegeben worden war. Claudio stieg eine Stahltreppe hinauf, der Hüne wurde von einem zweiten Anzugträger begrüßt. In Gedanken verglich Claudio ihn mit einem Wiesel. Das ›Wiesel‹ drückte ihn in einen Stuhl, wobei er ihn gleichzeitig abtastete. Minuten vergingen, Claudios Mut sank mit jeder Minute des Wartens. Er wünschte sich, tausend Kilometer entfernt zu sein, denn ein Gefühl sagte ihm, dass hier Gefahr lauerte. Während er die Hände gefaltet zwischen die Oberschenkel presste, nahmen seine Augen jedes Detail im Raum auf. Die Fischaugen des ›Wiesels‹ beobachteten ihn belustigt, was Claudios Unsicherheit nur noch verstärkte.

»Kann reinkommen!«, schallte es durch die verschlossene Tür in die Stille.

Mit einer kurzen Kopfbewegung wies ihn das ›Wiesel‹ an, dass er ihm folgen sollte. Claudio prallte zurück, als sich der Zigarrenrauch wie eine Wand vor ihm aufbaute. Die vergilbte Tapete bewies untrüglich, dass sie das schon viele Jahre ertragen musste.

Nie zuvor hatte Claudio so viel Menschenmasse auf einem Haufen gesehen. Die fleischigen, nackten Arme bedeckten die Stuhllehnen komplett. Der Oberkörper nahm jegliche Sicht auf das Rückenteil des Drehsessels. Es hätte ihn nicht überrascht, wenn die Qualle weitere Tentakel hervorgezaubert hätte, hier wirkte selbst der überbreite Schreibtisch eher zierlich. Überzogen mit Zeitungen und Schnellheftern gestattete er den Blick auf einen Riesenaschenbecher, der mit Zigarrenstummeln überfüllt war, die Asche verteilte sich auf der Tischplatte. Da Claudio bisher keinen Gefallen am Rauchen gefunden hatte, bereitete ihm der Mief des Zimmers Unwohlsein und er unterdrückte ein Würgen.

»Setz dich! Was kann ich tun?«

Die fleischige Hand zeigte auf einen Riesensessel. Claudio saß kerzengerade auf der Vorderkante. Sein Blick glitt ängstlich durch den Raum, blieb dann an den Augenschlitzen seines Gegenübers hängen.

»Ich ... ich will einen Beruf erlernen, Schlosser, Autoschlosser oder was Ähnliches. Papa ist ...«

Hier wurde er vom Bass der Qualle unterbrochen.

»Ich weiß, dein Vater ist Schlosser, ein fleißiger, ehrenwerter Arbeiter. Habe mich erkundigt. Du bist Claudio Zanetti, den sie im Ort den ›Meisterdieb‹ nennen, wusstest du das? Jetzt stelle ich mir die Frage: Warum sollte ich in meiner Werkstatt einen ›Meisterdieb‹ beschäftigen ... einen Typen, der mir das Werkzeug aus den Fächern klaut? Warum, he? Nein, Freundchen, das Risiko ist mir zu groß.«

Claudios Körper erschlaffte, mit dem Gesprächsverlauf hatte er niemals gerechnet. Das war's für ihn, er zuckte mit den Schultern und stand auf.

»Tja, wenn das so ist, dann entschuldigen Sie, dass ich Ihre Zeit geraubt habe.«

»Setz dich wieder hin – du ›Meisterdieb‹ und hör mir zu!«

Ein belustigtes Funkeln zeigte sich in den Schweinsaugen, als er fortfuhr.

»Man darf sein wahres Talent nicht einfach so vergeuden. Schlosser, was ist das schon? Willst du nur im Dreck wühlen, ständig Sorgen haben, womit du die Rechnungen der Familie bezahlst? Du solltest dein helles Köpfchen für Lukrativeres nutzen. Das Geld liegt auf der Straße, du kannst bei mir lernen, es zu sehen, es aufzuheben. Du darfst bei mir in die Lehre gehen, doch nicht in der Werkstatt. Das heißt, dass du zwar offiziell dort beschäftigt bist, die Finger bleiben sauber. Was sagst du dazu, wenn du für mich *Botengänge* erledigst? Du lieferst von A nach B, ich bezahle dich dafür gut.«

Claudio hatte von solchen *Botengängen* gehört. Jeder wusste, was das bedeutete. Er kannte einige der Boten, die sich damit in der ›Familie‹ hochgearbeitet hatten, sie warfen jetzt mit Geld um sich. Sie saßen in den Cafés und hielten die hübschesten Mädchen frei. Er hatte auch von denen gehört, die von der Polizei kassiert wurden. Es gab Gerüchte, dass es denen in der kurzen Zeit, in der sie einsaßen, gut ging. Sie hatten ihre Ruhe vor den anderen Knastbrüdern. Er hörte aber auch von denen, die einfach so verschwanden, nie mehr auftauchten. Er spürte den lauernden Blick, mit dem ihn die Qualle fixierte, man erwartete eine Antwort.

»Darf ich mir das überlegen, Signor Colucci? Das kommt überraschend, ich möchte aber eine Nacht drüber schlafen. Hört sich gut an und grundsätzlich hätte ich Lust. Nur, Sie verstehen, ich muss da noch

Papa fragen, der weiß noch nichts davon, dass ich mich beworben habe.«

»Hm, gut mein Junge. Wenn du mir bis übermorgen kein Okay gegeben hast, ist das Angebot vom Tisch. Claudio, dein Vater erfährt nur von der Anstellung als Autoschlosser, capito?«

»Geht klar, Signor, kann ich jetzt gehen?«

Er hatte sich erhoben und wollte nur noch weg. Der abschätzende Blick des Fleischbergs folgte ihm.

»Luca ...!«, schrie Colucci zur Tür, die Sekunden später aufgerissen wurde. Das ›Wiesel‹ erschien in der Türöffnung. »Gib dem Jungen Taschengeld mit auf den Heimweg, er hat es verdient.«

Er deutete etwas mit den Fingern an, das Claudio nicht einordnen konnte, es schien dem ›Wiesel‹ eine Summe anzuzeigen. Aus einer Geldrolle, die er in der Hosentasche aufbewahrte, zählte Luca einige Scheine ab, die er Claudio in die Einstecktasche neben dem Revers presste. Wortlos begleitete er den Jungen bis zur Ausgangstür und schob ihn Richtung Pforte. Da Claudio seinen Gedanken nachhing, ging er grußlos an dem Kleiderschrank vorbei, der zwischenzeitlich seinen Platz seitlich vom Pförtnerhaus wieder eingenommen hatte.

Ohne die Kippe aus dem Mundwinkel zu nehmen, fragte der: »Na Kleiner, hat alles geklappt?«

»Na klar«, antwortete Claudio abwesend.

Er machte sich bereits Gedanken darüber, wie er den Eltern die Neuigkeit glaubhaft verklickern sollte.

Hier und da andere Jungen verhauen, ein Schutzgeld erpressen, an der Tanke Benzin klauen ... das war eine Sache. Die Familie belügen ... nein, das war nicht sein Ding. Er konnte auf keinen Fall den eigenen Vater anflunkern, das war unmöglich. Auf dem Weg zum elterlichen Haus setzte ihm die sengende Hitze zu. Bevor er die Jacke über die Schulter warf, griff er in die Brusttasche. Es verschlug ihm den Atem, als er einhunderttausend Lire in der Hand hielt. Noch nie zuvor hatte er so viel Geld besessen. Seine Entscheidung für den Job fiel genau in diesem Augenblick, jetzt fehlte noch Vaters Segen.

»Reichst du mir bitte die Oliven rüber, Claudio«, bat Gilda ihren Bruder.

Sie breitete abwartend die Hände aus und in Gedanken vertieft reichte er der Schwester die Schüssel. Wie an jedem Abend hatte sich die gesamte Familie beim Abendessen versammelt, es war die beste Gelegenheit, um Neuigkeiten auszutauschen. Dass Gilda ein Stück Ciabatta in Claudios Tomatensoße eintauchte, fiel ihm nicht auf.

»Claudio, hör auf zu träumen – he, hörst du mich überhaupt?«

Vater Zanetti stieß ihn an und fuhr kauend fort: »Wo hast du dich heute Nachmittag rumgetrieben? Dein Zimmer solltest du aufräumen.«

»Ich hab mir einen Job besorgt.«

So, als hätte jemand einen Pausenknopf gedrückt, trat augenblicklich Ruhe ein. Die ausgestreckten Arme blieben in der Luft hängen.

»Du hast was?«, wollte sein Bruder Matteo wissen. »Wer gibt dir freiwillig einen Job?«

»Was willst du damit sagen? Warum sollte er keine Arbeit kriegen, ihr habt doch auch einen Job bekommen? Lass hören, Claudio.«

Alle Blicke waren auf den Jüngsten gerichtet, nur zögernd setzte man das Abendessen fort.

»Ich habe heute bei Signor Colucci vorgesprochen. Der hat die Autowerkstatt unten im Ort und stellt mich gerne ein, ihr Idioten.«

Wütend funkelte er Matteo an. Er wunderte sich allerdings darüber, dass die Eltern Blicke tauschten, ohne weiter auf das Thema einzugehen, sie sahen wortlos auf ihre Teller.

»Wir sprechen gleich nach dem Essen, iss jetzt.« Die Geschehnisse im Ort standen wieder im Mittelpunkt.

»Ich sage noch einmal: Auf gar keinen Fall, dabei bleibt es, Claudio! Keinen Handschlag wirst du in der Werkstatt tun. Ich verstehe dich nicht, du bist ein aufgeweckter Bursche und hast deine Lauscher überall da, wo krumme Geschäfte laufen. Hier spielst du den Ahnungslosen? Glaubst du wirklich, dass du Milchkannen oder Fleischbällchen transportieren sollst? Hast du nie davon gehört, was da abgeht? Die

Carabinieri sind da schon fast zuhause, willst du in den Jugendknast kommen? Maledetto, hast du den Verstand verloren?«

Francesco Zanetti hatte sich in Rage geredet und lief quer durch den Raum. Claudio hatte den Blick auf seine knetenden Hände gerichtet, die Strafpredigt ließ er stumm über sich ergehen. Wie gut, dass er Vater nichts von dem Geld erzählt hatte, er würde bestimmt von ihm verlangen, dass er es zurückbrachte. Das Verschweigen sah er nicht als Lüge, es war eben nicht die ganze Wahrheit, basta.

»Ich werde Montag mit meinem Chef sprechen, ob wir dich bei uns unterbringen können. Du kannst dann immer bei mir mitfahren und ich habe dich besser unter Kontrolle.«

Die Idee gefiel Papa, er setzte sich Claudio gegenüber und sah ihm ins Gesicht.

»Du musst aufwachen, das ist eine fremde, eine gefährliche Welt. Das ist anders, als nur Meerschweinchen klauen. Wenn du da einmal drinsteckst, kommst du niemals mehr frei ... du *gehörst* diesen Menschen. Verstehst du? Sie gestatten dir kein Aussteigen, keine eigenen Entscheidungen. Du kennst ihre Strukturen nicht - einmal Familie, immer Familie!«

Claudio gestand sich in dem Augenblick ein, dass Vater wie immer recht hatte. Natürlich hatte er von der ›Familie‹ gehört. War Colucci auch einer von denen? Er konnte den Job nicht annehmen. Der Virus, schnelles Geld machen zu wollen, saß aber schon in ihm.

»Mein Name ist Claudio Zanetti. Können Sie mich mit Signor Colucci verbinden? Ich soll ihn anrufen.«

»Warten Sie einen Augenblick. Er ist gerade unten in der Halle, ich verbinde.«

Sekunden später erklang der Bass Coluccis.

»Es gefällt mir, dass du pünktlich anrufst. Wann möchtest du anfangen?«

Claudio hatte seinen gesamten Mut aufgebracht, um den Anruf zu tätigen, jetzt versagte seine Stimme.

»Bist du noch dran, Claudio? Hast du meine Frage nicht verstanden? Oder ... warte ... möchtest du mir sagen, dass du das Angebot doch nicht annehmen willst?«

Claudio spürte etwas Lauerndes in Coluccis Stimme, er glaubte, dass der Hörer in seiner Hand immer heißer wurde. Ihm wurde klar, dass der Mann ein bloßes Nein nicht akzeptieren würde. Er wechselte den Hörer in die andere Hand und räusperte sich.

»Herr Colucci, mein Vater möchte, dass ich in der Firma unterkomme, in der er arbeitet. Er glaubt, dass es für alle leichter wäre und er mich dann immer im Auto mitnehmen könnte. Das Geld, Signor Colucci, werde ich Ihnen natürlich wiedergeben. Habe noch keine Lira davon ausgegeben. Ich bringe es schon morgen bei Ihnen vorbei ... das verspreche ich.«

Claudio vernahm nur das leise Atmen Coluccis und ab und zu Geräusche aus der Werkhalle. Das Warten zerrte an den Nerven und der Schweiß durchdrang sein Shirt.

»Das sind keine guten Nachrichten, mein Freund, überhaupt nicht gut, hatte dich eigentlich schon eingeplant.«

»Es tut mir leid, Signor ...«

»Sei ruhig, ich überlege.«

Mit schweißnassen Fingern wartete Claudio darauf, dass Colucci weitersprach. Nach mindestens dreißig Sekunden hörte er die tiefe Stimme.

»Claudio, betrachte das Geld, sagen wir, als Geschenk von mir. Möchte dich allerdings um einen kleinen Gefallen bitten. Könntest du ein einziges Päckchen für mich an einen anderen Boten übergeben, der in Crotone am Bahnhof auf dich wartet? Luca fährt dich dorthin, du musst nur einen kurzen Weg bis zum Treffpunkt laufen. Dann hast du schon alles erledigt und Luca bringt dich zurück. Niemand wird jemals davon erfahren, falls du Sorgen wegen deinem Vater hast. Könntest du mir diesen kleinen Gefallen tun?«

Claudio fiel ein Stein vom Herzen. Hunderttausend Lire für eine Fahrt nach Crotone ... das war ein gutes Geschäft. Er betrachtete die Geldscheine, die er in der Hand drehte.

»Das ist doch überhaupt kein Problem, Signor Colucci.«

»Eine gute Entscheidung, Claudio. Das werde ich dir nie vergessen.«

Das Ziel war Le Fontanelle. Die Pizza hier war nach Meinung der Freunde unübertroffen. Der Inhaber Jacobo hatte da sein Geheimnis bei der Zubereitung ... behauptete er zumindest. Die dreizehnjährigen Schnösel nahmen ihm das ab. Ein weiterer Grund für die Besuche lag woanders, denn nirgendwo in dem trostlosen Nest versammelten sich schönere Mädchen. Argumente, die pubertierende Jungen auf Anhieb überzeugten. Claudio war froh, der häuslichen Enge und dem langweiligen Nachmittagstreiben der Geschwister entfliehen zu können. Sie gingen ihm gehörig auf den Keks mit ihrem Gezanke. Außerdem hatte Vater ihm angedeutet, dass er heute Abend nochmals mit ihm über seine Zukunft reden wollte. Zukunft in diesem Nest? Was durfte er erwarten von Rocca di Neto? Man wohnte nicht nur am Stiefelende von Italien, sondern am Arsch von Kalabrien? Sollte er die ›Grotte rupestri‹ für Touristen ausfegen oder an der örtlichen Tankstelle die Zapfpistole polieren? Nein, Claudios Zukunft lag in einer Großstadt, notfalls im Ausland.

Mario riss ihn aus seinen Gedanken, denn er rannte ihn fast um, als er aus der Seitengasse kam.

»Buongiorno, Claudio. Habe vorhin mit Guerino gesprochen. Hast du gewusst, dass Giovanni uns treffen will, bevor wir ins Fontanelle gehen? Keine Ahnung, was der vorhat. Hat davon gequatscht, dass ein größeres Ding läuft und wir unbedingt dabei sein sollten, ist ne Menge Kohle drin.«

Giovanni war für sie alle ein Vorbild an Cleverness. Der war schließlich schon fünfzehn, mit irre guten Verbindungen nach ganz oben, aber darüber sprach er nicht ... war einfach zu gefährlich ... meinte er. Mario hatte heute die halbhohen, ausgelatschten Lederschuhe geputzt, na ja, zumindest den vorderen Teil. Das Gesicht zeigte die Abgrenzungen, die das Waschwasser erreicht hatte. Das war für alle ein klares Indiz dafür, dass er seinen Schwarm Greta in der Pizzeria vermutete, die war allerdings auch schon fünfzehn und sah zugegebenermaßen unverschämt gut aus. Aber von Mario wollte sie absolut nichts wissen, da hatte Giovanni eher Chancen, zumal er auch ihre Coke bezahlen konnte.

Die letzten zweihundert Meter liefen sie um die Wette. Mario hatte die längeren Beine und gewann mit zwei Metern Vorsprung. Vor dem Eingang warteten Guerino und Giovanni, müde erhoben sie sich von der Bordsteinkante. Giovanni knipste lässig einen Kippenrest auf das Pflaster. Mit einer knappen Kopfbewegung signalisierte er, dass es losging. Das sollte cool wirken und die Jüngeren beeindrucken. Mit in den Taschen vergrabenen Händen marschierte das Quartett die Straße runter zu einem imaginären Treffpunkt. Selbst dieser blieb für alle, außer ihm selbst, erst einmal geheim. Die Jungen spürten eine gewisse Anspannung, hier lag etwas in der Luft. Claudio fragte sich, während sie runter zum Flussufer stiefelten, was Giovanni in der Umhängetasche über seiner Schulter versteckte. Mit der linken Hand hielt er sie wie einen Schatz umklammert. Kurz bevor sie das ausgetrocknete Bett des Neto erreichten, fiel ihr Blick auf einen weißen Fiat, an dem sich zwei Fremde mit einem Reifenwechsel abmühten.

»Können wir helfen?«, bot Mario an.

Sein Vater hatte eine Werkstatt im Ort, er kannte sich in solchen Dingen aus.

»Nein, danke, das kriegen wir schon hin, Jungs.«

Die Männer konzentrierten sich wieder auf ihre Arbeit, also gingen die Jungen weiter Richtung Treffpunkt. Nur Sekunden hatten sich die vier abgewendet, da stoppte sie der klare Befehl: »Bleibt genau da stehen und keine Bewegung mehr!«

Wie vom Blitz getroffen, erstarrten sie, Mario und Giovanni spürten Pistolenläufe am Hinterkopf. Trotz der hohen Nachmittagstemperatur von sechsunddreißig Grad zog ein kalter Schauer über ihren Rücken, nackte Angst beherrschte sie. In den Augen aller war das Entsetzen, die pure Angst erkennbar. Während die Männer Claudio und Guerino neben die beiden anderen zerrten, setzte bei Mario ein Zittern ein, das ihn durchschüttelte. Die polierten Schuhe ließen den Urin abperlen, der im Sand versickerte. Tränen bedeckten die Wangen und der Blick war flehentlich zum Himmel gerichtet. Einer der Männer, der bis dahin kein Wort gesprochen hatte, zog vorsichtig die Tasche von Giovannis Schulter, die Pistole richtete er weiterhin auf dessen Hinterkopf.

»Die Flossen bleiben oben. Ist das klar?«, wiederholte er die Drohung.

Der schlaksige Typ hinter Giovanni steckte die Waffe ein und untersuchte die Tasche.

»Sì, ha colpito ... Volltreffer! Die haben wir am Arsch!«

In der Hand hielt er triumphierend zwei Päckchen, die eine braun-grüne Substanz enthielten. Sogar für die drei Grünschnäbel war spätestens jetzt klar, dass man sie mit *Gras* erwischt hatte. Der Abend war gelaufen.

Auf der Fahrt zur Provinzhauptstadt Crotone wurde den Burschen bewusst, dass jetzt die Unschuld vom Lande vorgespielt werden musste.

»Setzt euch auf die Bank und haltet die Klappe, bis ihr aufgerufen werdet!«

Alle vier trotteten mit gesenkten Köpfen zur angezeigten Ecke in der Polizeistation, die Handschellen verhinderten eine bequeme Sitzposition. Der unangenehme Geruch von Marios Pisse stieg in die Nase der Freunde, er wurde mit respektvollem Abstand an das Bankende verbannt. Einer der Kommissare, die sie festgenommen hatten, beobachtete sie fortwährend durch die Glasscheibe, während er an seinem Bericht arbeitete. Das Warten zerrte an den Nerven und trieb die Anspannung ins Unerträgliche.

»Wer von euch ist Claudio Zanetti?«

Die Stimme des Polizeibeamten, der direkt neben ihnen auftauchte, schallte durch den langen Flur. Sie schlug wie ein Pistolenschuss bei Claudio ein.

»Hier, ich Signore.«

Er hatte sich erhoben.

»Mitkommen!«, war die knappe Anweisung des Uniformierten.

Ein Türschild wies darauf hin, dass sie das Büro des Oberkommissars Paletta betraten.

»Setz dich da hin, der Chef kommt sofort!«

Der bullige Polizist baute sich neben der Tür auf, der Blick war starr auf das Fenster gerichtet. Es hieß warten ... ein Psychospiel, das Claudio zur Genüge kannte. Jugendstreiche hatten ihn zum Stammgast in der kleinen Wache in Rocca gemacht, in Crotone hatte er heute Premiere.

Das Öffnen der Tür in seinem Rücken bemerkte er nicht. Erst als der Oberkommissar, einem Phantom gleich, neben ihm auftauchte, schrak Claudio heftig zusammen und sprang auf.

»Bleib sitzen!«, forderte der ihn auf, bevor er hinter dem Schreibtisch in den Drehstuhl sank. Während der Oberkommissar in Unterlagen blätterte, hatte Claudio Zeit, ihn einzuschätzen. Innerlich musste er schmunzeln. Der drahtige, kleinwüchsige Mann in dem verknitterten Anzug verschwand fast hinter dem Riesenschreibtisch. Alles in dem Büro war altmodisch, herrschaftlich, dunkles, mit Intarsien versehenes Mobiliar verlieh dem Raum sogar etwas Bedrohliches.

Oberkommissar Paletta schob den Stuhl zurück, um den eindringenden Sonnenstrahlen zu entgehen. Sofort eilte der Uniformierte zum Fenster und zog an dem schweren Vorhang. Dankbar nickte Paletta ihm zu und betrachtete seinen Gast.

»Habe mit Obermeister Livio in Rocca telefoniert. Ein Claudio Zanetti ist dort ein alter Bekannter, ein Dauergast, wenn man das so sagen darf, du scheinst dich ja auf Polizeiwachen wohlzufühlen. Ich sehe, dass du es mit dem Gesetz nicht genau nimmst, allerdings war bisher noch kein Drogenhandel gelistet. Doch, wie wir sehen, das entwickelt sich.«

Schon mit der Einführung versuchte der Kommissar, ihn einzuschüchtern.

»Herr Oberkommissar ...«, wollte Claudio einwenden.

Die erhobene Hand gebot ihm Schweigen.

»Ich kann dir den aktiven Drogenhandel bisher nicht nachweisen, doch zumindest eine Beteiligung, mein junger Freund. Wollen wir die Sache einmal in aller Ruhe betrachten. Da wird ein Posten Gras auf dem Markt angeboten, meine Leute erfahren davon, zeigen beim Anbieter Interesse. Der Preis steht und die Übergabe wird verabredet. Wir überraschen am Übergabeort eine Gruppe Jungspunde, die im Besitz von Marihuana sind.

Halten wir fest: Wir haben Drogendealer auf frischer Tat erwischt. Wir bringen die Verbrecher vor Gericht, dann für etwa zwei bis drei Jahre hinter Gitter. Siehst du, so einfach läuft das in unserem Rechtssystem.«

Paletta hatte die Ellenbogen auf die Schreibtischplatte gestützt und die Fingerspitzen zusammengelegt, sein Blick ruhte unablässig auf Claudio. Er ließ die Ansprache wirken, wartete auf Reaktionen. Das unruhige Wippen der Beine entging ihm nicht, es zeigte ihm, dass es in Claudio arbeitete.

»Nun«, setzte er im Plauderton das Gespräch fort, »haben wir selbstverständlich gewisse Spielräume, in denen wir uns bewegen können. Es muss ja Auftraggeber geben, die das große Geld verdienen, Männer, die euch an die Front schicken. Ihr tragt das Risiko, sie kassieren. Darüber bist du dir hoffentlich im Klaren? Also, in aller Kürze, mir geht es nicht in erster Linie darum, euch Würstchen in Jugendarrest zu stecken ... ich will die Großen, die Hintermänner. Die, die euch verheizen. Hast du mich verstanden?«

Oberkommissar Paletta stand auf und näherte sich, eine Hand legte er auf Claudios Schulter. Die Gedanken jagten durch dessen Kopf, er überlegte, wie er aus dieser verfahrenen Kiste ungeschoren heraus kam. Ein Klopfen an der Tür unterbrach die Szene. Das hübsche Gesicht einer jungen Assistentin erschien im Türspalt.

»Herr Oberkommissar, ich störe ja ungern, aber hier sind die Eltern eines Claudio Zanetti, die ihren Sohn abholen wollen. Darf ich ...?«

Ohne die Antwort abzuwarten, wurde die schwere Tür aufgestoßen, Francesco Zanetti schob sich in den Raum. In seinem Schatten drängte eine Frau an ihm vorbei. Der uniformierte Beamte stellte sich schützend vor Paletta und stoppte Francesco Zanetti.

»Lassen Sie nur, Amantori, das ist in Ordnung, Signor Zanetti hatten wir verständigt und ihn gebeten, seinen Sohn hier abzuholen. Danke.«

Obermeister Amantori trat einen Schritt zurück. Claudio blieb keine Zeit mehr, den Arm schützend vor das Gesicht zu bekommen. Der Schlag traf ihn direkt auf die rechte Wange, der zweite landete hart in seinem Nacken, bevor Paletta und Amantori gleichzeitig Mutter Zanetti zurückdrängten.

»Du verdammter Mistkerl, du bringst laufend Schande über die Familie. Warum hat uns Gott mit dir bestraft? Nun fängst du auch noch mit Rauschgifthandel an. Ich schlage dich zum Krüppel, du Bastard.«

Vor der Polizeistation lief eine heiße Debatte darüber, wie man mit den jetzt straffällig gewordenen Söhnen umgehen sollte. Die Eltern der anderen Jungs waren ebenfalls eingetroffen und debattierten heftig darüber, wo sie bei der Erziehung versagt hatten.

Claudio, Mario und Guerino standen abseits, sie bereiteten sich innerlich auf kommende Strafaktionen vor.

»Wo ist Giovanni?«, bemerkte Guerino in die Stille, alle drei blickten ratlos umher.

»Wenn der bloß keine Scheiße baut und plaudert, dann haben auch wir seine Bosse am Hals. Die müssen doch davon ausgehen, dass jeder von uns gequatscht hat. Verdammt, hoffentlich hält er dicht.«

Die Bemerkungen von Mario machten sie nachdenklich und ließen das Problem mit den Eltern nebensächlich erscheinen.

»Ich hab Schiss. Erinnert ihr euch, was die mit Luca Ancello angestellt haben? Ich möchte meine Eier nicht in den Mund gesteckt kriegen. Die Zunge hat man ihm vorher auch noch rausgeschnitten.«

Guerino hatte immer schon den Hang zu Übertreibungen, doch diesmal traf er ins Schwarze. Betreten sahen sie auf den Boden und scharrten mit den Fußspitzen im Sand.

»Wir fahren. Claudio, komm jetzt endlich!«

Die Elterngruppe löste sich auf. Vater Zanetti hatte es tatsächlich geschafft, seine Frau zu besänftigen. Das war immer dann notwendig, wenn sie Claudio nach einer seiner Eskapaden zur Rechenschaft zog. Die eine oder andere Tracht Prügel konnte und wollte er nicht verhindern.

Vater und Sohn verband etwas Besonderes, mit Papa konnte Claudio reden, auch wenn er großen Mist gebaut hatte. Francesco hing auf unerklärliche Weise an seinem Letztgeborenen, obwohl der Junge es immer wieder schaffte, in Schwierigkeiten zu geraten. Seine Kontakte zu gewissen Kreisen im Ort behagten ihm nicht, in Rocca hatte man gelernt, die 'Ndrangheta fernzuhalten. Jeder wusste um ihre Existenz, aber nur wenige pflegten Kontakte. Claudio war überzeugt, dass sie richtige Kerle, gute Freunde waren. Zu dem Zeitpunkt wusste er noch nicht, welche Rolle falsche Freunde in seinem Leben spielen sollten.

Ein verhängnisvoller Schwur

Bei den täglichen Treffen im La Villetta gab es nur ein Thema: Immer noch saß Giovanni in einer Zelle und wurde wahrscheinlich ausgequetscht. Von Mario, Guerino und Claudio gab es keine Auskünfte, da sie keinerlei Kenntnisse über Strukturen der Organisation besaßen, das hatten die Ermittler schnell erkannt. Bei Giovanni allerdings vermuteten die Behörden Möglichkeiten, mehr über die Auftraggeber erfahren zu können.

Die Tage vergingen, während die Angst bei den drei Burschen wuchs. Wie lange hielt er dicht? Wann hatten ihn die Verhörspezialisten weichgeklopft? Klar, jeder wusste, dass Giovanni oft Geschichten erzählte, die frei erfunden waren, er übertrieb es gerne. Doch hier saß er vor geschulten Beamten, die Erfahrung besaßen, das waren keine naiven Jugendlichen. Wenn sie ihm genug versprachen ... würde er weiterhin das Maul halten?

Claudios Vater wurde mit jedem Tag nervöser, da er wusste, wie die ›Familie‹ mit möglichen Verrätern verfuhr. Der Alltag war geprägt von Angst und jeder hielt Ausschau nach verdächtigen Fahrzeugen und Personen, jedes langsam fahrende Auto, das nicht zum Ort gehörte, wurde argwöhnisch beäugt. Die Treffen der vier Väter häuften sich, die Diskussionen wurden schärfer, da die alleinige Schuld an der Misere Giovanni zugeschoben wurde. Er hatte ›die Kleinen‹

mitgeschleift, die bisher noch nie mit Rauschgift in Berührung gekommen waren.

Gespannt verfolgten die drei Jungen in Claudios Zimmer die lautstarke Debatte ihrer Väter, sie hatten die Zimmertür offen und saßen lauschend auf dem Teppich. Der Abend der Entscheidung kam, ein Entschluss wurde gefasst. Den Jungen, die am Treppenabsatz gelauscht hatten, blieb das Herz stehen, denn sie sollten Rocca verlassen, einfach untertauchen. Sie, die schon seit dem Kindergarten Freunde waren, sollten getrennt werden. Und das nur, weil Giovanni sie alle in die Scheiße geritten hatte. Zum Teufel mit ihm, das würde man ihm nie verzeihen.

Giovannis Augen suchten die Straße ab, während das schwere Tor der Wache in Crotone hinter ihm ins Schloss rollte. Er hatte den Lärm, die Geräusche der Stadt bereits nach wenigen Tagen vermisst und überlegte, wie er auf dem schnellsten Weg zurück nach Rocca kam. Die vergangenen zwei Wochen hatten ihm zugesetzt, unzählige Verhöre hatten ihn mürbe gemacht, bis er schließlich die wenigen ihm bekannten Namen preisgegeben hatte. Doch eines konnten die Bullen nicht erreichen: Er würde auf keinen Fall als Zeuge gegen diese Leute aussagen, das war ihm viel zu gefährlich. Sie hatten ihm versprochen, seinen Namen aus allen Ermittlungen herauszuhalten. Niemand würde erfahren, dass er seine Hintermänner verpfiffen hatte. Das war der Deal.

Der schwarze Mercedes näherte sich kaum erkennbar, da er eine Staubfahne hinter sich her zog. Er nahm die Zufahrt zur Wache und kam direkt neben Giovanni zum Stehen. Die getönte Scheibe des Beifahrers fuhr mit leisem Surren herunter und zeigte das ausdruckslose Gesicht von Luca Mancini. Der Daumen wies nach hinten, eine deutliche Aufforderung für Giovanni, wo er einzusteigen hatte. Seine Knie wollten nachgeben und zitterten, als er auf dem Rücksitz Platz nahm.

»Na, das hat sich ja hingezogen, mein Freund. Wir erfuhren erst vor einer Stunde, dass du auf freien Fuß kommst.«

Die piepsige Stimme gehörte Antonio Pesto, der ebenfalls auf der Rückbank saß und Giovanni auf die Schulter klopfte. Antonio hatte er selten zu Gesicht bekommen, da dieser häufig auf Reisen war. Es hieß, er wäre normalerweise mit ›Sonderaufgaben‹ betraut. Es rankten sich üble Gerüchte um ihn. Ein Begrüßungskommando, auf das Giovanni verzichten konnte.

»Siehst du, mein Freund, jetzt bist du entjungfert, der erste Knastbesuch ist der schlimmste. Daran gewöhnt man sich aber irgendwann. Das einzig Unangenehme sind diese verfickten Verhöre, die können einem ganz schön zu schaffen machen. Du hast doch Hunger, oder? Wir fahren jetzt gemütlich zum Futtern, dabei kannst du uns berichten, wie das da drin gelaufen ist, capito?«

Luca Mancini und der Fahrer, den Giovanni nie zuvor gesehen hatte, saßen mit ausdruckslosen Gesichtern vorne. Sie beteiligten sich mit keinem Wort an der Unterhaltung. Bei Antonio schien das Lächeln eingemeißelt, es wirkte nicht echt, eher gefährlich, da die Augen nicht einbezogen waren. Sie waren unablässig auf Giovanni gerichtet, der aus dem Fenster sah und fieberhaft überlegte, was er den Männern gleich auftischen sollte. Der Mercedes glitt über den heißen Asphalt und hielt vor einem Lokal, das großspurig mit dem Schild ›Ristorante‹ warb. Giovanni hätte es eher als ›Bar mit Aperitivo‹ bezeichnet.

»Buongiorno Antonio, dich habe ich lange nicht mehr gesehen. Der übliche Tisch für euch?«

Der Wirt kam auf die Gäste zu und begrüßte sie mit einer übertriebenen Theatralik und Handschlag. Ohne eine Antwort abzuwarten, ging er vor der Gruppe her und zeigte auf einen Ecktisch. Nicht vorhandene Falten wurden auf der ehemals weißen Tischdecke glatt gestrichen. Nachdem er die Speisekarten verteilt hatte, verschwand er eilig, um die üblichen Antipasti vorzubereiten. Antonio nahm direkt neben Giovanni Platz und legte einen Arm über dessen Stuhllehne. Noch immer ruhte sein Blick auf

Giovanni, sein Lächeln erzeugte allmählich ein mulmiges Gefühl. Giovanni faltete unablässig die Serviette neu, bis sich Antonios Hand darüberlegte und damit das Spiel beendete.

»Warum bist du nervös, mein Freund? Genieß deine Freiheit und gleich das Essen, doch jetzt erzähl, was war denn so los bei den Bullen? Wie man sagt, haben die euch einen fingierten Deal angedreht und euch das Gras abgenommen. Gott, das waren ja nur zwei Kilo ... kein Drama. Was wir verstehen möchten: Warum hast du die drei Rotznasen mitgenommen, wolltest du denen was beweisen?«

Mit beängstigend ruhiger Stimme richtete er die Fragen an Giovanni, dessen Nervosität immer weiter anstieg.

»Kannst du jetzt netterweise das Maul aufmachen? Seit wir dich abgeholt haben hast du nicht eine Silbe rausgelassen ... das ist unhöflich.«

Ein warnender Unterton und die Lautstärke ließ Giovanni das Blut in den Adern gefrieren.

»Die Drei sind meine besten Freunde, die kenne ich schon ewig und die wissen nichts. Ihr glaubt doch hoffentlich nicht, dass ich denen auch nur ein Sterbenswörtchen erzählt habe? Die waren völlig ahnungslos«, beeilte Giovanni sich, die Sache klarzustellen.

»Das hören wir gerne, aber wie steht es mit dir?«, schoss Antonio die nächste Frage ab, »wusstest du etwas zu berichten?«

»Signor Pesto, Sie glauben doch hoffentlich nicht, dass ich ...?«

Giovannis Gesicht hatte in Sekundenschnelle eine tiefrote Farbe angenommen, sein Körper versteifte sich.

»Mein Freund, Glaube fängt da an, wo das Wissen endet. Ich möchte nicht nur glauben. Versichere uns hier vor Zeugen, beim Leben deiner Geschwister, vor dem Antlitz Gottes, dass du den Bullen nichts außer deinem Namen und deiner Adresse preisgegeben hast. Erst dann bin ich ein Wissender.«

Seine Hand lag wie ein Schraubstock um die des Jungen. Alle Blicke waren auf Giovanni gerichtet. In diesem Augenblick war ihm klar, dass sein Schicksal von dieser einen Antwort abhing. Er ließ sich von der gleichgültigen Miene der Männer nicht täuschen, diese Antwort bestimmte Ihr weiteres Handeln.

»Die haben tausend Mal versucht, die Auftraggeber aus mir rauszuholen. Man hat mir ein Zeugenschutzprogramm angeboten, wenn ich gegen die Hintermänner aussage, sogar Haftverschonung für mich.«

Giovanni blickte umher und blieb in dem lächelnden Gesicht Antonios hängen. Niemand unterbrach die Stille, bis Luca Mancini fragte: »Und ... hast du gesungen?«

Giovanni glaubte, sein Herz hätte das Schlagen eingestellt. Er wandte sich an Luca und hob verzweifelt die Stimme.

»Bin ich wahnsinnig? Das würde ich nie tun. Luca, bei meinem Leben. Ich schwöre.«

In diesem Augenblick schaltete sich Antonio ein.

»Ist doch alles gut, Kleiner, wir glauben dir doch. Du hast bei deinem Leben geschworen, dass du kein Sterbenswort erzählt hast, keine Namen, keine Geheimnisse aus der Familie. Du glaubst nicht, wie glücklich uns das macht. Du hast alles richtig gemacht. Was mich noch interessiert: Warum hat man dich so ohne Weiteres auf freien Fuß gesetzt ... du hast schließlich mit Gras gehandelt?«

Diese Frage kam emotionslos. Wieder ruhten die Blicke auf Giovanni, in dessen Kopf jetzt ein Feuerwerk an möglichen Antworten abbrannte.

»Die Bullen meinten, dass sie das Verfahren gegen mich erst später ansetzen würden. Ich könnte bis dahin auf freien Fuß gesetzt werden. Ich stehe noch unter Jugendschutz, meine Eltern mussten für mich bürgen.«

Die Stille, die folgte, zerrte an den Nerven. Die drei tauschten Blicke aus, die er nicht einschätzen konnte. Bevor Giovanni reagieren konnte, landete Antonios flache Hand auf seiner Wange. Das Grölen der Männer ließ die Spannung im Raum wie ein Kartenhaus zusammenbrechen.

»Na großartig, Kleiner. Wo bleibt das Essen, Massimo? Wir verhungern.«

Wie auf ein geheimes Kommando erschien der Wirt mit einem Riesentablett, angehäuft mit Antipasti. Alle vier griffen zu und tauschten Anekdoten aus dem glorreichen Knastleben aus. Giovanni wusste, sein Leben hing ab jetzt an einem seidenen Faden.

Die Nachricht, dass Giovanni nach so kurzer Zeit auf freien Fuß gesetzt worden war, flirrte wie ein Lauffeuer durch Rocca. Am gleichen Abend fand ein Treffen der Väter im Hause Zanetti statt. Die nötigen Schritte mussten besprochen werden.

»Keiner von uns verrät, wo die Jungen sich aufhalten. Wenn ihr mit ihnen in Kontakt tretet, geschieht das nur aus einer öffentlichen Telefonzelle, ist das jedem klar? Auch die Jungs müssen darüber schweigen, das müssen wir ihnen einhämmern. Morgen früh geht es los.«

Francesco Zanetti wirkte gelassen, obwohl alles in ihm in Aufruhr war. Die Väter nickten stumm. Es war ihren sorgenvollen Blicken anzusehen, wie schwer ihnen die Entscheidung fiel. In den letzten Tagen waren bereits Vorkehrungen für den Fall der Fälle getroffen worden, nun war es so weit. Wenn Gras über die Sache gewachsen war, konnten wieder Kontakte gepflegt werden, jetzt aber war Eile geboten. Jeder hatte in Italien Verwandte, die den Kindern eine vorübergehende Heimat bieten konnten. Es sollte ja nicht für die Ewigkeit sein.

»Claudio, komm runter, Papa will mit dir sprechen!«

Die Stimme von Annunziata Zanetti schallte bis in den letzten Winkel des Hauses und ließ den Jungen zusammenfahren. Der Abschied von der Familie, von dem vertrauten Umfeld, stand unmittelbar bevor, das spürte er.

Dieser verdammte Giovanni – die Pest soll ihn holen. Er hatte ihn hundertfach dafür verflucht, weil er sie in diese Situation gebracht hatte.

Claudio stand mit gesenktem Kopf vor dem Vater und hoffte inständig, dass er sich irrte. Mutter Zanetti klapperte mit dem Geschirr in der Küche, das hier war Männersache.

»Setz dich, mein Junge ... hierher.«

Francesco Zanetti zeigte mit einer müden Geste neben sich.

»Das musste so kommen, ich hatte es schon lange gespürt. Diese Stadt ist nichts für heranwachsende Männer ... sie ist verflucht. Diese 'Ndrangheta ist ein Virus, der sich überall festsetzt. Sie ist wie eine seelenfressende Spinne. Ich weiß, dass du für die Situation nicht verantwortlich bist, doch mit den Folgen müssen wir jetzt leben.«

Francescos Augen waren feucht. Er schnäuzte ins Taschentuch. Nachdenklich betrachtete er seinen Jüngsten, der mit gesenktem Kopf neben ihm saß. Claudio brachte kein Wort heraus.

»Du wirst mitbekommen haben, dass du untertauchen musst, deine Freunde ebenfalls. Jetzt, wo Giovanni auf freien Fuß gesetzt wurde, dürfte jedem klar werden, dass etwas mit der Polizei ausgehandelt wurde. Die ›Familie‹ wird denken, dass er euch eingeweiht hat und ihr deshalb eine potenzielle Gefahr darstellt. Ihr müsst unsichtbar werden, capito? Keiner von euch dreien darf erfahren, wo sich der andere aufhält, das musst du mir versprechen. Hörst du mir überhaupt zu? Begreifst du das?«

Er griff Claudio unter das Kinn und hob dessen Kopf an. Der Junge sah ihm tapfer in die Augen, obwohl sie mit Wasser gefüllt waren. Claudio nickte.

»Ja Papa, ich werde niemandem etwas verraten, das verspreche ich.«

»Morgen vor Sonnenaufgang starten wir. Ich bringe dich zum Bahnhof nach Strongoli. Erst da erfährst du, wo du hinfahren wirst. Das ist kein Misstrauen, sondern dient der Sicherheit. Nur Mama weiß, wo du lebst, verstehst du das? Einmal die Woche werde ich dich aus einer Telefonzelle anrufen, um Neuigkeiten auszutauschen.«

»Ja, Papa, ich habe alles verstanden. Kann ich mich noch von den anderen verabschieden?«

Francesco nahm das Gesicht seines Sohnes in beide Hände. Ihn schmerzten die Worte.

»Nein Claudio, das darfst du nicht. Ich werde es deinen Geschwistern erklären. Vertrau mir, es ist der sicherste Weg.«

Ohne ein Geräusch trug Claudio die Tasche die steile Treppe hinunter in den Hof. Der Himmel erwartete ihn mit der ersten Morgenröte. Der Duft der Pinien erschien ihm heute besonders intensiv, als ob sie ihm den Abschied schwerer machen wollten, der Ort schlief noch. Francesco stellte soeben die Tasche in den Kofferraum, als Mutter in der Tür erschien. Es war ihr anzumerken, dass sie versuchte, die Tränen zu unterdrücken. Den Beutel mit Reiseproviant hatte sie auf den Boden gestellt, sie wartete auf ein Abschiedswort. Zögernd ging er auf sie zu, um kurz vor ihr stehenzubleiben. Ihm erschien erschreckend deutlich die Kirchenszene vor Augen und er spürte erneut den Augenblick der Erniedrigung. Nie würde er das vergessen.

Sie löste die Arme vom Körper und hielt ihm flehend die Hände entgegen. Sie ahnte, woran er dachte. Trotz allem hoffte Sie auf eine Geste des Verzeihens.

»Claudio, bitte.«

Ihre Worte kamen stockend und die Augen zeigten ihren gesamten Kummer. Sie sorgten dafür, dass er den Widerstand aufgab.

»Mama, es tut mir so leid. Ich wollte nicht, dass es so endet ... das musst du mir glauben.«

Claudio stürzte in die Arme der Mutter, die sie ihm mit spürbarer Erleichterung um die Schultern legte. Er genoss den Duft ihrer Schürze ein letztes Mal, den Geruch von Oliven, Kräutern und frisch gebackenem Brot ... der Duft seiner Mutter.

»Du kommst wieder zurück in die Heimat, mein Kleiner, das weiß ich ... das spüre ich. Ich muss dir nichts verzeihen, Junge, mach aus deinem Leben etwas Gutes. Es endet heute nicht ... es beginnt nur ein weiteres Kapitel darin. Gott wird dich beschützen ... ich habe in der Nacht gebetet, glaube mir.«

Die letzten Worte verschwammen, da die Tränen sie erstickten. Er drückte ihr einen langen Kuss auf die Wange.

»Ich liebe euch alle.«

Claudio löste sich, da Vater Zanetti ihnen zuflüsterte, dass die Zeit drängte. Noch lange nachdem das Autogeräusch verklungen und der Wagen bereits außer Sicht war, stand Annunziata winkend an der Ausfahrt. Ihr Blick war flehentlich in den Himmel gerichtet.

»Verflucht sollt ihr sein, die ihr mir den Sohn genommen habt.«

Sie schlug ein Kreuz, bevor sie ins Haus zurückkehrte. Die Kinder mussten geweckt werden.

Der Zug kam mit einem letzten Zittern quietschend zum Stillstand. Die Sonne hatte sich mit ihrer Kraft gegen die Dunkelheit der Nacht durchgesetzt. Claudio hatte erfahren, dass er in Mailand bei der ältesten Schwester Ida Zuflucht finden sollte. Ihr Mann Giuseppe hatte ein möbliertes Zimmer in der Nähe angemietet, in dem Claudio vorerst Unterschlupf finden sollte. Er war erleichtert darüber, dass er nicht in die absolute Fremde geschickt wurde. In Mailand konnte das Leben angenehm sein, das hatte er oft von Ida gehört.

»Du musst einsteigen, mein Junge, der fährt gleich ab. Hier, nimm die Tasche.«

Vater Zanetti schob das Gepäck durch die Tür und sah zu Claudio auf, der in der offenen Abteiltür wartete.

»Ich kann das nicht besonders gut ... ich meine, Abschied und so. Bleib ein guter Junge und bring keine Schande über deine Familie. Ich werde Ida ab und zu anrufen, werde sie fragen, wie es dir geht. Ruf auf keinen Fall von dort bei uns an. Man kann nie wissen ...! Arrivederci, ich werde immer an dich denken.«

Seine zitternden Hände hielten die seines Sohnes umklammert, bis er den Pfiff auf dem Bahnsteig vernahm. Claudio löste sich und schlug die Tür zu, Sekunden später ruckten die Waggons an. Er winkte noch lange durch ein Abteilfenster, während der Morgendunst den letzten Wagen verschluckte und die Umrisse seines weinenden Vaters verschwammen.

Mit müden Schritten und hängenden Schultern ging Francesco zum Parkplatz. Erst Nicola, dann Ida, jetzt hatte sogar sein Jüngster das Haus verlassen.

Mailand

Schon seit geraumer Zeit durchfuhr Claudio die Mailänder Vororte und bestaunte die Größe dieser Stadt. Als die Ankunft am Mailänder Bahnhof angekündigt wurde, hielt es ihn nicht mehr auf dem Sitz. Er presste die Nase gegen die Scheibe. Staunend nahm er die Eindrücke auf, die diese Großstadt mit den vorbeifliegenden hohen Wohnhäusern und Industrieanlagen lieferte. Es nahm kein Ende, Häuser bis zum Horizont. Sein Puls raste. Das Quietschen der Bremsen leitete die Einfahrt in den Hauptbahnhof ein. Als er den Blick an der schier endlosen Schlange der Waggons entlang auf das Ziel richtete, überfielen ihn zum ersten Mal Zweifel an seinem Tun. Das war nicht mehr die Welt der dörflichen Bescheidenheit, das war ... es war eine bedrückende, fremde Umgebung. Es war schwer erklärbar, er witterte Gefahr.

Der Zug fuhr auf das mittlere Gleis mit dem gewaltigen Bogen aus Metallstreben zu, die gleißende Sonne blieb zurück. Die Waggons tauchten ein in den bedrohlich wirkenden Schatten der Riesenhalle. Allmählich verstummten die Bremsgeräusche des einfahrenden Ungetüms, die Lautsprecherdurchsagen übertönten sämtliche Geräusche, Fahrgäste hasteten unter dem Fenster vorbei, ungewohnter Lärm prallte ihm entgegen. Er öffnete die Waggontür, sprang auf den Bahnsteig und zog die Sporttasche mit den Habseligkeiten heran. Dann wuchtete er sie ebenfalls aus dem Waggon. Er musste Menschenmengen ausweichen, die ihn anrempelten, ihren Zielen zueilten.

Claudio hatte auf der Fahrt viel über den Bahnhof gelesen. Trotz der Vorbereitung blickte er fassungslos auf den gigantischen Bau mit den vierundzwanzig Gleisen. Dieser Kopfbahnhof hatte immerhin eine Hallenlänge von dreihunderteinundvierzig Metern. Nie hätte Claudio geglaubt, dass solche Bauten von Menschen geschaffen werden können. Das Größte, was er bisher erlebt hatte, war die Dorfkirche mit ihren sechzehn Sitzreihen.

Die neuen Fahrgäste hatten mittlerweile Platz genommen und warteten darauf, dass der Zug in entgegengesetzter Richtung den ›Milano Centrale‹ verließ. Zumindest auf diesem Gleis trat vorübergehend Ruhe ein, nur noch vereinzelt stiegen Gäste zu. Hilflos blickte Claudio den Bahnsteig entlang und bemerkte erst jetzt die heraneilende, winkende Schwester. Ida streckte beide Arme aus, riss ihren Bruder schluchzend an die Brust und beide hüpften wie Kinder herum.

»Schön, dass du endlich da bist«, hauchte sie ihm mit tränenerstickter Stimme ins Ohr und krallte ihre Finger in seinen Rücken. Lange klammerte sie sich an ihn, bis Claudio sich vorsichtig befreite.

»Hi Schwester, freue mich ebenfalls. Alles klar? Soll dir viele Grüße von Mama und Papa bestellen.«

»Danke, danke. Mensch, bist du gewachsen, da steht plötzlich ein Mann vor mir. Du wirst hier die Mädchen verrückt machen, so wie du aussiehst.«

Ida trat einen Schritt zurück und betrachtete ihn.

»Können wir jetzt gehen?«

Claudio war diese Szene peinlich und er versuchte, die Verlegenheit zu überspielen. Er wuchtete die Tasche über die Schulter und Ida hakte sich lachend bei ihm ein. Gemeinsam schlenderten sie zum Treppenabgang.

Staunend nahm Claudio die imposante Optik der Empfangshalle auf, während Ida ihn zum Ausgang lenkte. Die Sonne schlug ihnen brutal entgegen, sie blendete dermaßen, dass es eine Weile dauerte, bis er einen Blick auf die Schirme der Verkaufsstände werfen konnte. Als er sich umdrehte, blieb er, wie vom Blitz getroffen, stehen. Eine solche Fassade hatte er sich im Traum nicht vorstellen können. Dieses zweihundert Meter breite und zweiundsiebzig Meter hohe Monumentalgebäude haute ihn aus den Socken. Ida zog ihn am Ärmel über den Zebrastreifen.

»Wir müssen uns beeilen, ich möchte in Caronno ankommen, bevor der Feierabendverkehr beginnt. Das sind immerhin achtundzwanzig Kilometer, dafür brauchen wir bestimmt fünfzig Minuten. Ich muss ja anschließend noch nach Seveso, das sind noch mal dreißig Kilometer.«

Der Alfa brachte die Geschwister in der Rekordzeit von fünfundvierzig Minuten nach

Caronno, wobei Claudio ab und zu die Luft anhielt, da Ida jegliche Verkehrsregeln zu ignorieren schien. Völlig relaxt, mit einem Lächeln auf den Lippen, bewältigte sie das Verkehrschaos und bremste schließlich vor einem zweigeschossigen, ziegelroten Haus. Eine angenehme Straße, dachte Claudio. Sie öffneten das winzige Metallgatter und stiegen die zwei Stufen hinauf, um an der Eingangstür zu klingeln.

»Buongiorno Ida, das ist also dein kleiner Bruder? Wie geht es dir, mein Freund? Ich bin Signora Piala.«

Die ältere Dame umarmte Ida kurz und reichte Claudio mit einem Lächeln die Hand. Ihr freundliches Gesicht gab Claudio ein gutes Gefühl.

»Wir vertragen uns schon, nicht wahr, mein Freund?«

Sie legte den Arm um Claudios Schulter und führte ihn durch den Flur in ein Zimmer. »Das ist dein Reich, mein Junge. Na, gefällt es dir?«

Abwartend sah sie ihn an und nahm mit Befriedigung ein stummes Nicken als Zustimmung hin.

»Ida, du kannst jetzt losfahren, ich mach das hier schon mit dem Burschen.«

Ida küsste Claudio noch mal auf die Wange und rief beim Gang zum Auto über die Schulter:

»Ich komme morgen wieder vorbei, am Wochenende habe ich mehr Zeit. Bringe dann auch Giuseppe und die beiden Süßen mit. Bis später.«

Der Ball rollte aus. Er blieb vor Claudios Füßen liegen. Spielerisch nahm er das Leder mit der Schuhspitze auf, jonglierte es auf das Knie, die Schulter und zurück auf den anderen Fuß. Erst jetzt bemerkte er, dass ihn mehrere Augenpaare stumm von der gegenüberliegenden Straßenseite beobachteten. Er klemmte den Ball unter den Arm und wartete.

Gemächlich löste sich ein Junge aus dem Pulk und schlenderte aufreizend langsam auf ihn zu.

»Nicht schlecht, nicht schlecht. Zugezogen oder zu Besuch?«

Der Bursche überragte Claudio um einige Zentimeter. Er lehnte sich mit verschränkten Armen an die Mauer und wartete.

»Wer will das wissen?«

Claudio hatte Erfahrung im Umgang mit fremden Jungen. Es war klar für ihn, dass er sich sofort bei der ersten Begegnung Respekt verschaffen musste. Er warf dem wartenden Jungen, den er als Anführer ausmachte, den Ball zu. Der fing ihn geschickt auf.

»Nicht schlecht, nicht schlecht«, wiederholte Claudio die Worte.

Mit der Aktion hatte er für eine gewisse Unsicherheit gesorgt. Abwartend ruhte der Blick auf ihm.

»Claudio, ich heiße Claudio.«

Blitzschnell streckte er die Hand aus, sodass der Junge erst den Ball in die linke wechseln musste.

»Ich bin gestern eingezogen.«

Mit dem Daumen wies er auf das hinter ihm liegende Haus und wartete ab.

»Und wie heißt du?«

»Massimo. Wo kommst du her? Hast du im Verein gespielt?«

Allmählich wurde es den anderen zu langweilig, nur zuzuschauen. Außerdem siegte die Neugierde, also wechselten auch sie die Straßenseite. Claudio wusste, dass ihm jetzt ein entscheidender Augenblick bevorstand. Jetzt musste er beweisen, dass er kein Hasenfuß war. Taxierende Blicke ruhten auf ihm, denen er selbstbewusst begegnete.

»Gibt es ein Problem?«

Die Frage kam von einem Langhaarigen, der lässig die Hände in den Hosentaschen versteckt hielt. Herausfordernd sah er auf Claudio herunter, der dem Blick lächelnd begegnete. Ihm war klar, dass er vor allem den Schleimern in der zweiten Reihe Paroli bieten musste. Sie versuchten, sich vor dem Rest der Gruppe und vor ihrem Anführer zu beweisen, denn sie hofften, selbst einmal die Rolle des Anführers übernehmen zu können.

»Ich hatte mit Massimo ein nettes Gespräch, bevor du kamst. Keine Probleme, wie sieht es bei dir aus? Hast du ein Problem mit mir?«

Diese Antwort hatte der Typ nicht erwartet. Claudio hatte ihn bewusst in eine Lage gebracht, mit der er schlecht umgehen konnte, er hatte sich mit dem

Anführer solidarisiert, dem Langhaarigen damit den Boden für Stunk entzogen.

»Lass es gut sein, Paolo, der ist okay.«

Massimo hatte ein Gespür für die aufkommende Spannung und wollte den Ball flach halten. Er blickte auf Claudio.

»Also noch mal, wo kommst du her? Und hast du schon irgendwo vor einen Ball getreten ... ich meine, in einem Verein?«

Wieder waren alle Augen auf Claudio gerichtet.

»Bin im Süden aufgewachsen, will es woanders versuchen. Bei uns ist nix los ... scheißlangweilig.«

»Ach du Scheiße, ein Südländer, hab ich mir doch gleich gedacht. Wieder so eine arme Sau, die glaubt, hier das Glück finden zu können.«

»Halt die Fresse, Paolo. Fang nicht gleich Streit an, nur weil dir eine Nase nicht passt.«

Massimo schlug dem langen Schlacks die flache Hand an den Hinterkopf und sah ihn dabei scharf an.

»Wir könnten noch einen Spieler gebrauchen, dich Pflaume kann ich ja nur hinter dem Tor einsetzen.«

Paolo zuckte zusammen. Ein hasserfüllter Blick traf Claudio, der diesen gelassen erwiderte. Schon jetzt brannte die Luft zwischen den beiden.

»Geht rüber zum Treffpunkt, ich muss hier noch was besprechen!«

Massimo warf Paolo den Ball zu und wandte sich an Claudio.

»Gehen wir was trinken? Ich zahle.«

»Klar, kein Problem.«

Massimo ging die Straße runter, ohne sich um die Anderen zu kümmern. Als Claudio folgen wollte, stellte sich ihm Paolo demonstrativ in den Weg. Einen kurzen Augenblick sahen sie sich in die Augen. Claudio ging, ohne den Blick vom Gegner zu wenden, lächelnd um ihn herum. Er spürte den blanken Hass im Rücken. Er folgte Massimo zu einer Bar, die ihm bei der Anreise nicht aufgefallen war.

»Du sagst, du bist aus dem Süden. Woher genau?«

»Rocca di Neto. Wirst du nicht kennen. Das liegt im Süden von ...«

»Ich kenne Rocca di Neto. Liegt das nicht bei Crotone? War da nicht vor einiger Zeit dieser Mord an drei Mafia-Bossen? Stand doch in allen Zeitungen.«

Massimo bestellte zwei Coke und wandte sich wieder Claudio zu.

»Was ist mit dem Fußball? Hast du schon in einer Mannschaft gespielt? Ich frage dich, weil wir hier eine eigene Mannschaft haben. Wir spielen ab und zu gegen andere Straßengruppen, kann schon mal grob zugehen, macht aber trotzdem Spaß. Außerdem hab ich Kontakte zum FBC Saronno, die spielen immerhin zweite Liga. Kann ja mit dem Trainer reden ... die suchen laufend Talente.«

Der Gedanke, hier seine Fußball-Leidenschaft ausleben zu können, gefiel Claudio.

»Bin dabei, Fußball ist was für mich. Und wenn es rau wird ... macht nichts.«

Er hatte sich den Einstand in der Stadt schwieriger vorgestellt, der Kontakt zu Massimo machte ihm vieles leichter. Vor der Bar hielt der ihn an der Schulter zurück.

»Claudio, wir kennen uns erst kurz. Ich kann noch nicht sagen, was ich von dir halten soll, aber ich will dir einen Tipp mit auf den Weg geben: Dreh Paolo niemals den Rücken zu, du hast dir einen Feind geschaffen. Übrigens ... ich tue das auch nicht bei ihm.«

Nachdem sie sich verabschiedet hatten, ging Claudio nachdenklich durch die umliegenden Straßen, um sich an das Terrain zu gewöhnen. Er konnte zu dem Zeitpunkt nicht ahnen, wie wertvoll der Tipp von Massimo für ihn werden sollte.

»Trainer, das ist Claudio, von dem ich erzählt habe. Ist das heute okay mit dem Probetraining?«

Andrea Rossi reichte Claudio die Hand und zeigte zum präparierten Rasen, auf dem sich Spieler die Bälle zuschoben.

»Mach dich warm und warte an dem rechten Tor.«

An den Kabinen schnappte er sich zwei Säcke, gefüllt mit Lederbällen, die er unter den Spielern verteilte.

Es folgten Anweisungen zu Übungen, die auf dem Rasen durchzuführen waren. Es konnte Zufall sein, dass er einen Ball versehentlich in Claudios Richtung verschoss. Dieser stoppte ihn gekonnt. Nachdem er das Leder vorgelegt hatte, schoss er es punktgenau zum Trainer zurück, der sich mit einem knappen Kopfnicken bedankte und den Ball an einen Spieler weiterleitete.

»Wir gehen auf die Strecke, damit ich deine Fitness testen kann. Ob du mit der Kugel was anfangen kannst, werden wir morgen sehen. Ach, noch etwas, für dich heiße ich nur Trainer, ist das okay?«

»Alles okay ... Trainer, bin dabei. Laufen wir zusammen?«

»Nein, gleich kommt mein Assistent, der geht mit dir auf die Bahn. Ich bin für den Scheiß zu alt, verstehst du?«

Augenblicke später gesellte sich ein drahtiger Mann zu Ihnen, der Claudio freundlich begrüßte.

»Hi, du sollst geschickt sein, habe ich gehört. Ich bin Tommaso und für die Fitness zuständig, lass uns starten. Wir werden mit wechselndem Tempo laufen. Du versuchst, mitzugehen, verstanden? Auf geht's.«

Gefühlte zwei Stunden später erreichten sie das Trainingsgelände und blieben nach Atem ringend vor dem Trainer stehen.

»Was ist los, Tommaso, fehlt dir die Fitness? Du wirst alt, mein Freund.«

Lachend schlug er seinem Assistenten auf den Rücken.

»Geh duschen, Claudio, für heute reicht es. Bis morgen um die gleiche Zeit.«

Massimo hatte auf einer Bank gewartet und begleitete Claudio in den Duschbereich.

»Was ist los? Hat der Trainer schon was gesagt? Mach endlich das Maul auf.«

»Was soll der schon gesagt haben? Bin doch erst ohne Ball um das Gelände gehetzt worden, jetzt halt die Füße still. Morgen soll ich am Ball arbeiten, vielleicht gibt er dann einen Ton von sich. Jetzt raus hier mit deinen Dreckssschuhen, ich will duschen.«

Den kommenden Tag konnte Claudio kaum erwarten, unruhig schlief er ein. Er starrte auf das Foto, das er auf das wacklige Nachtschränkchen gestellt hatte. Sein Daumen glitt langsam über das

Bild, das die Familie zeigte. Er vermisste sie. Aber besonders fehlten ihm die Freunde.

»Trainer, Sie wollten mich sprechen?«

Claudio sprach ihn vorsichtig an, während dieser die Mannschaft in die Kabinen begleitete. Wenn er ihn bereits nach zwei Trainingseinheiten und dem Gesundheitscheck rief, bedeutete das nichts Gutes. Na, immerhin hatte er alles versucht, das Beste gegeben.

»In fünf Minuten in meinem Büro. Alles klar?«

Claudio nickte und schob die Hände in die Taschen der Trainingshose, seine Stimmung sank. Die Sonne hatte den Höchststand erreicht, als er sich auf den Weg machte. Das Büro befand sich abseits und lag im Schatten der Pinien. Es wurden fünfzehn Minuten, bevor der Trainer erschien. Er drückte Claudio in den Stuhl vor seinem Schreibtisch.

»Tja, wie soll ich dir das sagen? Wir haben deine Technik gesehen, deine Fitness getestet, wir haben versucht einzuschätzen, ob du ein Teamplayer bist. Tommaso meint, dass du ein Guter werden könntest, dass wir dich unter unsere Fittiche nehmen sollten. Die Entscheidung musste ich treffen. Leider muss ich dir sagen, dass dein linker Fuß bisher nur verhindert, dass du umfällst. Der hat noch nicht verstanden, dass er auch vor den Ball treten könnte. Da hast du noch viel Arbeit vor dir. Wenn wir allerdings berücksichtigen, dass du erst vierzehn Jahre alt bist ...

da war mein linkes Bein auch noch ein Fremdkörper. Machen wir es kurz: Es tut mir leid, dir das mitteilen zu müssen. Du musst dir auf jeden Fall die Genehmigung deiner Eltern einholen. Dann,« hier fügte er eine lange Pause ein, »würden wir dich unter Vertrag nehmen.«

Claudio hatte den Worten des Trainers mit hängenden Schultern gelauscht und glaubte, sein Herz würde stillstehen.

»Ich bekomme einen ... einen Vertrag? Ich darf wirklich hier trainieren? Scheiße ... das ist Wahnsinn. Danke Trainer, vielen Dank, wann kann ich denn mit dem Training anfangen?«

Claudio hatte den Sessel verlassen und lief aufgeregt im Büro herum.

»Nun mal langsam mit den jungen Pferden, mein Freund. Setz dich wieder hin! Da muss noch ein Vertrag ausgearbeitet werden, die Unterschrift deines Vaters muss auch noch drunter. Das wird sich bestimmt noch ein Anwalt ansehen wollen, da gibt es viel zu tun. Du musst Geduld haben. Zum Training kannst du auf jeden Fall kommen, dafür brauchen wir keinen Vertrag, du musst nur Mitglied sein. Alles klar, Claudio?«

»Ich weiß nicht, was ich sagen soll, bin total von der Rolle. Mein Vater will heute sowieso anrufen, der wird staunen. Danke, Trainer.«

»Was gibt's Neues?«

Massimo lehnte gelassen an der Mauer, Claudio entdeckte ihn im Schatten der Blumenranken. Massimo ließ die Zigarette im Mundwinkel wippen, konnte seine Neugierde aber nur schlecht verbergen.

»Komm rein, du Pfeife, es gibt Neuigkeiten.«

Lässig schnippte Claudios Freund die Kippe auf die Straße und folgte ihm ins Haus.

»Bist du das, Claudio?«

Die Stimme von Signora Piala drang aus der Küche in die Diele.

»Ich koche pasta a salsa tonnata ... kannst du gleich mitessen.«

»Ist nett von Ihnen, aber ich habe meinen Freund dabei«, rief Claudio zurück und stieß verschwörerisch den Ellbogen in Massimos Seite.

»Kein Problem ... der kann was abhaben, ist genug da.«

Beide Jungs grinsten und antworteten wie aus einem Mund: »Danke Signora Piala, wir kommen gleich.«

Massimo fasste Claudio an der Schulter und hielt ihn zurück.

»Was ist passiert? Komm jetzt endlich raus damit, mach es nicht so spannend.«

Es bereitete Claudio Freude, den Freund hinzuhalten.

»In spätestens fünf Jahren spiel ich bei den Azzurri.«

»Soll das heißen ... das heißt ... du kriegst einen Vertrag? Irre ... das ist ja irre!«

Massimo tanzte wie ein Flummi durch den Flur, sodass Signora Piala den Kopf aus der Küche streckte. Massimo fiel ihr um den Hals, als hätte er den Vertrag bekommen.

»Habt ihr in der Lotterie gewonnen?«

Die Signora befreite sich vorsichtig von Massimo und blickte Claudio an.

»Nein, das nicht, aber ich bekomme einen Vertrag beim FBC Saronno. Ich kann in der zweiten oder dritten Mannschaft spielen, später vielleicht in der Ersten. Ich bin mir jetzt allerdings nicht mehr so sicher, ob *ich* den Vertrag bekomme oder Massimo. Der dreht komplett durch. Komm wieder runter, du Irrer, die Signora hat uns zum Essen eingeladen.«

»Hallo Papa? Hörst du mich?«

Claudio irritierte das Rauschen und Klicken in der Leitung.

»Ja, mein Junge, kann dich verstehen. Gibt es etwas Neues? Hat sich jemand von der Schlosserei Ferramenta Molteni bei euch gemeldet, die hatten mir das versprochen.«

Abwartende Stille in der Leitung, Claudio knetete den Telefonhörer.

»Du Papa, hör mir zu. Hier hat sich noch keiner von denen gemeldet ... brauchen die auch nicht mehr. Ich habe selbst was Großartiges gefunden. Stell dir mal vor, ich kann sofort beim FBC Saronno unter Vertrag genommen werden. Die wollen mich als Profi verpflichten. Der Vertrag ist schon geschrieben, ich brauche nur noch deine Unterschrift. Ist das nicht der Wahnsinn?«

Anstatt einer Antwort hörte Claudio nur das schwere Atmen des Vaters, er schien nach Worten zu suchen. Das Warten war unerträglich.

»Hat dir die Mailänder Sonne das Hirn verbrannt, du Clown? Du glaubst doch nicht, dass ich es zulasse, dass du dein Geld mit Fußball verdienst. Bei den Verbrechern schaffen es nur die absoluten Spitzenkönner, auf Dauer genügend Geld zu verdienen. Wenn du nicht zur Elite gehörst, sägen die dich ruckzuck ab. Was glaubst du, passiert dann mit deiner Zukunft? Bist du davon überzeugt, dass die Welt auf gescheiterte Fußballer wartet? Nein, mein Junge, das schmink dir ab, das werde ich niemals unterschreiben. Du wirst einen richtigen Beruf erlernen ... wie wir alle in der Familie.«

»Papa, das kannst du mir nicht antun.«

»Denkst du denn nicht einmal nach? Wenn deine Verpflichtung irgendwann bekannt gemacht wird, also in der Zeitung steht, wird jeder im Land wissen, wo du dich aufhältst. Willst du das wirklich? Spätestens dann wirst du unangenehmen Besuch bekommen. Keine Diskussion mehr, Claudio, ich werde noch heute bei Ferramenta Molteni anrufen, damit sie dir, also Ida, den Lehrvertrag zusenden. Basta. Ich will darüber nicht weiter diskutieren.«

Das war ihm noch nie passiert. Tränen der Wut sammelten sich in seinen Augen, er spürte, wie sich sogar Hass gegen den Vater aufbaute. Was tat er ihm da an? Warum zerstörte er seinen Traum?

»Claudio? Bist du noch dran?«

»Ja, ich bin noch dran«, kam es durch die zusammengepressten Lippen, »ich habe alles verstanden. Grüß Mama von mir.«

Er konnte jetzt nicht weiter mit dem Vater sprechen und hängte wortlos ein. Er lief stumm an Signora Piala vorbei, die die letzten Sätze mitgehört hatte. Sie hörte, wie er sich mit einem Aufschrei auf sein Bett warf, die Tränen konnte er nicht mehr zurückhalten.

Die Via per Caronno lag ruhig in der Sonne, die Jungs langweilten sich auf der Treppe des Monumento. Claudio sah die drei Mädchen zuerst und stieß Massimo an. Wie auf einen stillen Befehl hin verteilten sich die acht Burschen und umzingelten die drei Ahnungslosen. Tief im Gespräch vertieft, bemerkten sie die aufkommende Gefahr erst, als sie mit Massimo und Claudio zusammenstießen.

»Was soll das? Lasst uns vorbei.«

Eine der drei stieß Claudio vor die Brust und versuchte, sich so Respekt und einen Durchgang zu verschaffen.

»Das ist die blödeste Anmache, die ich bisher erlebt habe. Wisst ihr nicht, mit wem ihr euch anlegt? Mein Vater ist Commissario hier in Mailand.«

Die Jungs sahen sich einen Augenblick an und prusteten los.

»Verdammt, jetzt sind wir im Arsch. Der wird uns für den Rest des Lebens einsperren.«

Massimo wurde schnell wieder ernst und wandte sich an die couragierte Schönheit.

»Mädel, in diesem Augenblick hat sich die Gebühr für euch verdoppelt. Eigentlich hättet ihr nach Zahlung von fünftausend Lire die Straße passieren dürfen. Ich wäre jedoch zu einem Kompromiss bereit. Die Fünftausend und jeder von uns holt sich einen Kuss bei euch ab.«

Die Jungs schlugen sich vor Vergnügen auf die Schenkel und spitzten erwartungsvoll die Lippen.

»Fick dich, das kannst du dir abschminken, mein Vater wird euch kräftig in den Hintern treten.«

Die beiden anderen Mädel steckten kurz die Köpfe zusammen und zogen ihre Freundin in den Kreis.

»Hör mal, was ist schon dabei? Wir geben denen die Kröten und von einem Kuss wird keine von uns sterben. Wir kommen sonst nie hier weg.«

Nach kurzer Überlegung zuckte die Wortführerin die Schultern.

»Einverstanden. Aber das hat noch ein Nachspiel, ihr Affen.«

Sie kramte das Geld aus ihrer Hosentasche und überreichte es Massimo.

»Das mit dem Kuss ist auch abgemacht. Aber der da, dieser ungepflegte Pickel-Typ, kriegt keinen. Ungewaschen kommt der nicht in meine Nähe, keine von uns will sich Herpes einhandeln.«

Paolos Grinsen fror schlagartig ein und kalter Hass trat in seine Augen. Mit zwei Schritten war er bei der Sprecherin und hob die Hand. Claudios Finger krallten sich in die fettige Mähne und zogen ihn brutal zurück. Nur Zentimeter waren ihre Gesichter voneinander entfernt.

Gefährlich leise erreichten Paolo die Worte: »Wenn du sie auch nur einmal anfasst, werde ich dich unter dem nächsten Gullideckel verbuddeln. Ich kann das Mädel verstehen, du siehst beschissen aus ... und stinkst wie ein Iltis. Jetzt verpiss dich nach hinten, wir haben was zu erledigen. Du bleibst ungeküsst.«

Claudio stieß Paolo zurück. Massimos Hand schoss in diesem Augenblick an Claudio vorbei und legte sich wie ein Schraubstock um Paolos Handgelenk. Um Haaresbreite verfehlte er dabei die Spitze des Klappmessers, das wie durch Zauberei, in dessen Hand aufgetaucht war. Mit schmerzverzerrtem Gesicht ließ Paolo das Messer fallen. Claudio hob es in aller Ruhe auf und ging auf ihn zu.

»Bei mir zuhause wärst du jetzt tot, du krankes Arschloch. Richte niemals eine Waffe gegen die Freunde, gegen deine Familie.«

Er drehte sich ab und schleuderte das Messer weg.

»Geh, ich will dich nie wieder in meiner Nähe oder in der Nähe dieser Gruppe sehen.«

Massimo stieß Paolo vor die Brust, sodass er rückwärts stolpernd zu Fall kam. Paolos Gesicht hatte sich zu einer Fratze entstellt, ein unbändiger Hass schlug den beiden Jungen entgegen. Er raffte sich auf und rannte davon. Die Szene war vergessen, als sich alle Beteiligten auf das Eintreiben des Straßenzolls konzentrierten. Die Küsserei war flott abgehandelt und das Bargeld verschwand in den Tiefen von Massimos Hosentaschen. Erst das Grölen der gesamten Gruppe unterbrach den allzu intensiven Kuss zwischen Claudio und der Anführerin. Nur zögernd löste sie sich von ihrem Helden, der Blick war filmreif. Sie verschwand in Richtung Monument, nicht ohne noch einmal gewunken zu haben.

»Das verzeiht dir Paolo nie. Ich hatte dir gesagt, dass du ihm niemals den Rücken zuwenden darfst.«

Massimo hatte den Arm um die Schulter des Freundes gelegt, mit der anderen Hand steckte er sich eine Kippe zwischen die Lippen.

»Das vergesse ich dir nie ... ich meine, das mit dem Messer.«

Stumm drückten sie ihre Fäuste gegeneinander.

»Was wird jetzt aus dem angebrochenen Abend?«

Die Meute wechselte nur kurz Blicke und schrie: »Pizza, Pizza, Pizza«

Noch lange dachte Claudio über die Szene mit Paolo nach. Er würde in der nächsten Zeit auch hinten Augen haben müssen.

Die Arbeit in der Schlosserei ödete Claudio an, obwohl die Kollegen nett waren. Die Frotzeleien zwischen den Inter-Fans und der AC-Fangruppe lockerten die Stimmung auf. Sie verliefen in der Regel friedlich, Ausnahmezustand herrschte nur, wenn das Derby anstand. In der Zeit ging es hier zumindest verbal zur Sache.

Für den nächsten Tag hatte er sich mit Massimo verabredet, um das Training der Inter-Mannschaft zu verfolgen. Das Heimspiel gegen Neapel fand am Wochenende statt und sie hatten verabredet, die Spieler aus nächster Nähe auf dem Trainingsgelände zu beobachten. Das war auf normalem Weg nicht zu erreichen, aber einen Bolzenschneider zu besorgen war für Claudio kein Problem. Mit dem Werkzeug bewaffnet näherten sie sich dem Zaun. Ein ausreichend großes Loch war schnell geschnitten und im Stil von Ledernacken robbten die beiden Freunde zu den Kabinen. Die Spieler hatten mit dem Lauftraining begonnen.

Claudios Puls raste, als nur wenige Meter vor ihnen Walter Zenga auftauchte, der in ein Gespräch mit Lothar Matthäus vertieft war. Hinter Matthäus erschienen noch Andreas Brehme und Jürgen Klinsmann, sie sollten an der Seite von Morello und Serena für Tore sorgen.

Das Hochgefühl, diesen Weltstars so nah sein zu dürfen, machte sie unaufmerksam. Es ließ sie vergessen, dass man hier eine Security beschäftigte. Ihre Körper versteiften sich, als zeitgleich zwei Füße ihre Köpfe in den Rasen pressten.

»Verdammte Kacke, was soll ...?«

Mehr brachte Massimo nicht über die Lippen, bevor er hochgerissen wurde. Die beiden Kleiderschränke überragten die Freunde um zwei Köpfe. Trapattoni hob kurz den Kopf, er registrierte den Abtransport von zwei ungebetenen Zaungästen mit einem Lächeln.

»So, so, ihr wolltet nur gucken, die Spieler aus der Nähe sehen. Ihr schneidet dazu mal eben ein Loch in den Zaun und versteckt euch wie Terroristen. Ich kann euch verstehen, aber das ändert nichts: Ihr werdet ein mehrjähriges Stadionverbot bekommen, die Spiele könnt ihr euch zukünftig im Fernsehen ansehen. Nehmt die Personalien auf und schafft mir die beiden Idioten aus den Augen.«

Der Sicherheitschef winkte kopfschüttelnd ab und verließ den Raum. Das klang für Claudio wie ein Todesurteil, das konnte man nicht machen. Bevor er den Einwand vorbringen konnte, stießen ihn die Security-Leute den Gang entlang. Eine absolute Scheiß-Idee, das mit dem Training.

»Wow, geile Karre.«

Massimo schwang sich auf den Sattel hinter Claudio und schrie ihm ins Ohr: »Los, ab die Post, zeig, was die drauf hat.«

Sie drehten einige Runden auf Claudios nagelneuer Aprilia und bremsten bei der Gruppe. Alle schlugen Claudio anerkennend auf die Schulter.

Die Pizza war bestellt, als Massimo fragte: »Wo hast du die Knete für die Karre her? Hat dir dein Alter was gesteckt?«

Claudio grinste.

»Die ist auf Raten gekauft. Bezahle ich vom Lehrgeld ab. Bevor du fragst ... die Unterschrift von meinem Vater hab *ich* drunter gesetzt; das wird der nie erfahren, wenn ich ordentlich abzahle. Und außerdem hab ich den Händler ordentlich runtergehandelt. Der hatte keine Chance.«

»Heiß, find ich total cool. Wie hast du das mit der Anmeldung gemacht?«

»Wie ich das gemacht habe? Mit der Unterschrift vom Alten natürlich. Null Problemo.«

Massimo stieß ihm anerkennend die Faust in die Seite und beide grienten.

»Kommst du denn mit der Knete hin? Ich meine, so nach der Rate und du sagst ja, dass du Geld nach Hause schickst?«

»Geht schon, ich komm aus. Wir könnten die Maut am Monument übrigens erhöhen.«

Erst sah Massimo ihn erstaunt an. Wie auf Kommando brachen beide in Gelächter aus. Die restliche Gruppe sah verwundert rüber.

»Ach, da wäre noch eine Kleinigkeit. Ich soll dich um einen Gefallen bitten. Hör zu, du kennst meinen Bruder Rocco. Der hat 'ne Freundin. Er behauptet, sie wäre verdammt hübsch, der hat sie mir noch nicht vorgestellt, ich will ihm das glauben. Also, diese Freundin soll es mit der Treue nicht so genau nehmen ... sagt zumindest Rocco.«

»Weiter«, drängte Claudio.

»Er sucht jemanden, dem er vertrauen kann, jemanden, der mit ihr anbändelt. Das eifersüchtige Arschloch will testen, ob die Tussi fremdgehen würde. Der hat sie nicht alle, ich würde doch meine Freundin keinem anderen in die Arme treiben. Was soll's. Die Maus heißt Gina und soll sich im ›Babylon‹ rumtreiben. Wäre das was für dich?«

Jetzt war es an Claudio, erstaunt zu schauen. Nach kurzer Überlegung nickte er.

»Bestell deinem Bruder, der soll damit zum Arzt gehen. Da haben eure Eltern wohl die Temperatur beim Badewasser verkehrt eingeschätzt. Gut, ich versuch, bei der zu landen und berichte dann. Das ist bekloppt, total bekloppt.«

Claudio schüttelte den Kopf und widmete sich lachend der Pizza, die der Kellner serviert hatte.

Das ›Babylon‹ war gut besucht. Claudio nahm an der Theke Platz und sah sich um. Die Thekenbedienung stellte ihm die Cola auf den Tresen.

»Kennst du eine Gina? Soll gut aussehen und hier oft reinkommen«, fragte Claudio sie.

»Da kannst du nur Gina Lumati meinen, die müsste jeden Augenblick kommen, das ist ihre Zeit. Ich sag dir Bescheid, wenn sie da ist.«

Mit dem Rücken zum Tresen nippte Claudio an seiner Coke. Er bemerkte das Winken einer Mädchengruppe und staunte nicht schlecht. Eines der Opfer vom Monument betrat den Raum, der Kuss war ihm angenehm in Erinnerung geblieben.

Das muss Gina sein ... bitte lass es Gina sein, schoss es ihm durch den Kopf. Er verfolgte sie mit seinen Blicken und sah mit Bedauern, dass sie sich mit dem Rücken zu ihm an den Tisch der wartenden Mädchen setzte. Das Hüsteln hinter ihm kam von der Thekenbedienung.

»Ich sehe, du hast Gina schon entdeckt.«

Die Barfrau grinste und widmete sich wieder den Gläsern, die sie in die Regale vor der Spiegelwand sortierte.

Claudio war unschlüssig, wie er sich an Gina heranmachen sollte, beobachtete weiter den Tisch. Die ausgelassene Stimmung der Mädchen ließ ihn unsicher werden. Eine der Freundinnen beugte sich zu Gina über den Tisch und flüsterte mit ihr. Augenblicke später drehte sie sich um und sah rüber zu Claudio, dem seine aufkommende Gesichtsröte zu schaffen machte.

Gina schob ihren Stuhl zurück und kam aufreizend langsam auf ihn zu.

»Zufall? Ich habe dich hier noch nie gesehen. Du befindest dich auf fremdem Territorium, mein Freund, das kostet dich eine Kleinigkeit.«

Sie sah ihm unentwegt in die Augen, während sie nur Zentimeter vor ihm stehenblieb.

»Hier geben wir uns mit den Kleinigkeiten nicht ab, die ihr am Monument verlangt. Das wird teuer für dich.«

»Können wir verhandeln?«

Immer noch spürte er die Süße ihres Kusses, diese verführerischen Lippen befanden sich direkt vor ihm. Beide sahen sich schweigend an und warteten auf eine Reaktion des anderen.

»Kann ich dich einladen ... also, ich meine, irgendwo anders hingehen?«, stotterte Claudio.

Gina schwieg und sah ihm auf den Mund.

»Okay, ich hole meine Jacke.«

Sie diskutierte mit den Freundinnen am Tisch. Gegen die Proteste der Mädchen wandte sie sich zum Ausgang und blieb an der Tür abwartend stehen. Claudio legte der erstaunten Bedienung das Colageld auf die Theke und folgte Gina.

»Steig auf, ich kenne da ein schönes Lokal. Da sind wir ungestört.«

»Upps, ungestört, mein Lieber? Was hast du vor, ich bin ein anständiges Mädchen?«

Ein helles Lachen folgte, während sie hinter ihm Platz nahm. Die Arme schlang sie um seine Taille und legte ihm den Kopf an die Schulter. Claudio spürte ein warmes Gefühl aufsteigen. Als er die Maschine vor einer McDonald's-Filiale anhielt, blieb Gina prustend hinter ihm sitzen.

»Das ist ja wirklich eine Überraschung. Aber du hast recht, hier kennt mich wirklich keiner. Lass uns schlemmen gehen.«

Unbeeindruckt von der ironischen Bemerkung stieg auch Claudio ab und folgte ihr zur Bestellannahme.

»Bist du noch sauer wegen des Wegezolls?«

Claudio leckte gleichzeitig die Barbecuesoße von den Fingern.

»Bist du bescheuert? Ich rege mich doch wegen solcher Kleinigkeiten nicht auf. Hatte doch auch ein interessantes Ende ... oder etwa nicht?«

Sie konnte sich ein hintergründiges Lächeln nicht verkneifen.

»Was ist aus dem widerlichen Typen geworden, der dir das Messer in den Leib rammen wollte?«

Kauend antwortete Claudio: »Kann ich dir nicht sagen, ist nicht mehr aufgetaucht, ist vielleicht weggezogen. Scheißegal. Aber mal was anderes. Hast du schon einen ... ich meine ... einen festen Freund?«

»Na, du bist aber fix. Ich kenn noch nicht mal deinen Namen und du willst wissen, ob ich mit jemandem gehe. Nun ja, da ist schon einer, aber das ist ganz locker, nur so zum quatschen, nichts ernstes. Warum willst du das wissen?«

Sie rückte näher heran, sodass sich ihre Nasen berührten.

»Warum ich das wissen will? Ist die Frage so doof? Scheiße, ich habe hier noch keine Freundin und da dachte ich ...«

Claudio schob das Tablett zur Seite und ergriff Ginas Hand.

»So, so, du dachtest, fragen wir mal eben das nächstbeste Mädchen, ob es Interesse hätte. So einfach ist das.«

Claudio wollte spontan die Hand zurückziehen, Gina hielt sie jedoch fest und sah ihm tief in die Augen.

»Das ist zwar eine plumpe Anmache, aber mir gefällt das trotzdem. Wir könnten es ja miteinander versuchen. Was kann schon schiefgehen? Wie darf ich dich nennen und wo kommst du her?«

Ohne eine Antwort zu geben, erhob er sich und zog Gina mit.

»Können wir gehen, mir ist das hier zu laut?«

Den Motor stellte Claudio schon am Anfang der Straße aus. Er ließ das Moped geräuschlos vor der Tür ausrollen. Kichernd stiegen beide aus dem Sattel und er schob die Maschine durch das Gatter. Vorsichtig stiegen sie die drei Stufen zur Haustür hoch und Claudio versuchte, im Dunkeln das Schlüsselloch zu finden. Dezent knarrend bewegte sich die Tür und sie huschten durch den Flur. Gina an der Hand führend, suchte Claudio nach Lichtschein in der oberen Etage. Die Luft schien rein, Signora Piala war zu Bett gegangen.

Die Tischlampe neben Claudios Bett tauchte den Raum in diffuses Licht. Nachdem er die Jacke an den Kleiderhaken gehängt hatte, zog ihn Ginas Hand heran. Diese verlockenden Lippen, die ihn schon vor Wochen verzaubert hatten, sah er nun direkt vor sich. Sie legten sich warm über seine, ihre Zunge fuhr ungeduldig durch seine Mundhöhle. Das entstehende Kribbeln zog durch seinen gesamten Körper und erzeugte einen wohligen Schauer. Ginas Hände nestelten an seinen Hemdknöpfen, während er sie Richtung Bett drängte. Die Lippen trennten sich für einen kurzen Augenblick, als er Gina die Bluse über den Kopf zog und achtlos in eine Ecke des Raumes warf. Die Matratze federte den Sturz auf das Bett nur teilweise ab. Claudio bemühte sich, die enge Jeans über Ginas Po zu ziehen, der Blick auf ihre Rundungen trieb ihn weiter an. Verführerisch drehte sie ihren Körper auf dem Bett und tastete gleichzeitig nach seinem Hosenbund, quälend langsam zog sie ihm die Hose herunter. Claudio legte die Hände an ihren Hinterkopf und zerwühlte ihre Löwenmähne. Mit katzenhafter Leichtigkeit befreite sie sich aus der

Umklammerung und riss ihm den Slip endgültig herunter. Ginas Knospen drohten den Büstenhalter durchstoßen zu wollen. Die fahrigen Bemühungen Claudios, den Verschluss zu öffnen unterbrach sie, indem sie nach hinten griff und die Haken selbst öffnete. Mit beiden Händen fasste er Gina unter die Achseln und hob sie an, sodass sich ihr Nabel auf Claudios Augenhöhe befand. Mit einem wohligen Grunzen fuhr seine Zunge über ihren verschwitzten Bauch, leckte jeden Tropfen von ihrem Leib.

Wild riss sie seinen Kopf zurück und ließ sich auf das Bett fallen. Mit beiden Händen zerrte sie ihn über sich und hauchte schwer atmend: »Nimm mich jetzt ... jetzt sofort ... ich will nicht mehr warten.«

Ihre Nägel gruben sich tief in das Fleisch auf seinem Rücken, doch Claudio spürte den Schmerz kaum. Alles veränderte sich augenblicklich, als sie ihn eindringen ließ. Den Höhepunkt, den sie gleichzeitig erlebten, begleiteten sie ungehemmt mit Schreien; das Klopfen an der Zimmerdecke ließ sie für Sekunden verharren. Kichernd und heftig atmend fanden sich ihre Lippen kurz darauf wieder, die nassen Körper rieben sie aneinander.

Es war Mitternacht, als er Gina leise aus dem Haus führte und nach Hause fuhr. Vor ihrer Tür verabschiedete er sie mit einem letzten Kuss.

»Siehst du, Claudio, jetzt sind wir zusammen, nun sind wir ein Paar. Schlaf gut.«

Singend machte er sich auf den Heimweg; den warmen Fahrtwind ließ er durch das Haar wehen.

Signora Piala werkelte schon emsig in der Küche, als Claudio zögernd in der Türfüllung erschien. Sie sah ihn mit blitzenden Augen an und wies auf den Stuhl.

»Es tut mir leid, wenn ich ...«

»Halt deinen Mund, du Lausebengel. In eurem Alter. Das hätte ich mir damals nicht erlaubt, damit du das weißt. Ein anständiges Mädchen macht so was nicht, nein, das gehört sich nicht.«

Sie blickte Claudio mit ernstem Gesicht an und hielt demonstrativ den Pfannenwender in die Luft.

»Du solltest Rücksicht auf andere Hausbewohner nehmen. Dich trifft bestimmt keine Schuld, du bist wohl verführt worden von so einem ... so einem ...«

»Nein, Signora, das war nicht so, Gina ist anständig, ich habe sie verführt.«

Signora Piala drehte sich nun vollends zu Claudio um und ein Lächeln erschien auf ihrem Gesicht.

»War doch nur ein Scherz, mein Junge. Du solltest sie einmal mitbringen, ich mach uns ein gutes Essen. Überleg es dir.«

»Ach, Signora, ich hätte da noch etwas ...«

Ohne sich ihm zuzuwenden, sprach sie genau das aus, was Claudio hören wollte.

»Nein, Claudio, ich sage deiner Schwester nichts davon. Aber nur, wenn du mir versprichst, nachts nicht mehr so einen Lärm zu veranstalten.«

Claudio sprang auf, nahm die Frau in den Arm und auch sie legte ihre kräftigen Arme um den Jungen.

»Weißt du, Claudio. Ich finde es schön, dass du hier wohnst. Mein Mann Edoardo ... Gott habe ihn selig ... und ich, hatten uns immer einen Jungen gewünscht. Leider hat der Herr diesen Wunsch nie erfüllt, er hat Edoardo viel zu früh zu sich geholt. Aber lass uns nicht sentimental werden, setz dich und iss.«

Der Schmerz zog durch seinen gesamten Körper, allmählich erfasste Claudio, was geschehen war. Er wagte es nicht, die Abschürfungen im Gesicht zu berühren, die wie Feuer brannten und die Erinnerung an das Geschehene zurückkehren ließen. Das rechte Bein konnte er nur unter Schmerzen anwinkeln, wollte es lieber nicht berühren. Er versuchte vorsichtig, das Moped anzuheben, um das andere Bein freizubekommen.

Ein Mann im blauen Overall kam mit schnellen Schritten näher. Er feuerte einen älteren Kollegen an, der ihm nur langsam folgen konnte.

»Hast du Schmerzen? Hast du dir irgendwas gebrochen?«

Der Mann kniete vor Claudio und wartete auf das Eintreffen des Kumpels.

»Ich glaube, die Knochen sind okay. Was mit dem Bein passiert ist, kann ich noch nicht sehen.«

Claudio presste die Worte mit schmerzverzerrtem Gesicht heraus.

»Gino, du ziehst den Jungen langsam weg, während ich das Moped anhebe. Bei drei.«

Gino nickte noch schwer atmend und schob die Hände unter Claudios Achseln.

»Eins, zwei ...! Verdammt, erst bei drei«, pfiff der Mann ihn an, als sein Kumpan schon früher zog.

Ein heftiger Schmerz durchzuckte Claudio, bevor das Bein frei lag. Er machte erste Bewegungsübungen und bemerkte, dass hier wahrscheinlich nichts Schlimmeres passiert war.

»Die Polizei und der Krankenwagen müssten gleich eintreffen, nur ruhig liegen bleiben. Das wird wieder.«

Beruhigend sprach der Jüngere auf Claudio ein.

»Haben Sie etwa die Bullen gerufen? Scheiße.«

Claudio versuchte, aufzustehen, was das verletzte Bein jedoch nicht zuließ.

»Ich muss hier weg, die dürfen mich nicht finden. Verdammt, ich hab' doch keine Fleppe.«, schrie er den beiden verzweifelt ins Gesicht.

Im gleichen Augenblick waren die Sirenen der sich nähernden Einsatzfahrzeuge zu hören.

»Das tut uns leid, das konnten wir ja nicht wissen«, antwortete der Ältere mit einem entschuldigenden Schulterzucken.

Schon oft hatte Claudio die Via Gallarate als Teststrecke benutzt. Er wollte die Aprilia ausfahren, ihre Leistungsgrenze testen. Vor der Haarnadel-Kurve zur Viale Carlo Espinasse wurde scharf angebremst, um beim Kurvenausgang wieder zu beschleunigen, so war es zumindest bisher immer ein geiles Abenteuer gewesen. Nie zuvor hatte hier Sand auf der Fahrbahn gelegen. Dass zwischenzeitlich dort eine Baustellenausfahrt entstanden war, hatte er nicht wissen können.

Die Sanis sprangen aus dem Fahrzeug und eilten mit ihren Koffern zum Unfallort.

»Ruhig liegenbleiben, wo tut es weh? Kannst du deine Glieder bewegen?«

Der Mann, auf dessen Anzug ›Medico di guardia‹ stand, stellte ihm die Frage rein mechanisch, während er die Wunden in Claudios Gesicht reinigte. Nach der Erstversorgung wurde er auf eine Trage gelegt und sorgfältig festgeschnallt.

»Wir bringen dich jetzt vorsorglich ins Krankenhaus. Deine Aussage kannst du dort machen. Los geht's.«

Die Verbände ließen Augen, Ohren, Nase und Mund frei, sodass Claudio kaum eingeschränkt wurde. Am linken Bein musste eine Wunde genäht werden, sie behinderte ihn nicht sonderlich. Er dachte darüber nach, das Krankenhaus heimlich zu verlassen, bevor die Polizei zur Vernehmung erschien. Da sie jedoch die Aprilia sichergestellt hatten, waren seine Personalien eh bekannt und Flucht zwecklos. Während er den Gedanken endgültig verwarf, öffnete sich die Tür und zwei Carabinieri traten ins Zimmer. Sie steuerten direkt auf ihn zu.

»Hallo. Du bist sicher Claudio Zanetti? Ich bin Commissario Tuto, das ist Agente Romania. Wir hätten da nur ein paar Fragen zu deinem Unfall ... dauert nicht lange. Deine Daten brauchen wir auch noch. Also, wie ist es zu diesem Unfall gekommen?«

Den Notizblock hielt Agente Romania abwartend in der Hand.

»Eigentlich nichts Besonderes. Bin die Via Gallarate wie so oft gefahren. Als ich die scharfe Kurve zur Viale Carlo Espinasse nahm, habe ich nicht gesehen, dass da Sand auf der Fahrbahn lag. Schon lag ich auf der Schnauze. Die Baustellenausfahrt ist da wohl neu.«

»Na ja, da kenne ich was von, ist mir auch schon passiert. Wie schnell warst du denn?«

Commissario Tuto sah Claudio an, wobei ein Lächeln die Lippen umspielte.

»Normal, Commissario, ganz langsam, wegen der Kurve.«

»Nun gut, es ist ja kein Fremder zu Schaden gekommen. Dein Motorrad haben wir sichergestellt, hat nicht viel abbekommen. Die Rennverkleidung hat ja das Schlimmste verhindert. Wir brauchen noch deinen Namen, Adresse, den Führerschein und die Zulassung.«

Claudio griff hastig nach seinem Wasserglas und überlegte zum xten Mal, welche Geschichte er der Polizei servieren sollte.

»Das Motorrad gehört meinem Vater, es ist auf ihn zugelassen. Das hat er nur für Besuche bei mir hier in Mailand deponiert. Ich muss zugeben, ich habe es mir ohne sein Wissen ausgeliehen.«

»Na, du machst Sachen«, antwortete der Commissario und lächelte. »Der wird sich über den Schaden freuen. Das musst du mit ihm abklären, haben wir nichts mit zu tun. Dann den Führerschein und die Zulassung, das wäre schon alles.«

»Tja, da hätten wir das eigentliche Problem ... ich habe noch keinen. Will mich aber für die Fahrschule anmelden.«

Das Lächeln auf dem Gesicht des Commissario erstarb.

»Du willst uns jetzt andeuten, dass du das Motorrad deines Vaters, sagen wir mal, *ausgeliehen* hast. Und weiterhin, dass du ohne Führerschein gefahren bist. Mein Freund, da hört bei mir jegliches Verständnis auf, das führt zu einer Anzeige. Außerdem müssen wir deinen Vater vorladen, damit er deine Aussage bestätigt. So, nun mal Namen und Adresse vom Vater.«

»Was hast du da wieder angestellt? Willst du irgendwann im Gefängnis landen, du Nichtsnutz? Das kann doch nicht wahr sein. Ich geh hier Tag für Tag für einen Hungerlohn arbeiten und du sorgst dafür, dass ich für deine Schandtaten blechen muss. Warum bestraft mich der Herrgott mit einem solchen Taugenichts?«

Claudio fehlten in diesem Augenblick die Worte. *Mich kann keiner erwischen* ... Das hatte er bisher geglaubt, die meisten seiner Freunde fuhren vor der Prüfung ohne Führerschein.

»Papa? Papa, bist du noch dran? Ich zahle dir jede einzelne Lira zurück, das verspreche ich dir. Ich wollte doch den Schein ...«

»Hör auf mit deinen Lügengeschichten«, unterbrach Francesco Zanetti ungehalten, »ich bin das so leid mit deinen Versprechungen. Der Lehrmeister hat geschrieben, dass du zwölf Mal ohne Entschuldigung gefehlt hast. Er kann das beim Chef auf keinen Fall decken, jetzt verlierst du womöglich noch die Lehrstelle. Verdammt, ich könnte dich ohrfeigen, ich weiß mir keinen Rat mehr.«

Das Klicken zeigte Claudio, dass Papa das Gespräch beendet hatte. *Alles läuft aus dem Ruder,* ging es ihm durch den Kopf. Er knallte den Hörer auf die Gabel und schlurfte zurück zum Lift.

Die Aufzugtür öffnete noch mal, um drei Personen hineinzulassen. Gina stellte sich direkt neben Claudio, ohne ihn unter den Verbänden zu erkennen. Kurz nachdem der Fahrstuhl gestartet war, kreischte Gina auf und fuhr mit wild funkelnden Augen herum.

»Wie können Sie es wagen? Das ist doch eine ... Claudio? Bist du das? Du verdammter Mistkerl!«

Die Augen der anderen Fahrgäste richteten sich auf die beiden. Bis auf eine betagte Besucherin, die empört den Kopf schüttelte, amüsierten sich alle über den Streich des Jungen.

»Du hast einen geilen Hintern«, flüsterte Claudio Gina ins Ohr.

»Wie lange musst du noch hier liegen, ist scheißlangweilig ohne dich? Ach, ich hab übrigens noch ein paar Neuigkeiten. Mein Vater hat mir erzählt, dass dein Freund Massimo versucht hat, das Moped reparieren zu lassen, aber sie rücken das nicht raus. Die Carabinieri bestehen darauf, dass nur der Besitzer, also dein Papa, das abholt. Der hat übrigens eine Vorladung für morgen erhalten. Ich habe Vater gefragt, womit jemand rechnen müsste, der ohne Führerschein gefahren und in deinem Alter ist. Er meint, dass da so zwei Millionen Lire fällig werden können.«

»Scheiße, da wird der Alte toben«, drang es durch den Gesichtsverband.

Claudio nahm auf dem Bett Platz und zog Gina neben sich. Als er in ihren Blusenausschnitt greifen wollte, drehte sie sich weg.

»Lass das. Ich hab auch Gerüchte gehört. Paolo lässt verbreiten, dass er nichts vergessen hat und du noch von ihm hören wirst. Er hat Anschluss an eine andere Gruppe gefunden, die brutal sein soll. Hört sich beschissen an, finde ich. Nimm dich vor diesem schmierigen Arschloch in Acht.«

Claudio hatte aufmerksam zugehört. Er wusste, dass er einen rachsüchtigen Feind am Hals hatte, der niemals verzieh.

»Kein Problem, ich kenne solche Typen, soll er nur kommen. Und jetzt stell dich nicht so an, mach die Bluse ein Stück auf.«

»Du zahlst mir jede Lira zurück, das schreibe dir hinter die Ohren. Zweieinhalb Millionen sind kein Pappenstiel. Ich kann froh sein, dass sie mir die Ratenzahlung genehmigt haben.«

Francesco Zanetti stand mit hochrotem Gesicht auf der Treppe der Polizeiwache und hatte seinen missratenen Sohn am Revers gepackt. Claudio sah schuldbewusst auf die Schuhspitzen, Papas Reaktion verstand er. Er hatte nie beabsichtigt, ihm zu schaden. Einer der Carabinieri wartete am Rolltor auf sie. Francesco unterschrieb für den Erhalt der Maschine, sodass Claudio sie aus der Halle rollen durfte. Er konnte befriedigt feststellen, dass sich die Beschädigungen in Grenzen hielten. Die Verkleidung links war demoliert und musste komplett ausgetauscht werden, aber da gab es Ersatz auf Schrottplätzen.

»Mach dir nur keine Hoffnungen, die Maschine fährst du nicht mehr, bevor du deinen Führerschein in Händen hast. Ida wird darauf achten. Jetzt wollen wir sehen, ob an *meinem* Moped noch alles läuft.«

Für Claudio bedeutete es die Höchststrafe, hinter Papa in den Sattel kriechen zu müssen. Er hoffte inständig, dass er auf dem Weg zur Schwester von keinem Kumpel erkannt wurde.

»Hallo Opa, hallo Onkel Claudio.«

Gloria und Luigina rissen voller Übermut die Tür auf und umarmten die beiden Ankömmlinge. Ihre Mutter Ida sah der Begrüßungszeremonie mit strahlenden Augen zu und schloss ihren Vater ebenfalls in die Arme. Ihrem Bruder warf sie einen strafenden Blick zu, bevor sie beide ins Wohnzimmer geleitete. Giuseppe kam dem Schwiegervater entgegen und küsste ihn auf die Wange.

»Schön, dich bei uns zu sehen. Wenn ich mir auch gewünscht hätte, dass der Grund ein anderer wäre.«

Der Blick zum Schwager machte deutlich, was er damit meinte. »Ist alles gut gelaufen, Vater? Wie ich hörte, läuft die Maschine ja noch. Wie ist denn die Strafe für Claudio ausgefallen?«

Während sich die Männer setzten, eilte Ida in die Küche und sagte beim Fortgehen: »Es gibt Piccata Milanese, ich muss auf die Spaghetti achten. In fünf Minuten will ich alle am Küchentisch sehen.«

»Danke Ida, ich habe auch Hunger mitgebracht. Also, Giuseppe, der Lausebengel kostet mich zweieinhalb Millionen, von den nicht vorgesehenen Reisekosten abgesehen. Ich habe im Augenblick keine Ahnung, was ich noch mit ihm anstellen soll. Mit sechzehn Jahren kann ich doch etwas mehr Vernunft erwarten, oder etwa nicht?«

Mit hängenden Schultern hatte sich der missratene Sohn in die Sofaecke gequetscht und den Blick auf die Tischplatte gerichtet.

»Das wirst du nicht gerne hören, Vater, aber wäre es damals nicht doch besser gewesen, du hättest für Claudio den Vertrag beim FCB Saronno unterschrieben. Die Schlosserlehre ist jetzt auch erledigt, zumal er das ja von Beginn an gehasst hat. Im Verein lernen sie auf jeden Fall, was Disziplin bedeutet, da bin ich mir sicher.«

Claudio war plötzlich hellwach, seine Augen suchten die des Vaters und Hoffnung keimte in ihm. Konnte hier doch noch etwas Gutes entstehen und Papa zur Einsicht kommen?

»Das sehe ich anders. Ein anständiger Handwerksberuf, in dem der Mann gefordert ist, macht uns zu verantwortungsvollen Ehemännern und Vätern. Guck dir doch die verwöhnten Fußballprofis an, sie stehen ständig in den Zeitungen, weil sie Mist gebaut haben. Scheidungen, Discobesuche, Drogen und Steuerbetrug, das sind die Schlagzeilen. Wenn dieser Junge auf so leichte Art viel Geld verdient, geht es doch mit ihm erst recht bergab. Nein, der braucht eine harte Hand, basta.«

»Aber Papa, ich ...«, versuchte Claudio, einzuwenden.

Idas Stimme, die an den Tisch rief, unterbrach die Diskussion. Gehorsam erhoben sich die Männer und folgten dem verlockenden Duft in die Küche.

»Herr«, begann Francesco Zanetti das Tischgebet, »wir danken dir dafür, dass du uns Speis und Trank gibst. Bewahre meine Familie vor Krankheit und Hunger. Bitte, zeige Claudio den rechten Weg, sodass er ein anständiges Leben führen kann. Amen.«

Verstohlene Blicke richteten sich auf den Angesprochenen, bevor Ida ihrem Vater die Schüssel reichte. Auch sie wusste, wie dickköpfig Papa sein konnte und dass Widerspruch ihn oft noch in der Meinung stärkte. In solchen Fällen war es angeraten, das Thema zu wechseln und einen besseren Zeitpunkt abzuwarten.

»Jetzt einen Grappa?«, fragte Giuseppe den Schwiegervater nach dem Essen.

»Gerne. Und du kommst mit ins Wohnzimmer.«

Der Blick des Vaters ruhte auf Claudio, der lustlos in den Spaghetti rumstocherte und dessen Miene Trotz zeigte.

»Gleich, bin ja noch nicht fertig.«

»Ich habe eine Entscheidung getroffen«, eröffnete Francesco das Gespräch, als Claudio Platz genommen hatte. »Du wirst zu deinem Bruder Nicola nach Deutschland fahren und dort im Geschäft helfen. Er wird dir zeigen, was es bedeutet, Verantwortung für die Familie zu übernehmen. Pizzabäcker ist ein anständiger Beruf und der Laden in Neuss braucht dringend Hilfe. Ich habe gestern mit ihm telefoniert, er wird dich am nächsten Mittwoch am Bahnhof abholen. Bis dahin können wir hier alles regeln, Ida ist damit endlich eine Sorge los. Das kann so auf keinen Fall weitergehen mit dir.«

Um seine aufkommende Wut nicht offen zu zeigen, verließ Claudio mit hochrotem Gesicht das Zimmer. Als er sich die Jacke überwarf, glaubte er, ersticken zu müssen. Auf der Straße wischte er die Zornestränen mit dem Ärmel ab. Seine Hand zitterte, als er versuchte, eine Zigarette aus der Schachtel zu fingern. Mit Inbrunst zertrat er den Käfer vor seinen Füßen, das unschuldige Tier bekam seinen aufgestauten Zorn zu spüren.

Nicola und er waren sich verdammt ähnlich, was schon lange vor dessen Auswanderung nach Deutschland zu häufigen Auseinandersetzungen geführt hatte. Er glaubte nicht, dass das auf Dauer funktionieren würde.

Die großen Gläser der Versace-Sonnenbrille schützten Ginas Augen vor der grellen Sonne. Die Tasche mit den Badesachen lag über ihrer Schulter, denn die brütende Hitze lud zum Schwimmen ein. Durch das Flimmern des Straßenbelags konnte sie nur vage erkennen, dass sich ein Auto näherte. Da sie auf ein Moped wartete, schenkte sie diesem keine Beachtung und blätterte in ihrem Magazin. Erst als das Motorengeräusch direkt neben ihr verharrte, betrachtete sie das verstaubte und verbeulte Auto, in dem sie vier Personen ausmachen konnte. Eines der Gesichter sprang ihr ins Auge und ließ sie erstarren. Paolos Visage grinste sie durch die verstaubte Scheibe an, die Beifahrertür öffnete sich quietschend.

»Hi Gina, verdammt heiß heute, verspätet sich Schätzelein? Ich denke, dass wir etwas Spaß zusammen haben sollten. Komm, wir laden dich zu einer Spritztour zum Baggersee ein.«

Trotzig schrie sie Paolo an: »Verpisst euch, ihr Hirnis. Du glaubst doch nicht im Ernst, dass ich zu dir und deinen Schmuddelfreunden ins Auto steigen werde. Mach dich vom Acker, bevor ich meinen Vater anrufe. Der wird eure Schrottkarre mit Inhalt für eine Weile aus dem Verkehr ziehen.«

»Hört, hört ... ein keifendes Weib. Versteckt sich hinter Daddy. Beweg deinen Arsch auf den Rücksitz, sonst trete ich dir kräftig rein.«

Paolos Stimme hatte an Schärfe zugelegt, er hatte die Tür bis zum Anschlag geöffnet und zerrte an

Ginas Arm. Ihren Fußtritten wich er geschickt aus. Das Messer an ihrem Hals beendete schließlich jegliche Gegenwehr.

»Schluss mit den Zicken, in die Karre mit dir!«

Brutal riss er sie zum Fahrzeug, wo weitere Hände sie zwischen die Halbwüchsigen bugsierten. Ihr Kreischen ging in dem Aufheulen des Motors unter. Das Radio spielte überlaut ›Highway to hell‹.

Nun ja, eigentlich hatten sie nur ein eher lockeres Verhältnis, denn sie war schließlich mit Massimos Bruder Rocco fest befreundet. Trotzdem schwang sich Claudio nach einer angemessenen Wartezeit angefressen auf sein Moped und fuhr zu ihrer Wohnung. Bisher hatte ihn Gina noch nie warten lassen. Ihre Mutter wusste von ihrer Beziehung und reagierte erstaunt.

»Sie hat doch Schwimmzeug eingepackt und ist vor mindestens zwei Stunden los. Ich verstehe das nicht.«

»Ich suche sie, sie hat wohl nur den Treffpunkt verwechselt und wartet am Monument auf mich. Keine Sorge, ich finde sie.«

Ein ungutes Gefühl verunsicherte ihn trotzdem. *Da stimmte etwas nicht.* Seine innere Stimme gab Alarm. Die Jungs lästerten, als er sie am üblichen Treffpunkt begrüßte.

»Du wolltest doch mit deiner Flamme schwimmen gehen? Hat sie dich versetzt, Casanova?

Sollen wir mitkommen? Wir hätten Zeit, wir können auch viel besser knutschen.«

»Lasst die Scheiße, mir ist überhaupt nicht zum Lachen. Die hat mich noch nie warten lassen, da muss was passiert sein. Ich fahr nochmal zum Treffpunkt, vielleicht ist sie jetzt da.«

Massimo, der zur Gruppe gestoßen war, legte ihm die Hand auf die Schulter.

»Wenn du nicht so ein Geschiss um deine Tussi gemacht hättest, könnten wir jetzt ausschwärmen und sie suchen. Aber sie ist ja die große Unbekannte. Die nimmt dir keiner weg, du Schissbuchse.«

Claudio winkte ab.

»Ich krieg das hin, ich finde sie.«

Er startete die Maschine und rollte an, als Massimo ihn am Arm zurückhielt.

»Was ich dir noch sagen wollte. Dieses hinterlistige Dreckschwein Paolo sucht nach dir und klopft Sprüche. Der will dir in den Arsch treten, pass auf dich auf. Wenn du mich brauchst, nur Laut geben.«

Mit der Warnung im Ohr fuhr Claudio los, doch die Worte ließen ihn nicht mehr los. Wusste Paolo von seiner Beziehung zu Gina? Wusste er, wo und wann er sich mit ihr treffen wollte? Hatte er Gina etwa beobachtet und verfolgt? Der Gedanke, dass dieser Wahnsinnige etwas mit ihrem Verschwinden zu schaffen haben könnte, brachte ihn zur Weißglut. Verzweifelt machte er sich auf den Weg zurück zum eigentlichen Treffpunkt. Dort entdeckte er den im Wind flatternden Zettel an der schief in den Angeln hängenden Tür. Die mit roter Farbe geschriebenen Worte ließen sein Herz verkrampfen.

Heute um acht. Baustelle am Ende der Viale della Chimica, eine Querstraße von der Via dei Platani.

Dass Gina sich in Paolos Hände befand, war ihm spätestens jetzt klar. Die Aprilia fräste eine tiefe Spur in den Sand, als er sie mit voller Kraft Richtung Monument beschleunigte.

Massimo stand immer noch mit den Jungs dort und sprang auf, als er Claudio erkannte.

»Was ist los? Da stimmt doch was nicht.«

»Das Schwein hat sich die Kleine geschnappt.«

Claudio drückte Massimo den Zettel in die Hand.

»Da könntest du recht haben. Du gehst da heute Abend auf keinen Fall ohne uns hin. Ich trommel alle zusammen, wir müssen es dem Arschloch endgültig zeigen, jetzt hat er überzogen.«

Allgemeines Gemurmel zeigte die Zustimmung der anderen Freunde und viele Hände klopften auf Claudios Schulter. Ein Schlachtplan wurde geschmiedet, bevor sich alle verabschiedeten.

Die Baustelle an der Viale della Chimica lag in absoluter Dunkelheit, als Claudio den Motor ausschaltete und das Moped geräuschlos auslaufen ließ. Nur eine Reihe von Bau-Laternen spendete notdürftig Licht. Sie wippten und warfen die Schatten der Betonsäulen gespenstig ins Innere einer Ruine. Der singende Wind war zu hören, der ungehindert durch die Fensteröffnungen blies, die flatternden Plastikfahnen verursachten ein nervtötendes Begleitgeräusch. Nur diese Stelle konnte als Treffpunkt gemeint sein, also stieg er zögernd ab. Unablässig ruhte sein Blick auf dem einzigen Durchgang zum Gebäude, der sich zwischen einem Betonmischer und einer Planierraupe hinein schlängelte. Daher bemerkte er den hinter ihm auftauchenden Gegner erst, als der ihm ein Messer an den Hals setzte. Sein Körper versteifte sich in Bruchteilen von Sekunden.

»Ruhig, Brauner, bleib ganz cool, dann passiert dir auch nichts. Wir zwei gehen jetzt rüber ins Gebäude, da hat jemand Sehnsucht nach dir. Wir wollen ihn nicht warten lassen. Avanti, mein Freund!«

Der Faustschlag in die Niere unterstrich schmerzhaft die Ernsthaftigkeit dieser Aufforderung. Das Knirschen unter ihren Schuhen mischte sich in der zugigen Eingangshalle unter die Windgeräusche. Nach fünf Treppenabsätzen war ein schwacher Lichtschein hinter einer Plane zu erkennen, genau dahin trieb ihn sein Hintermann. Er versetzte ihm einen Stoß, sodass er durch den Eingang in den Raum stolperte. Das dürftige Licht einer einzelnen Baulampe zeigte eine Gruppe von mindestens acht Jungen. Der Lichtkegel traf im Zentrum auf eine verdreckte Plane, um die sie sich halbkreisförmig aufgestellt hatten. Unter ihnen konnte Claudio das Rattengesicht von Paolo erkennen, der sein schmierigstes Grinsen vorführte. Das Schweigen, die Stille zerrte an seinen Nerven.

»Du kommst spät! Wir dachten schon, du kneifst.«

»Warum sollte ich kneifen? Hinter dieser Geschichte konnte nur einer stecken, vor dem müssen sich nur Mädchen fürchten. Was willst du von mir?«

Das überhebliche Grinsen verschwand blitzartig und machte einer hasserfüllten Grimasse Platz. Paolo zog beide Hände aus den Hosentaschen. Sein Blick ruhte unablässig auf Claudio, während er an eine Ecke der Plane griff und sie ruckartig zur Seite riss. Ginas dreckverschmierter Körper war nackt an allen vier Gliedmaßen an schwere Betonklötze gebunden. Wie gekreuzigt lag sie vor ihm, mit gespreizten Beinen. Der Blick auf ihre Scham war frei, aus der ein dünnes blutiges Rinnsal auf den Boden lief. Aus seiner Position konnte er nicht erkennen, ob sie noch lebte oder sie eine Ohnmacht gnädig vor Schmerzen bewahrte. Sein Zorn lähmte Claudio und die Hände verkrampften sich zu Fäusten. Seine kalten Augen suchten das triumphierende Gesicht Paolos.

»Warum sie, warum hast du nicht den Mut aufgebracht, das mit mir abzumachen? Müssen bei dir immer nur die Schwachen herhalten? Du bist die schmierigste und feigste Ratte, die mir jemals unter die Augen gekommen ist. Sind so viele Helfer an deiner Seite nötig, um mir gegenüberzutreten? Was soll jetzt passieren? Werde ich auch von deinen Vasallen fertiggemacht und dann ebenfalls wie ein Tier gepfählt?«

Jedes Wort schlug bei Paolo ein und seine Nervosität wuchs; die Kumpane wechselten Blicke, die ihn zusätzlich verunsicherten. Hier sah Claudio die einzige Chance, halbwegs ungeschoren aus der Sache heraus zu kommen, er musste provozieren. Er hoffte, Paolo lächerlich machen zu können, und wollte dafür sorgen, dass der andere sich beweisen musste.

»Du bist doch viel zu feige, das mit mir alleine auszukämpfen. Du riechst bis hierher nach Angst, nach dem Scheißhaufen, den du bereits in der Hose hast.«

Einer der Burschen löste sich aus der Gruppe und trat auf Paolo zu.

»Der Typ hat irgendwie recht. Wir hatten unseren Spaß mit der Tussi, jetzt bist du dran. Du wolltest ihm doch alles heimzahlen. Für mich hat dieser Claudio Eier in der Hose, zeig uns, dass du auch welche hast. Kommt Boys, schauen wir uns an, was Paolo mit dem Großmaul macht. Die beiden haben was zu besprechen.«

Allgemeines Gemurmel zeigte Zustimmung. Die Kumpane stellten sich am Treppenaufgang auf und warteten gespannt auf den Kampf.

»Auch mit euch bin ich noch nicht fertig. Das lasse ich nicht durchgehen und ich werde jeden

Einzelnen von euch zur Rechenschaft ziehen, ihr Schweine.«

»Nur zu, erledige zuerst das mit Paolo, dann kannst du es versuchen.«

Der Anführer streckte den Mittelfinger in die Höhe.

»Kommt Jungs, lasst uns gehen, die wollen uns nicht dabei haben, wir warten unten auf den Sieger.«

Grölend stürmten sie die Treppe hinunter.

»Siehst du, jetzt ist es besser. Das wolltest du doch, nur wir zwei.«

Claudio machte einen Schritt auf den Gegner zu, der verunsichert einen Blick zur Treppe warf. Er folgte seinem Blick.

»Die sind weg, keiner hilft dir mehr. Zeig es mir, mach mich fertig, ich kann meine Angst kaum noch ertragen.«

Das Klappmesser erschien wie durch Zauberhand und zeigte gefährlich in Claudios Richtung. Mit stoischer Ruhe befreite der das Brecheisen aus seinem Hosenbein und wechselte es spielerisch von einer Hand in die andere. Paolos Pupillen irrten umher, blieben immer wieder auf der Waffe des Gegners hängen. Er suchte verzweifelt nach einem Fluchtweg, ein Schweißfilm bildete sich auf seiner Stirn. Das Lächeln um Claudios Mund verstärkte sich und der Abstand zwischen den Kontrahenten schrumpfte. Dem ersten Dolchstoß wich Claudio geschickt aus und verhöhnte Paolo. Weitere Attacken folgten, die er ebenfalls auspendeln konnte.

Claudios Lachen trieb Paolo zur Weißglut und nach minutenlangem Umkreisen wagte er den alles entscheidenden Angriff. Wie eine Kobra zischend, schoss er nach vorne und erlebte einen Moment später, wie das Brecheisen seinen Unterarm traf. Das Geräusch der brechenden Knochen erreichte sein Ohr, bevor der Schmerz in sein Gehirn drang. Es hatte ihn mit voller Wucht knapp unter dem Ellenbogen getroffen. Der irre Schrei war dermaßen durchdringend, dass ein kurzes Zucken durch Ginas Körper lief, sie öffnete für einen winzigen Moment die Augen. Paolo ließ das Messer fallen, griff sich an den schmerzenden Arm und stolperte zur Seite. Er wollte nur noch weg, fort von diesem Gegner, der ihm unerbittlich folgte. Der Schmerz steuerte sein Tun, sodass er seinen Irrtum zu spät bemerkte: Er trat zwei Schritte zurück ... weg von Claudio.

Ein weiterer Schrei zerriss die Stille, als er über die offene Kante der fünften Etage in die Tiefe stürzte. Erst der dumpfe Aufprall beendete dieses nervenzerfetzende Gekreische. Claudio sah in den Hof und entdeckte nur schemenhaft die Position, in der sein Gegner seltsam verkrümmt lag. Viele undeutliche Punkte wirbelten dort unten in der Dunkelheit herum.

»Ist mit dir alles in Ordnung?«

Massimos Stimme holte Claudio aus der Starre, er stand plötzlich wie ein Phantom im Raum.

»Bei mir ist alles in Ordnung. Komm, wir müssen Gina sofort ins Krankenhaus bringen, bevor sie hier verblutet.«

Nur einen Moment blieb Massimo stehen und betrachtete angewidert das Werk dieser Bestien. Claudio war damit beschäftigt, ihr eine Jacke überzustreifen. Eine saubere Plane war schnell gefunden, die ihr die restliche Blöße verdeckte. Claudio nahm sie vorsichtig auf beide Arme und trug sie nach unten.

»Lasst es gut sein, Jungs, die haben genug.«

Massimos Stimme übertönte das Kampfgeschehen vor der Baustelle. Zwei Gegner humpelten mit schmerzverzerrtem Gesicht zurück in die Dunkelheit, mindestens sechs Körper lagen jammernd im Dreck. Hier und da trat noch einer aus Massimos Mannschaft nach und spuckte auf die Gestalt am Boden.

»Ich hab nach Paolo gesehen, die Drecksau lebt noch. Der ist in 'nen Sandhaufen gefallen. Soll ich ihm den Rest geben?«

Die Stimme kam von rechts, wo der Aufschlag erfolgt war.

»Nein, Nico, lass das Schwein da liegen. Wir schicken einen Krankenwagen, die können ihn versorgen. Wir sind doch keine Mörder. Jetzt sollen sich die Bullen um das Schwein kümmern, schließlich geht es hier um Entführung und Vergewaltigung. Ihr wisst doch, dass der Vater bei der Polizei ist. Was glaubt ihr, was die mit den Drecksäuen anstellen werden?«

Die Freunde verständigten sich wortlos und Claudio startete das Moped. Die Rollen waren verteilt: Er holte die Sanitäter, Massimo passte auf Gina auf.

»Warum hat sich das Schwein beim Sturz nicht den Hals gebrochen? Wenn der aus der Klinik kommt, verknacken sie ihn zu höchstens fünf Jahren Jugendhaft. Anschließend haben wir einen Gewaltverbrecher mehr in Mailand.«

Massimo schob den Rest des Burgers in den Mund und sah Claudio an. Der Zug, der seinen Freund nach Deutschland bringen sollte, würde nun bald einlaufen.

»Wird jetzt scheißlangweilig hier. Find ich verdammt doof, dass du abhaust, jetzt, wo wir die Maut am Monument ordentlich hochgesetzt haben.«

Beide schlugen sich vor Vergnügen auf die Schenkel. Claudio legte seinem Freund die Hand auf den Arm.

»Bist du noch sauer, weil ich die Freundin deines Bruders gevögelt habe?«

»Du hast 'ne Meise. Wenn der nichts merkt und sich verscheißern lässt, hat er es verdient. Der soll es sich ab sofort selbst besorgen.«

Beide lachten über den coolen Witz.

»Na ja, wenigstens konnten wir die Karre noch gewinnbringend verkaufen, die Schulden bist du los. Hat Gina mitbekommen, dass du abhaust? Die darf doch während der Therapie nicht besucht werden.«

»Genau deshalb wollte ich dich um einen letzten Gefallen bitten. Hier ist ein Brief. Gibst du ihn ihr, sobald sie zuhause ist? Aber bitte nur dann, wenn sie nach mir fragt, es kann ja sein, dass ihr die Erinnerung fehlt.«

Nach kurzer Pause fuhr er fort.

»Mensch Massimo, ich wäre gerne hiergeblieben. Jetzt, wo sich die Wogen geglättet haben und ich an einer Anzeige wegen Körperverletzung vorbeigekommen bin.«

Der Freund nickte und sah auf die Uhr. Er verglich sie mit der Bahnhofsuhr.

»Ich denke, wir sollten langsam unseren Arsch Richtung Bahnsteig bewegen ... es wird Zeit.«

Claudio schulterte die Sporttasche, in der er seine persönlichen Unterlagen und Proviant verstaut hatte. Den Koffer hatte er vorgeschickt.

Als er neben den Gleisen stand, erinnerte er sich daran, wie er vor zwei Jahren genau hier zum ersten Mal den Boden Mailands betreten hatte. Er blickte auf eine Zeit voller Abenteuer und Freundschaften zurück, und nun schickte Papa ihn nach Deutschland. In einem fremden Land sollte er sich eine Zukunft aufbauen, sein Leben in den Griff bekommen. Zu diesem Zeitpunkt wusste er noch nicht, dass die schwersten Prüfungen noch vor ihm lagen.

Auf der Fahrt wollte er durch sein neues Buch blättern, der Titel ›*Deutsch für Anfänger*‹ hatte ihm auf Anhieb gefallen. Massimo hatte ihn schweigend beobachtet. Er wusste, wie schwer es Claudio fiel, der Heimat den Rücken zu kehren, seine Freunde zu verlassen. Er legte den Arm um dessen Schulter.

»Du schaffst das, und es muss doch nicht für ewig sein. Eines Tages kommst du zurück nach Mailand und lachst darüber. Zeig allen, dass du keine Angst kennst. Ich weiß das ... zeig es den Deutschen. Meine Telefonnummer hast du ja, ruf an, sobald du angekommen bist. Und eines ist klar: Ich bin auch in Zukunft für dich da ... Freunde für immer.«

Die beiden legten ihre Fäuste gegeneinander und lächelten. Das Rattern und Quietschen des einfahrenden Zuges unterbrach ihre Unterhaltung und zeigte an, dass der Abschied unmittelbar bevorstand. Die Fahrgäste stürzten sich auf die Waggons und rissen die Türen auf, noch bevor das Gefährt zitternd zum Stehen kam.

Kurz nach der Durchsage, dass der Zug von Mailand nach Hamburg in wenigen Minuten abfahren würde, umarmten sich die beiden, Claudio stieg wortlos ein. Er zog das Abteilfenster herunter und blickte stumm über die vorbeieilenden Menschenmassen. Ein kurzer Ruck setzte den Zug in Bewegung und er las von den Lippen des Freundes ab, dass er ihm ein *arrivederci zu*flüsterte. Er erhob die Hand zum Gruß.

Für einen Augenblick erfasste Claudio Mutlosigkeit und seine Augen füllten sich mit Wasser. Die Stadt, die er lieb gewonnen hatte, zog mit ansteigendem Tempo an ihm vorbei.

Verdammtes Neuss - ich hasse dich schon jetzt!

Eine andere Welt

Die Durchsage kündigte Como an. Claudio nahm begierig die Eindrücke auf der Fahrt durch Italiens Norden auf, wissend, dass er seine Heimat lange nicht wiedersehen würde. Die flache Ebene ging in eine Gebirgslandschaft über, die er voller Bewunderung betrachtete. In Zürich gesellte sich ein älterer Herr zu ihm und Claudio war froh, dass die herumalbernde Männergruppe endlich das Abteil verließ und Ruhe einkehrte.

»Zum ersten Mal in der Schweiz?«

Die Frage kam unverhofft, während der Mann seine Zeitung etwas senkte und Claudio über den Rand der Lesebrille ansah.

»Hast du noch eine weite Fahrt vor dir?«

Das freundliche Lächeln ließ ihn äußerst sympathisch erscheinen. Eine graue Locke lugte vorwitzig unter seiner bunt karierten Kappe hervor und hing ihm in die Stirn.

»Ja, ich habe Italien bisher noch nie verlassen und muss noch bis Neuss.«

»Oh, das kenne ich, hatte früher häufig Geschäftliches im Ruhrgebiet, in Düsseldorf und am Niederrhein zu erledigen«, erwiderte der Herr. »Ich muss in Köln aussteigen. Wenn du Fragen hast, mein junger Freund, einfach raus damit. Wenn ich kann, helfe ich dir gern.«

Er senkte den Blick wieder in die Zeitung. Zu jeder Stadt, die sie durchfuhren, fielen Claudio Fragen ein. Sie wurden ihm ausführlich und geduldig beantwortet. Nebenher lernte er den einen oder anderen deutschen Ausdruck.

»Schade Claudio, wir sind in Köln, du musst jetzt zur S-Bahn, Richtung Düsseldorf, ich besuche meine Enkelkinder in Brühl. Ich wünsche dir, dass du deine Träume erfüllen kannst. Alles Gute, mein junger Freund.«

Erneut stand Claudio verloren auf einem fremden Bahnsteig und sah sich hilfesuchend um.

»Wo finde ich den Zug nach Neuss?«, fragte er den nächststehenden Beamten, der ihm kompetent erschien.

»Moment, ich verstehe kein Wort.«

Der Mann mit der roten Mütze sah ihn entgeistert an und winkte einen Kollegen heran.

»Antonio, habe hier einen Kumpel von dir, einen Itaker. Kümmer du dich mal um den Burschen.«

»Wie kannst du nur einen Sauerkrautfresser um Auskunft bitten. Die verstehen doch nur ›Saufen‹, ›Fressen‹ und ›Malochen‹. Wo willst du denn hin?«

Antonio legte den Arm um Claudio und führte ihn raus aus dem Strom der Reisenden.

»Ich bin mit dem Zug von Mailand gekommen und will nach Neuss. Muss jetzt wohl mit der S-Bahn weiter?«

»Mailand, da wäre ich jetzt auch gerne.«

Antonio verdrehte genüsslich die Augen.

»Also, du musst hier die Treppe runter, den Gang rechts fast bis zum Ende und dann rauf zum Gleis ... warte kurz.«

Er blätterte in einem Fahrplan und fuhr fort.

»Also, Gleis zweiundzwanzig. Abfahrt um sechzehn Uhr. Da hast du noch zwanzig Minuten Zeit.«

»Danke für die Hilfe. Ich geh dann jetzt.«

»Sieh zu, dass du schnell wieder zurückfährst. Die haben hier kaum Sonne und nur die Arbeit im Kopf. Die Deutschen wissen nicht, was gutes Leben, was la dolce Vita bedeutet.«

Lachend drehte er sich weg und kümmerte sich um eine ältere Dame.

Bereits aus dem herabgelassenen Abteilfenster konnte er seinen Bruder am Bahnsteig erkennen. Sie umarmten sich herzlich und Nicola führte ihn die Treppe hinunter in die Eingangshalle. Claudio konnte nicht umhin, dieses schäbige, graue Gebäude mit dem prunkvollen Hauptbahnhof in Mailand zu vergleichen.

»War die Fahrt angenehm? Wie geht es zuhause, alle gesund und munter? Du musst mir später berichten. Wir müssen zuerst rüber zum Laden, Mario schafft das nicht ohne Hilfe. Wenn Feierabend ist, zeig ich dir deine Bleibe.«

Die Arkaden, in denen sich Nicola mit seiner Pizzeria eingemietet hatte, machten einen halbwegs betriebsamen Eindruck und Claudio fasste fleißig mit an. Es überraschte ihn, dass beim Bruder kaum frische Produkte Verwendung fanden. In Rocca wurden selbst die Tomatensoßen von Hand zubereitet, während hier vieles aus Eimern kam. Das Geschäft lief gut und es gab viel zu tun. Gegen Abend ließ der Betrieb nach und das Center schloss seine Türen, doch die Reinigungsarbeiten dauerten noch bis zweiundzwanzig Uhr.

»Fertig Claudio, wir können los. Heute richtest du dich erst mal ein, morgen Früh hole ich dich ab. Du kannst mir in der Küche helfen. Sonntag, wenn wir geschlossen haben, kommst du zu mir, die beiden Mädchen möchten schließlich ihren Onkel kennenlernen. Dein Patenkind Claudia ist schon total aufgeregt.«

Nicola öffnete die Beifahrertür des BMWs von innen und ließ Claudio einsteigen.

»Was soll das hier sein, was sind das für Leute? Wohnen die auch hier ... mit mir in einem Zimmer? Du hast doch einen Knall. Du verlangst von mir, dass ich bei dir arbeite und dafür verfrachtest du mich in eine Asylantenbude mit Typen, die mir nachts die Haare vom Sack klauen? Hier bleibe ich nicht, Bruderherz.«

»Jetzt mach mal halblang, die sind in Ordnung. Was glaubst du? Hast du gedacht, dass Papa dich von heute auf morgen nach Neuss schickt und ich mal eben so ein Luxusappartement für dich aufreiße? Hier ist das nicht so wie in Rocca, die Knete muss man sich erst verdienen, um wie ein König zu leben. Wenn du genug verdient hast, kannst du dir ja 'ne andere Hütte mieten, jetzt bleibst du erst mal hier. Ist doch nur zum Pennen.«

Nicola griff nach Claudios Sporttasche und warf sie auf ein Bett, dessen Bettwäsche relativ unbenutzt schien. Die dort abgelegten Sachen warf er auf das darunterliegende Bett und pfiff einen ängstlich wirkenden Farbigen an.

»Das Bett ist jetzt von meinem Bruder belegt, macht mit ihm bloß keine Scheiße. Wenn ich Klagen höre, werdet ihr mich kennenlernen, ist das klar? So, Claudio, das ist dein Bett und das da drüben ist dein Schrank, waschen kannst du dich nebenan, komm mit, ich zeig es dir.«

Der Waschraum bestand aus zwei Waschbecken und einer Dusche. Der im unteren Bereich schimmelnde Plastikvorhang verdeckte eine Duschzelle, in der etliche abgeplatzte Fliesen den Putz enthüllten. Quer durch den Raum waren Wäscheleinen gespannt, die im Augenblick von verwaschener Unterwäsche besetzt waren. Eine Waschmaschine eines Billig-Herstellers stand einsam an der Wand, der Ablaufschlauch war lediglich an einer Schlinge an der Wand befestigt. Die Lauge war monatelang über den Boden in einen Ablauf geleitet worden, die Fliesen glichen einer schmierigen Rutschbahn.

»Total geil, Bruderherz, da penn ich ja besser zuhause in den Pinien.«

Nicola drückte ihm den Zeigefinger auf die Brust und zischte: »Warum tust du es dann nicht, ich habe dich nicht herbestellt? Hättest du zuhause nicht dauernd Scheiße gebaut, wärst du jetzt noch zwischen deinen bepissten Pinien. Pack jetzt deine Tasche aus und halt die Füße still. Ich hol dich morgen früh um neun Uhr ab, dann kannst du dir deine Miete verdienen.«

Nicola drehte sich um und ließ seinen Bruder im Waschraum stehen.

»Hört zu, Jungs. Ich will hier nur pennen, sonst nichts. Lasst mich in Ruhe, dann habt ihr keine Probleme mit mir.«

Die drei Männer, deren Herkunft Claudio nicht einschätzen konnte, sahen ihn verständnislos an und widmeten sich mit stoischer Ruhe dem Kartenspiel.

»Ach du Scheiße, ihr versteht mich ja nicht, kein italienisch? ... nix verstehen? Das kann ja heiter mit uns werden.«

Er sortierte seine Habseligkeiten in den Spind und warf sich auf die Matratze. Niemand in diesem Raum reagierte, als er murmelte: »Wenigstens kann ich nicht rausfallen aus dieser Kuhle ... danke für die tolle Idee, Papa.«

»Du kannst in der Pizzeria frühstücken, wir haben da morgens immer belegte Brötchen für alle«, versicherte ihm Nicola.

Als sie im Center eintrafen, waren drei Männer bereits damit beschäftigt, das Gemüse zu zerkleinern und Teigkugeln zu formen.

»Claudio, komm rüber zum Lager, du kannst die Pizza-Kartons falten, die Brötchen stehen unter der Vitrine. Morgen zeige ich dir, wie der Teig zubereitet wird.«

Die Zeit raste dahin, während Claudio eine Lieferung an frischen Lebensmitteln und schweren Eimern im Lager verstaute.

»Kann hier nicht mal einer helfen, da fallen mir ja die Arme ab, verdammt?«

»Die anderen müssen das Essen vorbereiten, du schaffst das schon.«

Nicola ging nicht weiter auf die Beschwerden des Bruders ein und bediente den nächsten Kunden. Nachmittags lernte Claudio die beiden Kollegen von der Spätschicht kennen und plauderte beim Gemüseschneiden über die Heimat. Nach den Reinigungsarbeiten legten alle müde die Schürzen ab und verabschiedeten sich.

»Geht das die ganze Woche so, das ist ja Sklavenarbeit? Wie soll das denn gehen, ich meine, mit Freizeit und so?«

Nicola sah seinen Bruder von der Seite an und der Spott klang aus seiner Stimme, als er sagte: »Hör mal zu, das hier ist Deutschland - nicht Kalabrien. Hier kannst du gutes Geld verdienen, aber da musst du schon deinen Arsch bewegen - von nix kommt nix. Hatte ich dir ja schon gesagt, am Sonntag ist hier zu, dann kannst du dich vergnügen ... nach Herzenslust. Also, bis morgen. Ach, hätte ich fast vergessen, Sonntag hat Claudia Geburtstag, kleine Feier im Familienkreis. Da kommen ein paar Freundinnen von ihr.«

»Ich möchte ihr was zum Geburtstag kaufen, lass mal Kohle rüberwachsen, ich meine, so als Vorschuss. Wie sieht das denn aus, wenn der Patenonkel ohne Geschenk kommt?«

»Hast du in Mailand nichts verdient, hast du die Kohle komplett verjubelt?«

Allmählich wurde Claudio sauer und er sah seinen älteren Bruder aus schmalen Augen an.

»Hast du geglaubt, dass mir der Papst die Fahrkarte spendiert hat? Da gab es nichts zu verdienen, die haben mich aus der Schlosserei schon vor Wochen rausgeschmissen.«

Nicola sah ihn spöttisch an.

»Siehst du, genau das meine ich. Du hast immer nur Mist gebaut und glaubst, dass sich das Leben von selbst finanziert. Du musst begreifen, dass es nichts umsonst gibt. Geh einer ehrlichen Arbeit nach, dann kommt auch die Knete zum Leben. Ich gebe dir morgen einen Vorschuss, geh jetzt schlafen, Freitag und Samstag sind die schlimmsten Tage.«

Die Wohnungstür schlug gegen die Wand, als sie aufgerissen wurde und ein schwarz gelocktes Mädchen auf den Flur stürzte. Ungeduldig zappelnd verharrte sie auf dem Treppenabsatz und sprang schließlich in den Arm ihres Papas. Nicola erhielt einen langen Kuss. Schüchtern suchten die dunklen Augen über seiner Schulter den angekündigten Patenonkel.

»Sieh mal, Claudia, wen ich dir da mitgebracht habe. Das ist dein Onkel, der extra aus Italien gekommen ist, um meiner süßen Maus zum fünften Geburtstag zu gratulieren.«

Er knuffte sie in die Seite, kreischend wand sie sich auf seinem Arm.

»Onkel, wo ist denn mein Geschenk, hast du mir was mitgebracht?«

Den Kopf immer noch in der Schulter vergraben, schaute sie vorsichtig auf den fremden Mann.

»Aber Claudia, das fragt kein liebes Kind, du solltest deinen Onkel erst begrüßen.«

Nicola setzte die Kleine ab, die sich ängstlich hinter der Tür versteckte.

»Ja, wo ist denn meine Nichte? Jetzt habe ich ein Geschenk dabei und das Geburtstagskind ist nicht zuhause. Was mach ich denn nun mit dem Paket?«

»Hier, hier bin ich doch.«

Keck streckte sie das Lockenköpfchen hervor und kicherte.

»Wie heißt du denn, Onkel? Ich kann schon tanzen, soll ich zeigen?«

Ohne weitere Aufforderung hüpfte sie durch die Diele. Beinahe wäre sie mit Mama zusammengestoßen, die ihre Hände an der Schürze abtrocknete und die Zeremonie aus dem Jücheneingang beobachtet hatte.

»Schön, dass du endlich da bist, Claudio, lass dich begrüßen.«

Maria streckte lächelnd die Arme aus und küsste ihren Schwager auf beide Wangen. Er ließ die Umarmung gerne über sich ergehen, schließlich war Maria eine attraktive Frau. Schon seit der ersten Begegnung war der kleine Claudio ihr verfallen. Er hatte sich bereits damals gewünscht, auch mal eine so gut aussehende Partnerin zu bekommen.

»Onkel ... willst du mir jetzt das Geschenk geben, bitte.«

»Ach ... dich haben wir ja fast vergessen. Übrigens, ich heiße Claudio.«

»Dann heißt du ja fast so wie ich ... ich bin die Claudia.«

Beide Hände in die Seiten gestützt, stand die Kleine abwartend vor ihrem Onkel und schielte auf das Paket, das der immer noch unter dem Arm trug. Glücklich nahm sie es und verschwand in ihrem Zimmer.

Sekunden später tauchte der Kopf wieder auf.

»Danke, Onkel Claudio.«

Jetzt war nur noch das Rascheln des Papiers zu hören.

»Hast du dich schon eingelebt und etwas Deutsch gelernt?«

Maria sah ihren Schwager fragend an und reichte ihm die Risotto-Schüssel.

»Viel gesehen habe ich noch nicht ... wann denn auch? Abends um zehn hab ich auch keine Lust mehr, irgendwohin zu gehen. Aber ich übe, habe mir ein Buch besorgt und präge mir immer neue Worte ein. Es hilft auch, dass wir fast nur deutsche Kunden haben, dann hört man ja nur diese Sprache.«

Nicola hatte den Vorwurf verstanden und sah seinen Bruder mit finsterer Miene an.

»Kann es sein, dass du dich über deine Arbeitszeit beschweren möchtest? Bruder, ich habe dir schon vor Wochen gesagt, dass die Uhren hier anders ticken als in Rocca. Ohne Fleiß keinen Preis, danach leben wir hier. Glaubst du, ich könnte mir diese Wohnung und den Wagen leisten, wenn ich nur rumlungern würde? Die Mieten für Wohnung und Lokal müssen erst verdient werden, die Löhne für die fünf Leute, Sozialabgaben, die Steuern, die Einkäufe ... alles muss erwirtschaftet werden. Darüber denkt keiner nach. Wenn dir das nicht passt, dann such dir was Besseres, ich halte dich nicht auf.«

Nicola stocherte mit der Gabel in seinem Risotto, die er zuvor drohend auf Claudio gerichtet hatte.

»Nicola ... lass das, müsst ihr euch vor den Kindern streiten? Wir feiern heute Geburtstag, hört auf damit.«

Mit blitzenden Augen funkelte Maria die Männer an und unterbrach kurzzeitig das Füttern der zweijährigen Paula. Die saß, in Erwartung des nächsten Löffels, mit geöffnetem Mund auf ihrem Hochsitz. Beide Brüder murmelten unverständliche Worte und senkten den Blick auf die Teller.

Wochen waren vergangen, in denen er mit sinkendem Elan die Arbeit verrichtete. Er sprach bereits einige komplette Sätze in deutscher Sprache, doch die Harmonie zwischen ihm und seinem Bruder ließ zusehends nach, da sich die Streitereien häuften. Das blieb auch den Angestellten nicht verborgen, die bereits Wetten darauf abschlossen, wann es endgültig knallen würde.

»Hi, wie geht es dir, Maria? Nicola ist vorne und bedient, willst du warten, soll ich ihm was ausrichten?«

Claudio wischte sich die Spülhände an einem Tuch ab und klemmte den Hörer auf der Schulter ein.

»Uns geht es gut, du könntest übrigens ruhig öfter zum Essen vorbeikommen. Ich muss mit Nicola nur wegen einer Mahnung sprechen, kannst du ihm das sagen, ich warte?«

Claudio legte das Mobilteil zur Seite und rief rüber zur Theke: »Nicola, Maria ist dran, da gibt es ein Problem mit einer Rechnung.«

»Hast du sie noch alle beisammen? Warum schreist du das durch das ganze Center, gib her und kümmer dich um deine Arbeit. Was gibt´s Maria, hatte das mit dieser Rechnung nicht noch Zeit bis heute Abend? Warum erzählst du Claudio davon, der posaunt alles durch den Laden?«

»Ich habe ihm nichts gesagt ... lass Claudio in Ruhe. Du hackst immer auf ihm rum, was soll das? Von mir aus können wir das mit dieser Mahnung auch später erledigen, ich lege dir den Brief auf den Mülleimer.«

Ungläubig hielt Nicola den Hörer in der Hand, aus dem nur noch Rauschen erklang.

»Lass in Zukunft das Telefon in Ruhe, du Arschloch. Ständig Probleme mit dir, mach nur deine Arbeit und halt die Schnauze.«

Wutentbrannt knallte er den Hörer in die Basisstation und blickte den Bruder mit blitzenden Augen an.

»Willst du wissen, was du mit deiner Scheißarbeit anfangen kannst? Die kannst du dir in deinen Drecksarsch schieben. Glaubst du, dass ich hier wie ein Sklave für ein paar Mark schuften muss, nur weil ich dein Bruder bin? Du behandelst mich wie den letzten Dreck, du verfrachtest mich in einer Wohnhöhle, die verlaust ist und glaubst noch, dass ich dir dafür dankbar sein soll. Die Teller hier ... die kannst du dir irgendwo hinschieben.«

Ein Riesenlärm begleitete die Worte, als er einen Stapel Pizzateller auf die Fliesen knallte. Die Köpfe der Kunden und der Angestellten schnellten herum, denen der heftige Streit in der Küche nicht entgangen war.

»Das bezahlst du mir, du Wahnsinniger.«

Nicola schnellte nach vorne. Er versuchte, dem Bruder die Faust ins Gesicht zu schlagen, aber die Scherben auf dem Boden nahmen ihm den Halt. Er fiel in der Ausholbewegung vornüber, sodass Claudios hochgezogenes Knie ihn hart im Gesicht erwischte.

Er schlug schwer gegen den Pizzaofen, bevor die Tellerscherben den Aufprall schmerzhaft dämpften. Noch bevor er sich aufrichten konnte, erwischte ihn Claudios Faust am Hals und nahm ihm die Luft. Claudio legte blitzschnell einen Arm um Nicolas Hals.

»Hast du Wichser geglaubt, dass du mich wie früher verprügeln kannst? Deinen beschissenen schwarzen Judogürtel kannst du dir in den Sklaventreiber-Arsch schieben, die Straße hat mir gezeigt, wie man sich wehrt. Ich will jetzt meinen restlichen Lohn und danach kannst du mich mal.«

Nach Atem ringend verdrehte Nicola die Augen und klopfte mit der Handfläche auf den Boden. Vorsichtig lockerte Claudio den Griff. Er wappnete sich gegen einen erneuten Angriff des Bruders, doch der erhob sich hustend auf die Knie und nickte stumm. Heiser stieß er aus: »Du kriegst dein Geld und dann ... verschwinde aus meinem Laden, ich will dich nie wieder hier sehen.«

Seine Hände tasteten nach einer Schublade, in der er die Einnahmen des Tages zwischenlagerte. Mit zitternden Fingern zählte er einige Scheine ab und warf sie vor Claudios Füße.

Nachdem Claudio sich wortlos aus der Pizzeria entfernt hatte, normalisierte sich die Lage und der Verkauf lief wie gewohnt.

»Was gibt es hier zu tuscheln, Mario? Geh an deinen Ofen und lass das verdammte Grinsen.«

Mario drehte sich um, damit der Chef sein Gesicht nicht erkennen konnte. Die Geldscheine, die er von den beiden Freunden eingeheimst hatte, verstaute er eilig in der Hosentasche.

»Seid ihr alle verrückt geworden? Was sind das für Geldgeschäfte, die hier ablaufen?«

»Ach nichts, Nicola, die beiden hatten Schulden bei mir, jetzt sind wir quitt.«

Das Grienen der Angestellten konnte sich Nicola nicht erklären.

Heimkehr

Das Auto, das Claudio kurz nach der Ankunft am Bahnhof angehalten hatte, stoppte an der Weggabelung. Der ältere Herr, der ihn netterweise mitgenommen hatte, lächelte ihm wortlos zu.

»Danke fürs Mitnehmen.«

Koffer und Rucksack stellte er an den Wegrand und füllte die Lungen genießerisch mit der Luft der kalabrischen Heimat. In der flimmernden Mittagssonne über der Hecke konnte er das Hausdach seiner Eltern erkennen, minutenlang verharrte er still und sah die Straße entlang. Erinnerungen zogen an seinem geistigen Auge vorbei und ein verträumtes Lächeln umspielte seine Lippen.

Annunziata Zanetti blieb wie erstarrt in der Eingangstür stehen, gegen die blendende Sonne hielt sie die Hand schützend über die Augen. Sie erkannte ihren Sohn, der mit dem Koffer in der Hand aus dem Schatten der Giganti de Cozzi de Pesci trat. Nur kurz hatte er sich auf der Bank niedergelassen, die Francesco unter dem Esskastanienbaum selbst gezimmert hatte.

»Das ist ... das kann doch nicht wahr sein. Claudio, komm her mein Kind.«

Sie kam ihm ein paar Schritte entgegen und nahm ihren Sohn liebevoll, noch voller Unglaube, in die Arme.

»Wie kann das sein, Papa hat mir kein Wort davon gesagt, dass du zu Besuch kommst. Du kommst aber genau richtig, ich habe Kalbskoteletts mit Zitronensauce auf dem Ofen. Das war doch immer dein Lieblingsessen.«

Er liebte diesen Duft, der beim Kochen durch das gesamte Haus trieb. Claudio küsste seine Mutter flüchtig auf die Wange und drückte sie.

»Kann ich bei euch wohnen? Das mit Nicola hat nicht geklappt, wir haben uns gestritten. Aber keine Sorge, das ist okay, wir haben uns wieder ausgesprochen.«

Annunziata hatte aufmerksam zugehört und strich über Claudios Haar.

»Ich habe von eurem Streit gehört, Papa erzählte mir davon. Schlimm, wenn Brüder sich schlagen, aber das habt ihr ja schon als Kinder getan. Ich denke, das machen Jungs nun einmal. Papa müsste jeden Augenblick kommen, der wird sich wundern.«

Er trug den Koffer rauf und sah, dass sich hier nichts verändert hatte, Mama hatte sein Zimmer im ursprünglichen Zustand belassen. Claudio warf sich aufs Bett und stierte an die Decke, erst das Geräusch von quietschenden Bremsen ließ ihn hochfahren.

Wie würde Papa reagieren? Würde er toben, weil Claudio wieder einmal etwas abgebrochen hatte?

So, als wäre Francesco Zanetti vor eine unsichtbare Mauer geprallt, blieb er im Flur stehen.

Ungläubiges Staunen stand in seinem Gesicht. Claudio verharrte ebenfalls auf der Treppe.

»Was in Gottes Namen ...? Was machst du hier? Hast du wieder was angestellt?«

»Nein Papa. Ich arbeite nicht mehr für Nicola, aber das hat er dir ja schon erzählt. Ich wollte euch sehen. Vielleicht finde ich ja hier Arbeit. Darf ich bei dir wohnen?«

Langsam nahm er die letzten Stufen und lief auf Papa zu.

»Ach Junge, natürlich darfst du hier wohnen. Du bist immer noch mein Sohn, aber du musst mir versprechen ...!«

Claudio unterbrach die mahnenden Worte des Vaters und umarmte ihn spontan. Mama stand währenddessen in der Küchentür und tupfte sich mit der Schürzenspitze über die Augen.

»Es tut mir leid, Mama, dass ich euch im Augenblick kein Geld geben kann. Aber ich werde schon was Neues finden, das verspreche ich.«

Francesco stellte die Gemüseschüssel ab und sah ihn an.

»Hör mir zu, Claudio, du musst dir darüber keine Sorgen machen, ich habe so oft mit Mama darüber gesprochen. Du hast deine Fehler, sicher, die haben wir alle. Aber wir haben an dir immer etwas geschätzt, du hast nie die Familie vergessen. Wir wissen, dass es teuer ist, in Deutschland zu leben.

Trotzdem hast du einen Teil deines Lohnes immer uns gegeben, das werden wir dir niemals vergessen.«

Er legte seine Hand auf Claudios Arm und seine Augen wurden vor Rührung feucht.

»Das habe ich gerne getan, Papa. Ich weiß doch, dass du nicht viel verdienst. Ich werde meine Familie nicht vergessen, wartet erst mal ab, bis ich reich bin. In Deutschland kann man viel Geld verdienen, dann habt ihr keine Sorgen mehr.«

»Ach, mein Junge«, lachte Francesco, »lass es gut sein und iss. Wenn deine Geschwister gleich kommen, hast du keine Ruhe mehr. Du musst ihnen alles erzählen. Aber du musst mir versprechen, dass du keinen Schritt aus dem Haus machst, die suchen euch immer noch. Wenn du in Deutschland was Neues gefunden hast, verschwindest du wieder still und heimlich.«

Auch Annunziata musste mit den Tränen kämpfen und legte Claudio ein Kalbskotelett nach.

»Papa, hast du zwischenzeitlich irgendwas von den Freunden gehört? Geht es ihnen gut?«

Während Mama sich um den Abwasch kümmerte, hatten sich die Männer in das Wohnzimmer begeben.

»Die haben euch gesucht, immer wieder nachgefragt. Sie wollten eigentlich nur wissen, wo Giovanni ist. Der Verrückte hat wohl tatsächlich die Namen der Hintermänner verraten, es kam aber bis heute zu keinem Prozess. Das kann nur bedeuten, dass Giovanni sich geweigert hat, als Zeuge aufzutreten.

Das wird ihm wenig helfen, wenn sie ihn finden. Hast du übrigens gewusst, wie man in die Familie aufgenommen wird?«

»Nein, Papa. Erzähl.«

Francesco nahm einen Schluck aus dem Rotweinglas.

»Die Mitgliedschaft in der 'Ndrangheta wird durch eine Taufe begründet, ein feierliches Ritual. Mit der Taufe verlässt der Bewerber die leibliche Familie und wird in die neue, die 'Ndrangheta, aufgenommen. Für Mafiosi ist diese Taufe der bewegendste Moment in ihrem Leben, sie treffen eine endgültige Entscheidung. Das Schlimme daran ist: auch für ihre Nachkommen.

Die Taufe endet mit einem Schwur: *Ich werde niemals verraten, solange ich lebe.* Der Täufling trinkt das Blut des Paten und verbrennt ein Heiligenbildchen auf der Hand. Es ist das Symbol seines Todes, falls er doch zum Verräter wird. Du kannst dir jetzt vorstellen, wie gewaltig die Angst bei Giovanni sein muss?«

Claudios Augen waren wie gebannt auf den Mund des Vaters gerichtet, Blässe hatte sein Gesicht überzogen.

»Wo ist Giovanni denn hin?«

»Das kann keiner so genau sagen, Gerüchte sagen, dass er in Rom untergetaucht ist. Wo er sich da genau aufhält, bleibt sein Geheimnis, doch er darf sich nie sicher fühlen. Die Familie hat die Augen und

Ohren überall. Wo Mario ist, kann ich dir auch nicht sagen, da halten die Eltern dicht. Guerino ist, so sagt es die Gerüchteküche, zur Militärschule gegangen.«

Das Gespräch der beiden wurde jäh unterbrochen, als Claudios Geschwister in das Zimmer stürmten.

»Hallo Claudio. Hier ist Andrea. Gut, dass du mir deine Telefonnummer gegeben hast, falls ich was wegen eines Jobs höre. Da hätte ich was für dich, hast du Interesse?«

Claudio hielt wie gebannt den Hörer in der Hand.

»Schieß los, Andrea. Hier wird es langsam langweilig, kann ja nirgendwo hin. Schön dass du an mich gedacht hast.«

»Also, ein guter Bekannter sucht eine Hilfe in der Eisdiele, leichter Job, gutes Geld. Du musst schnell zugreifen, bevor der einen Anderen findet.«

»Aber ich hab doch null Ahnung vom Eismachen.«

»Hör mal, du Blödmann, du sollst das Eis nicht machen. Du sollst das auf ein Hörnchen patschen und verkaufen. Einen Eisbecher wirst du doch wohl noch hinkriegen, oder?«

»Na ja, werde ich schon lernen. Wird dein Bekannter denn warten, bis ich komme? Kann so zwei, drei Tage dauern.«

»Das ist ihm klar, du musst nur zusagen, dann geht das hier seinen Weg.«

Claudio sah Licht am Horizont.

»Mensch Andrea, das ist ganz große Klasse. Danke, dass du an mich gedacht hast. Kannst dem Typen zusagen, ich mach mich morgen auf die Socken. Wo treffen wir uns denn?«

Claudio hatte Feuer gefangen. Vor seinen Augen tauchte schon ein Bild auf, das ihn mit weißer Schürze und Schiffchen in den Haaren hinter der Eistheke zeigte.

»Ich werde gleich anrufen und dem Inhaber sagen, dass du auf dem Weg bist. Würde sagen, dass wir uns am Center treffen, und du rufst mich an, kurz bevor du in Neuss einläufst. Gute Reise, ich muss jetzt los, Nicola macht mich sonst an, wenn ich später anfange. Ciao, Claudio.«

»Mama? Hör mal, Mama, ich kann in Neuss einen Job in der Eisdiele bekommen, ist das nicht Wahnsinn? Dann verdiene ich wenigstens wieder und muss nicht auf eure Kosten hier leben.«

Annunziata unterbrach das Gemüseputzen für einen Augenblick und sah ihren Sohn mit einem Lächeln an.

»Hör zu, Kleiner, du bist uns nicht zur Last gefallen, das will ich dir sagen. In der Familie sollte das so sein, dass man sich hilft, du hast auch für uns gesorgt. Ich freue mich für dich und Papa wird das auch tun. Es tut immer wieder weh, wenn ein Kind weggeht, aber ihr müsst lernen, euch auf die eigenen Füße zu stellen. Du wirst das schon hinkriegen, komm her!«

Sie trocknete die nassen Hände an der Schürze und breitete die Arme aus.

Zurück in Neuss

Die schwere Sporttasche stellte Claudio neben dem Tisch ab und ließ sich auf den Stuhl fallen. Andrea musste jeden Augenblick hier im Center-Café auftauchen. Kurz bevor der Zug Köln verlassen hatte, hatte er ihn über seine Ankunft informiert.

In seiner bekannt freundlichen Art begrüßte Andrea den Ankömmling Minuten später.

»Hi, du Pfeife, das ging ja flotter als erwartet, hatte erst morgen mit dir gerechnet.«

»Schön, dich zu sehen. Sollen wir noch was trinken oder geht's sofort rüber zur Eisdiele?«, antwortete ihm Claudio.

»Wir marschieren sofort los, bin froh, wenn ich das Center-Gewusel nicht sehen muss. Hattest du eine gute Reise?«

»Eigentlich schon, zieht sich aber ganz schön hin. Habe auf der Fahrt in meinem Buch geblättert, damit ich besser Deutsch lerne. Noch weit bis zur Eisbude?«

»Schon da, nur noch um die Ecke«, beruhigte ihn Andrea.

»Du bist also Claudio. Kommt, wir setzen uns an den Tisch, hatte dich zwar erst morgen erwartet, passt aber gut. Heute ist nicht viel zu tun ... das Wetter, weißt du. Ich heiße übrigens Marcello Toscanini ... für dich Marcello. Hast du schon irgendwann mit Speiseeis gearbeitet?«

»Nee, bisher nur gegessen. Ich denke aber, das kann ich fix lernen.«

Ein Lächeln stahl sich in sein Gesicht, bevor Marcello ihm kräftig auf die Schulter klopfte.

»Richtige Einstellung, mein Lieber, genau richtig. Ganz so einfach ist die Eisbereitung nun doch nicht, aber warum solltest du das nicht lernen? Kannst du sofort anfangen?«

»Das ist kein Problem, wie sieht das denn mit der Bezahlung aus?«

Claudios Blick richtete sich selbstbewusst auf Marcello.

»Das bereden wir unter vier Augen, okay?«

»Ich hau ja schon ab, habe verstanden.«

Andrea erhob sich und reichte beiden die Hand.

»Danke für die Vermittlung, Andrea, bin dir was schuldig.«

Claudio umarmte seinen Kumpel und wandte sich seinem neuen Arbeitgeber zu.

»Also, jetzt sind wir unter uns. Ich brauche noch eine Bleibe, muss ja schließlich irgendwo pennen.«

»Das wird so ad hoc etwas schwierig. Du könntest dich vorübergehend hier nebenan einquartieren, allerdings wohnst du da nicht alleine.«

Claudio verdrehte die Augen.

»Ach du Scheiße, jetzt geht das wieder los. Habe bis vor ein paar Wochen schon hier in Neuss mit drei Asylanten gewohnt, kannst du vergessen, das war ätzend.«

Beruhigend legte sich Marcellos Hand auf seine Schulter.

»Jetzt mal ruhig, Brauner, da wohnen keine Asylanten. Du müsstest dich lediglich mit drei Frauen arrangieren, Polinnen, die hier arbeiten. Aber wenn dir das unangenehm ist, suchen wir was anderes, heute werden wir allerdings nichts mehr finden. Guck dir die Bude an und entscheide dich, wir gehen gleich mal rüber. Den Laden schließ ich jetzt ab, dann zeige ich dir dein Zimmer.«

»So, hier ist die Küche, das Bad ist zwar nicht riesig, aber Wanne und Toilette sind da. Müsst euch eben ein wenig arrangieren. Die Mädels sind soweit okay und müssen oft abends arbeiten. Komm her, das kleine Zimmer hier kannst du dir einrichten.«

Claudio sah sich in dem schmalen Raum um, dessen Fenster zum Hof zeigte. Im Vergleich mit der vorherigen Bleibe war das hier eine Luxusherberge. Er warf seine Tasche auf das Bett und öffnete den Schrank, der imstande war, das Nötigste aufzunehmen.

»Wann kommen die Tussis denn?«

»Eine Tussi steht gerade hinter dir und wird dir gleich in den Arsch treten.«

Ohne dass es die beiden Männer bemerkt hatten, war eine junge Frau eingetreten und blitzte Claudio aus wilden Augen an.

»Hallo Basia, darf ich dir einen neuen Zimmernachbarn vorstellen? Das ist Claudio aus Italien, er wird vorläufig bei euch wohnen.«

»Ach du heilige Scheiße, ein Kerl hier zwischen drei Frauen, wie soll das denn funktionieren? Den verschlingen wir mit Haut und Haaren.«

Marcello legte ihr den Arm um die Schulter.

»Jetzt mach mal halblang, Basia. Ich denke, dass Anny und Bogumila da gar nicht abgeneigt sein werden. Aber macht mir den Jungen nicht kaputt, der soll noch bei mir arbeiten.«

Die Arbeit erledigte Claudio mit einer Routine, die ihm keiner zugetraut hatte. Die Drecksarbeit, das tägliche Reinigen der Theke und der Werkzeuge gehörte einfach dazu. Aber kunstvolle Eisbecher zubereiten - ja, das war schon etwas Besonderes. Marcello hörte immer öfter, dass ihn die Kundschaft lobte.

»Wie geht es dir in der Eisdiele, kommst du zurecht? Mama hat es erwischt, sie liegt mit einer schweren Grippe im Bett und deine Schwestern schmeißen hier den Laden. Habe zuhause nichts mehr zu sagen - die scheuchen mich von einer Ecke zur anderen. Ich soll dir von Mama ein Danke ausrichten, dein Geld hilft uns wirklich. Sie wünscht dir Gottes Segen dafür.«

Francesco machte eine kurze Pause und Claudio spürte, dass da etwas nicht stimmte.

»Was ist los? Da ist doch noch etwas, was du loswerden willst, ist etwas Schlimmes passiert? Hast du was von meinen Freunden gehört? Papa ... bitte.«

»Es ist nur ... es ist so, da sind zwei Männer aus dem Ort verurteilt worden, gegen die sofort nach Giovannis Verschwinden ermittelt wurde. Jetzt versucht man, seinen Aufenthaltsort herauszufinden. Die Eltern hat man schon unter Druck gesetzt und ich befürchte, dass diese Männer es auch bei euch versuchen werden. Wir halten natürlich dicht, doch ich weiß nicht, ob das alle durchhalten werden. Die haben da so ihre Methoden ... du weißt schon.«

Claudio hatte aufmerksam zugehört, Wut stieg in ihm auf.

»Aber ich habe doch keine Ahnung, wo das Arschloch steckt. Ich würde ihm selbst was auf die Fresse hauen, wenn ich ihn wiedersehen sollte.«

»Aber Claudio, jetzt beherrsch dich doch, was sind das für Redensarten?«

»Hör zu Papa, Giovanni war nie wirklich ein Freund von uns, das war nur ein Spinner, ein Wichtigtuer. Der trägt die Schuld daran, dass wir überhaupt in dieser Scheiße stecken. Dafür sollen sie ihm das Fell über die Ohren ziehen. Der hat sicher gequatscht ... er wusste, was ihm dafür blüht. Ich hätte niemals den Mund aufgemacht, egal, was passiert wäre.«

Francesco wusste genau, dass sein Sohn recht hatte.

»Wir wissen nicht, womit die Behörden ihm gedroht haben. Er war doch selbst noch ein Kind und hatte Angst vor dem Gefängnis. Verdammt, sei nicht so voreingenommen, ihr solltet erst die Wahrheit kennen, bevor ihr verurteilt.«

»Das ist keine Entschuldigung für Verrat, die Familie hätte ihn bestimmt auch im Gefängnis beschützt. Ich habe gehört, dass sich niemand an Mitgliedern der Familie vergreift, die müssten dann sogar im Knast um ihr Leben fürchten. Papa, sag mir sofort bescheid, wenn es Neuigkeiten gibt. Ich muss jetzt Schluss machen, weil meine Pause vorbei ist und Marcello einkaufen muss. Ruf mich in den nächsten Tagen zur gewohnten Zeit an und grüß alle von mir.«

Nachdenklich legte er auf und seine Gedanken kreisten um seine Freunde, er vermisste sie, bei Giovanni tat er sich schwerer. Er konnte sich nur schwer vorstellen, wie die Verhörmethoden der Polizei auf Dauer einem Menschen zusetzten.

Hinter ihm öffnete sich die Wohnungstür und Basia betrat das Zimmer. Lustlos warf sie ihre Tasche in die Ecke und kam mit aufreizenden Hüftschwüngen auf Claudio zu.

»Hi Basia, schon Feierabend? Ich muss noch schaffen nebenan, bis nachher.«

Er wollte sich an ihr vorbei drücken, doch sie hielt ihn am Arm zurück und spitzte die Lippen.

»Aber Claudio, die anderen beiden haben heute Spätschicht ... da könnten wir doch ...«

»Keine Chance heute. Ich bin für später noch mit Andrea verabredet, das wird heute nix mit der schnellen Nummer.«

Er gab ihr einen Klaps auf den Hintern und verschwand.

Andrea winkte, als Claudio das Lokal betrat. Alle Tische waren besetzt, der Lärm ohrenbetäubend.

»Verdammt, gab es kein anderes Lokal, in dem es nicht so laut ist? Da versteht man ja sein eigenes Wort nicht.«

Die Theke verschwand hinter Rauchschwaden und zwei Bedienungen hetzten vor den verspiegelten Regalen hin und her und versuchten, die Wünsche der Gäste zu erfüllen. Das Lokal befand sich inmitten eines Komplexes, dessen größte Fläche ein Textilgroßhandel einnahm – eine tolle Einnahmequelle für einen cleveren Gastronomen.

»Kein Zufall, dass wir uns hier treffen, wie würde es dir gefallen, richtig Kohle zu verdienen? Der Besitzer sucht einen ausgeschlafenen Kellner, er soll auch gut bezahlen.«

»Was soll denn die Scheiße? Ich komm bei Marcello gut zurecht, kriege auch noch nebenbei reichlich Trinkgelder ... das reicht.«

Andrea rückte näher.

»Hör zu, Claudio. Dieser Laden zahlt Spitzengelder, was die Trinkgelder angeht ... davon kannst du bei Marcello nur träumen. Sind in deiner Eisdiele auch so viele Tische besetzt, schau dich um? Was du bei ihm an Lohn erhältst, holst du hier schon mit Trinkgeldern rein. Komm zu dir, das ist die Chance für dich. Damit kannst du dir eine eigene Bude leisten und musst nicht ständig dieselben Weiber ...«

Claudio sah seinen Freund streng an.

»Halt die Klappe, die Mädel sind schon in Ordnung, rede nicht so abfällig über sie. Woher hast du die Info über den Job?«

Andrea hob beide Hände.

»Reg dich ab. Wollte deinen drei Zimmernachbarinnen nicht ans Bein pinkeln. Erstaunlicherweise habe ich den Tipp von einem deiner Freunde. Ich habe gestern zufällig Fernando im Center getroffen. Ich sollte dir den Laden zeigen und dich da hinbringen.«

In den letzten Wochen hatte sich Claudio mit Fernando, dem Spanier, angefreundet, der seine Vorliebe für italienisches Eis bei Marcello auslebte. So manchen Abend hatten sie schon zusammen verbracht und sie verstanden sich prächtig.

»Fernando kommt übrigens auch gleich. Hoppla, wenn man vom Teufel spricht ...«

Andrea winkte kurz und Fernando steuerte durch die vielen runden Holztische auf die beiden zu. Einigen Gästen schlug er freundschaftlich auf die Schulter und warf ihnen flapsige Worte zu, man kannte sich hier.

»Na, Claudio, wie gefällt es dir? Hat dich Paolo schon eingeweiht?«

»Ja, ja, sieht ganz gut aus, was ist denn hier an Kohle drin, hast du eine Ahnung?«

Fernando sah sich suchend um und winkte in Richtung Theke. Eine Bedienung nickte und kam an den Tisch.

»Ist der Chef schon da? Sag ihm, ich hab 'nen Mann für ihn gefunden. Ach, warte, bring mir vorher bitte einen Cappuccino.«

Es dauerte knapp zehn Minuten, bis der Kellner wieder auftauchte und die drei in die hinteren Räume führte. Hinter einem Kettenvorhang stapelten sich Unmengen von Spirituosen-Kartons. Am Ende des Ganges, der nur von einer flackernden Neonröhre beleuchtet wurde, stießen sie auf eine Stahltür. Auf Fernandos Klopfen folgte ein knurriges »Die Tür ist auf.«

Der drahtige Mann hinter dem Schreibtisch telefonierte und deutete mit einer Handbewegung an, dass sich die Jungs einen Stuhl suchen sollten. Claudio sah sich in dem fensterlosen Raum um, der nur spärlich beleuchtet war. Erklären konnte er sich das nicht, doch ihn überfiel wieder ein Gefühl des Unwohlseins ... seine Antennen warnten ihn. Unordentlich waren Aktenordner in den Regalen gestapelt, dazwischen seltsame Figuren, die wohl Mitbringsel aus exotischen Ländern waren. Das Gemurmel hinter dem Schreibtisch fand mit einem »Dann geh doch zum Teufel« sein Ende.

»So, Fernando, du hast da einen Neuen für mich? Wer von den beiden ist das denn?«

Fernando legte seinen Arm auf Claudios Schulter, der dem Chef die Hand über den Schreibtisch reichte. Lange ruhte dessen Blick auf Claudio und der ausgestreckten Hand. Kurz bevor der die zurückziehen wollte, nahm er sie und drückte unerwartet fest zu.

»Kannst du kellnern, hast du schon an Tischen gearbeitet? Kennst du dich mit der Kasse aus, sprichst du überhaupt vernünftig Deutsch?«

»Ich arbeite derzeit in einer Eisdiele, auch an den Tischen. Klar, muss ich alles in die Kasse eingeben. Und zur dritten Frage: Ich beherrsche die deutsche Sprache noch nicht so perfekt wie Sie. Aber ich glaube, dass sich mein italienischer Akzent nicht umsatzverhindernd auswirken wird.«

Wortlos betrachte ihn sein möglicher neuer Arbeitgeber, schließlich überzog ein Grinsen das Gesicht und die Augen blitzten belustigt.

»Wenigstens bist du nicht aufs Maul gefallen, das gefällt mir. An deine langen Schmalzhaare werde ich mich gewöhnen müssen. Wann kannst du anfangen?«

»Eigentlich schon nächste Woche, habe keine Kündigungsfrist, aber wir müssen noch über Geld und Arbeitszeiten reden.«

»Das machen wir jetzt sofort. Fernando und du da, ihr könnt euch in der Zeit an der Theke einen genehmigen, geht aufs Haus.«

Eine halbe Stunde später gesellte sich Claudio mit einem Lächeln zu ihnen.

»Na, was is, alles klar mit dem Spargeltarzan, hast du den Job?«

Fernando boxte ihm in die Seite und nahm einen Schluck von seinem Cocktail. Geduld gehörte nicht zu seinen Tugenden. Claudio winkte die Bedienung heran und bestellte.

»Für die beiden noch mal dasselbe und für mich eine Coke. Chef sagt, das geht alles aufs Haus. So, und jetzt zu euch, ihr Pfeifen. Vati macht jetzt Kohle und wird die Leiter langsam hochsteigen. Ist zwar noch nicht das, was ich wollte, aber das wird schon, für den Anfang ist das schon discretamente.«

»Was soll denn die Scheiße? Quatsch mich nicht mit deinem Italienisch voll, was heißt das?«

Andrea mischte sich ein.

»Claudio will dir sagen, dass es schon ganz ordentlich ist. Hätte gedacht, dass du als Spanier das verstehen würdest.«

Lachend wich Andrea geschickt zurück, als Fernandos Hand nach ihm griff.

»Du Spaghettifresser musst noch lernen, dass man hier mit der Muttersprache nicht weit kommt.«

Der Abend wurde gebührend gefeiert. Am nächsten Morgen überbrachte Claudio Marcello die schlechte Nachricht.

»Du musst total bescheuert sein, bei dem Gangster einen Job anzunehmen. Ich habe schon oft Gerüchte gehört, dass da die Steuerfahndung im Haus war, aber du bist allein für dein Leben verantwortlich.

Denk immer daran: Wer hoch steigt, kann auch tief fallen. Die Bude nebenan musst du natürlich räumen, muss mir ja schließlich einen Neuen suchen. Ihr Burschen müsst erst richtig auf die Schnauze fallen, bevor ihr was fürs Leben lernt.«

Marcello wendete sich ab und werkelte schlecht gelaunt an seiner Sahnemaschine.

Der Laden war nur zur Hälfte gefüllt, als Claudio an die Theke trat und der Bedienung andeutete, dass er den Dienst antreten wollte.

»Ich hole den Chef.«

Der hochgewachsene Blondschopf drehte sich nochmals um und sah ihn fragend an: »Wie heißt du?«

»Claudio. Claudio Zanetti, und du?«

»Man nennt mich hier Blondi. Aber richtig heiße ich André Pallau. Bleib ruhig bei Blondi - okay? Übrigens möchte der Chef auch nur so genannt werden - einfach *Chef*. Der ist gar nicht so scharf darauf, dass man ihn bei seinem richtigen Namen ruft. Und noch was: Komm nicht auf die Idee, Bekannten mal eben so einen kostenlosen Drink zu servieren, du weißt schon. Dann hackt dir der Alte die Hand ab; der merkt so was sofort ... hat einen Riecher dafür.«

Die Einarbeitung lief ohne Probleme, wobei Claudio zuerst die Aufgabe zukam, die Getränkeregale aufzufüllen und neue Fässer anzustechen. Sehr schnell lernte er beim Servieren, dass Freundlichkeit und ein Lächeln bei den Gästen besonders gut ankamen, das Trinkgeld bestätigte diese Tatsache eindrucksvoll. Schon bald hatte er sich die Gesichter der meisten Gäste eingeprägt und kannte deren Vorlieben.

»Wann hast du heute Feierabend? Wir könnten dann noch bei Marco 'ne Pizza reinhauen.«

Fernando hatte sich an der Theke platziert und nippte an seinem Bier. Claudio hatte sein Angebot sehr gerne angenommen, bei ihm zu wohnen, bis er sich angemeldet hatte. Nur dann konnte er sich um eine eigene Wohnung in Neuss bemühen.

»Schätze, so um acht, bin heute mit der Thekenreinigung dran. Der Chef kommt auch nachher vorbei, heute ist Zahltag. Da spendiere ich dir eine Maxi-Pizza.«

»Ich nehme dich beim Wort, gerne. Aber hör mal, warum zahlt dich der Chef bar aus, wird die Kohle nicht aufs Konto überwiesen? Ist das nicht in deinem Arbeitsvertrag so geregelt? Und du musst doch auch eine Lohnabrechnung kriegen.«

»Wieso Lohnabrechnung? So was habe ich noch nie bekommen, wie sieht die denn aus?«

Claudio sah in die erstaunten Augen von Fernando.

»Hör mal, Claudio, hier in Deutschland muss dich dein Arbeitgeber anmelden, er muss für dich Steuern bezahlen und Sozialversicherung. Du musst doch kranken- und unfallversichert sein. Hast du dir überhaupt schon eine Arbeitserlaubnis geholt, damit du hier arbeiten darfst?«

»Was erzählst du mir da für eine Scheiße? Hab ich bisher nie gebraucht.«

Fernando stand die Verzweiflung ins Gesicht geschrieben. Er griff Claudio ans Hemd und zog ihn näher heran.

»Damit sollten wir uns heute Abend einmal näher beschäftigen, du bringst dich sonst in Teufels Küche. Wenn die Behörden davon Wind bekommen, bist du schneller wieder in Kalabrien, als du dir vorstellen kannst.«

Nachdenklich ging Claudio wieder zurück an die Tische, in seinem Kopf arbeitete es jetzt. Das durfte auf keinen Fall passieren, er wollte darüber gleich mit dem Chef sprechen.

»Chef, kann ich Sie gleich kurz sprechen? Habe da Fragen wegen der Anmeldung.«

»Wo liegt dein Problem? Du hast doch das Anmeldeformular selbst unterschrieben.«

Der Chef drehte sich weg, um ins Büro zu gehen, Claudio fasste ihn am Arm und hielt ihn zurück. Aus seiner Verärgerung über diesen Zwischenfall machte der Pubbesitzer keinen Hehl.

»Hör mir mal zu. Wenn dir der Job hier nicht gefällt, musst du es sagen. Für dich finde ich sofort zehn neue Mitarbeiter. Du wirst doch gut bezahlt ...

oder? Warum machst du dir einen solchen Kopf wegen der Papiere, das geht schon in Ordnung?«

»Es geht hier gar nicht um die Bezahlung, ich habe mich bis heute noch nicht angemeldet und habe noch keine Arbeitserlaubnis eingeholt. Wusste ich auch nicht, dass das in Deutschland gebraucht wird. Wie konnten Sie mich denn anmelden, wenn das fehlt? Was ist, wenn ich krank werde, bin ich überhaupt krankenversichert?«

»Jetzt gehst du mir aber gewaltig auf die Eier mit deinem Geplärre. Ich regle das schon, aber wenn dir das Ganze nicht passt ... da ist die Tür, mein Freund.«

Er riss sich von Claudios Hand los, die ihn immer noch zurückhielt. Kopfschüttelnd setzte er seinen Weg in sein Büro fort.

Bei Claudio verhärtete sich der Verdacht immer mehr, dass ihn sein Chef schwarz beschäftigte. Das musste geklärt werden. Er war sicher kein Erbsenzähler und die Gesetze waren ihm nicht immer heilig, aber hier sah er zumindest seine Zukunft in Deutschland gefährdet. Er nahm sich vor, schon morgen zum Meldeamt zu gehen. Fernando würde ihm bestimmt dabei helfen.

»Na, wie ist es gelaufen, ich meine, mit deinem Chef? Hat er dich nun angemeldet oder nicht?«

Fernando sah seinen Freund über den Rand des Bierglases an.

»Dieses Arschloch hat mich mit Sicherheit nicht angemeldet. Kannst du mit mir zum Amt gehen, damit ich eine Arbeitserlaubnis kriege?«

»Das ist kein Problem, aber du musst auch einen festen Wohnsitz nachweisen. Was hältst du davon, wenn deine Freundin Anja eine Wohnung auf ihren Namen anmietet und du bei ihr als Untermieter gemeldet bist? Meinst du, die zieht da mit?«

Nur einen kurzen Augenblick dachte Claudio über diesen Vorschlag nach und nickte dann.

»Das macht die bestimmt. Anja wohnt zwar noch bei ihren Eltern, aber die ist ja schon achtzehn und kann unterschreiben. Ja, das könnte klappen.«

»Hör mal, Claudio, das wird dir nicht gefallen, aber ich hab mich einmal ein bisschen umgehört in der Branche. Da gibt es Gerüchte über deinen Arbeitgeber ... üble Gerüchte.«

»Spuck es aus, wie übel sind die?«

Fernando rutschte näher heran und erzählte in verschwörerischem Ton: »Der soll wahnsinnige Steuerschulden haben, die Steuerfahndung wird bald wieder einrücken und den Laden filzen. Ich würde dir raten, so schnell wie möglich deinen Restlohn abzuholen. Dann mach die Fliege, du kriegst sonst keinen Pfennig mehr von dem.«

»Verdammte Scheiße, was ist hier los? Die Unternehmer sind ja noch schlimmer als die Mafia bei uns. Marcello hatte mich auch nicht angemeldet ...

davon gehe ich jetzt zumindest aus. Morgen Mittag will ich meine Kohle haben, sonst ...«

»Jetzt mal ruhig Blut, Claudio, mach keinen Mist. Die weisen dich sonst sofort aus.«

»Was ist denn jetzt wieder los, hast du vorne nichts zu tun?«

»Chef, gestern war Zahltag; wir warten alle auf die Löhnung. Was Sie mit den anderen veranstalten, interessiert mich weniger, aber ich will jetzt Kohle sehen.«

»Hast du deinen Verstand verloren? Wie redest du mit mir? Muss nachher noch zur Bank, Bargeld abholen. Ihr kriegt euer Geld schon. Mach jetzt, dass du an deine Arbeit kommst, sonst ...«

»Sonst? Hören Sie zu, Chef. Ich will meine Knete jetzt und hier. Glauben Sie, ich weiß nicht, dass Sie da im Wandschrank das ganze Geld aufbewahren? Ich geh nicht eher hier raus, bis ich mein Geld habe.«

Mit ungläubigem Blick sah ihn sein Arbeitgeber an und seine Augen formten sich zu Schlitzen. Aufreizend langsam erhob er sich hinter seinem Schreibtisch und ging auf Claudio zu. Nur wenige Zentimeter vor ihm blieb er stehen.

»Du kleine, schmierige Ratte. Du bist erst vor kurzer Zeit unter einem schimmeligen Stein in Kalabrien hervorgekrochen. Jetzt glaubst du hier, im gelobten Land, Ansprüche stellen zu können? Ihr Pastafresser meint wohl, ihr könntet eure Mafia-

Methoden einfach so nach Deutschland bringen und anständige Geschäftsleute erpressen? Ich trete dir in den Arsch dafür. Ich weiß, wie man mit solchem Gesindel umgeht, du kriegst von mir nicht einen Pfennig, du Sohn einer Nutte. Du machst dich jetzt hier vom Acker, du bist fristlos gekündigt.«

Er griff nach Claudios Arm, der ihm jedoch geschickt auswich. Sein Gesicht zeigte deutlich, wie die kalte Wut in ihm hochstieg, sein Kopf schoss nach vorne und die Stirn traf hart das Nasenbein seines Chefs. Dessen Knie knickten ein und er versuchte, Halt an der Schreibtischkante zu bekommen. Das Blut lief in Strömen aus Mund und Nase. Geschickt trat Claudio ihm die Beine unter dem Körper weg, sodass er mit einem dumpfen Krachen auf dem Rücken landete.

»Wie hast du meine Mutter genannt?« Claudios Faust landete auf dem linken Ohr, sodass sein Gegner fast die Besinnung verlor. Abwehrend hob er beide Hände schützend vor das Gesicht, während ihn eine Schuhspitze hart in der Seite traf.

Etwas Wildes trat in Claudios Augen und er musste sich beherrschen, dieses Stück Dreck nicht totzuschlagen. Er entdeckte auf der Schreibtischkante einen Schraubendreher, den er fest in die Hand nahm und an den Kehlkopf des Chefs setzte. Entsetzen, ja Todesangst stand in den Augen des Pubbesitzers. Er stammelte undeutliche Worte, schaumiges Blut spritzte dabei über seine verzerrten Lippen. Immer wieder zeigten seine zitternden Hände zum Wandschrank.

»Aufstehen, du Stück Dreck. Jetzt holst du mir das Geld aus dem Safe.«

Mühsam richtete sich der Gequälte auf und wankte auf weichen Beinen zum Wandschrank. Erst beim dritten Anlauf gelang es ihm, die richtige Kombination einzugeben. Claudio staunte nicht schlecht, als er die Banknotenstapel sah.

»Nimm dir, was du willst.«

»Ich will nur das, was mir zusteht, du Dreckskerl. Zähl mir die Tausendachthundert Kröten ab, dann verschwinde ich wieder. Aber eines sage ich dir jetzt schon: Solltest du Anzeige wegen Körperverletzung erstatten, werde ich dich besuchen und dann wird dir unser heutiges Tête-à-Tête wie ein Kindergeburtstag vorkommen. Dann wirst du lernen, wie wir mit Abschaum verfahren. Übrigens ... ich kündige.«

Den Brief hielt Fernando zwischen den Zähnen, als er Claudios Zimmer betrat, ein Grinsen stand wie festgemeißelt in seinem Gesicht. Müde drehte sich sein Freund auf die Seite und blinzelte aus dem Kopfkissen gegen das eindringende Licht der aufgehenden Sonne.

»Was soll die Scheiße so früh am Morgen? Hast du einen Clown gefrühstückt? Was ist das für ein Brief da in deinem Froschmaul?«

Urplötzlich kam ihm ein Verdacht und er saß kerzengrade im Bett.

»Ist das ...?«

Das Grinsen in Fernandos Gesicht vertiefte sich.

»Du verdammter Mistkerl, gib den Brief her, sonst kochst du heute das Abendessen.«

Absender: Hotel Meissen, Düsseldorf. Claudios Herz schlug bis zum Hals. Fernando saß direkt hinter ihm und schaute dem Freund neugierig über die Schulter. Mit einem Seufzer riss der den Umschlag auf und überflog die Zeilen.

Sehr geehrter Herr Zanetti. Wir freuen uns, Ihnen mitteilen zu können ...

»Ja, ja, ja ... ich hab den Job. Ich werde Hotelfachmann, Fernando, ich habe es geschafft. Die schreiben, dass ich in sechs Monaten anfangen kann. Das ist der Wahnsinn, total geil.«

Claudio griff dem Freund um den Hals und beide warfen sich rücklings aufs Bett. Sie wälzten sich wie Kinder in den Federn und jauchzten.

Über den Rand der Kaffeetasse hinweg meinte Fernando: »Hör mal, die Ausbildung in Düsseldorf beginnt doch erst in sechs Monaten. Was machst du bis dahin? Ich meine, du musst ja Kröten verdienen.«

»Ach, da mach dir keine Sorgen, die suchen überall nach Hilfskräften, da wird sich schon was finden lassen. Ich hab außerdem noch ein Eisen im Feuer. Du kennst doch Marcos. Der meint, dass wir die Yuppie-Szene mit Kokain versorgen könnten. Die schmeißen mit ihrem Geld nur so um sich.«

Langsam und mit sorgenvollem Gesicht senkte Fernando die Tasse und blickte seinem Freund in die Augen.

»Bist du sicher, dass du in dieses schmutzige Geschäft einsteigen willst? Ist nicht ungefährlich, man hört da von Revierkämpfen. Außerdem kenne ich Marcos, der ist nicht gerade jemand, dem ich mein Leben anvertrauen würde. Überleg dir gut, was du tust – und mit wem.«

Claudio sah aus dem Fenster, er musste Fernando im Inneren recht geben. Jedoch waren die Möglichkeiten, an das große Geld zu kommen, gerade in diesem Bereich so immens. Außerdem hatte er auf keinen Fall vor, die Drogen an Kinder oder Minderjährige zu verhökern, hier sollten nur diese verwöhnten Neureichen versorgt werden. Die suchten immer Quellen, die ihnen den verdammten Stoff lieferten. Warum dann nicht bei ihm?

»Du hast ja recht, aber ich weiß schon, worauf ich mich da einlasse. Ist ja schließlich kein Heroin, nur Gras und Koks. Marcos hat die Verbindungen, über die ich den Stoff beziehen kann, da bin ich auf ihn angewiesen. Mach dir keine Sorgen, ist doch nur vorübergehend.«

Noch am gleichen Abend war er mit Marcos verabredet. Sie hatten ein Treffen mit einem Lieferanten in Düsseldorf ausgemacht. Während Marcos den Wagen über die Autobahn jagte, redete er unablässig über die Möglichkeiten, die sich ihnen jetzt bieten würden. Das Geld lag auf der Straße, sie mussten sich nur noch bücken.

Der Eingang der Nobeldisco war um diese späte Stunde dicht belagert. Nobelkarren entluden Gäste, die oftmals an der Warteschlange vorbeigewunken wurden. Alle Besucher waren gleich, bei den Türstehern waren bestimmte Ankömmlinge jedoch gleicher.

Die beiden hatten die Order, sich am Nebeneingang mit einem abgesprochenen Klopfzeichen Einlass zu verschaffen. Nachdem man sie durch einen Türspion begutachtet hatte, öffnete sich die Stahltür und der Lärm von Küche und Lager schlug ihnen entgegen. Der Kleiderschrank, der sie an der Tür empfing und abtastete, führte sie anschließend durch mehrere Gänge in ein Büro. Unauffällig war der

Eingang hinter einem Stahlregal mit Töpfen und Pfannen versteckt.

»Setzt euch ... wartet.«

Damit schien sich das Vokabular des Stiernackens erschöpft zu haben. Die beiden ließen sich in zwei Korbsessel fallen und grinsten. Das brachte ihnen einen bitterbösen Blick des Fleischberges ein, der sich wortlos neben dem Eingang postiert hatte. Nach gefühlten zehn Minuten betrat ein schlanker, auffällig gut gekleideter Mann den Raum und betrachtete die Besucher.

»Franco, bist du das ... Franco aus Rocca?«

Claudio war aufgestanden und näher an den ganz in schwarz gekleideten Mann herangetreten. Der Fleischberg folgte ihm.

»Warte, lass mich nachdenken. Du musst Claudio sein, der Claudio, der sich mit seinen Freunden vor Jahren in Luft aufgelöst hat. Na, das ist doch ein Hammer. Schön, dich zu treffen. Ach, da denkt man sofort an die alte Heimat, komm her, lass dich umarmen.«

Mehrere Minuten plauderten sie über alte Zeiten und gemeinsame Bekannte, bevor sich Marcos räusperte. Ihm passte die Situation überhaupt nicht, immerhin schien seine Rolle als großer Macher gefährdet.

»Ach ja, Marcos, dich hatte ich vergessen, lasst uns über das Geschäft reden. Ich brauche immer neue

Leute, die den Schnee verteilen, Abnehmer findet ihr hier in Düsseldorf genug.«

Marcos fühlte sich jetzt in seinem Element.

»Wie viel kannst du uns denn liefern? Wir brauchen da schon größere Mengen.«

»An wie viel hast du gedacht?«, wollte Franco wissen.

»Na ja, mindestens hundert Gramm.«

Franco sah ihn etwas irritiert an.

»Hundert Gramm? Hast du genug Geld, um das zu bezahlen? Das Gramm für fünfundvierzig.«

Claudio sah Marcos entsetzt an.

»Bist du völlig beknackt, wie sollen wir das vorschießen? Fangen wir erst einmal klein an. Franco, wie wäre es mit fünfzig Gramm? Wir haben jetzt noch keine Knete, aber ich versichere dir, dass du das Geld auf jeden Fall bekommen wirst.«

Mit übereinandergeschlagenen Beinen saß Franco in seinem Sessel und betrachtete die beiden aufmerksam. Marcos rutschte unruhig hin und her und vermied den direkten Blickkontakt. Ein Lächeln überzog Francos Gesicht, als er das Wort an Claudio richtete.

»Gut Claudio, ich gebe euch fünfzig Gramm auf Kommission. Das Geld will ich am Ende des Monats sehen, dein Wort genügt mir für den Augenblick. Du weißt, was ein gegebenes Wort bedeutet, mein Freund.«

Eine kurze Handbewegung von Franco setzte den Fleischberg in Bewegung. Er entfernte sich kurz und kam mit einem Päckchen zurück.

»Hier ist eure Ware. Ihr könnt euch noch etwas auf Kosten des Hauses vergnügen oder sofort wieder verschwinden ... eure Entscheidung. Werdet ihr hier beim Dealen erwischt, kenne ich euch nicht. Verratet ihr euren Lieferanten, werden die Bullen hier auf keinen Fall fündig, nur ich werde dann böse, sehr böse.«

»Alles klar, wir zahlen pünktlich und werden die Adresse vergessen.«

Marcos sprang auf und griff nach dem Päckchen. Der Stiernacken zog die Hand zurück und übergab die Ware stattdessen an Claudio. Franco nickte stumm und umarmte ihn zum Abschied.

»Am Letzten des Monats ... hier, cash auf die Hand, ist das klar?«

Marcos nickte heftig und schob Claudio Richtung Ausgang.

»Das ist doch geil, was? Fünfzig Gramm Koks, damit machen wir locker neuntausend Kröten.«

»Wieso neuntausend, wir verhökern das Gramm doch höchstens mit neunzig Mark. Wie kommst du da auf neuntausend?«

Fast mitleidig sah Marcos ihn an.

»Claudio, du bist wirklich neu im Geschäft. Wir werden das Zeug jetzt erst einmal strecken. Was glaubst du, was man mit Milchzucker alles machen kann? Die Penner merken doch gar nicht, was sie sich da in die Birne saugen, Hauptsache, wir machen Kasse.«

Erstaunt hörte Claudio zu und zuckte schließlich mit den Schultern.

»Schaden kann es denen ja nicht, kommt höchstens mehr Geschmack dran.«

Der Mundschutz verhinderte ein versehentliches Einatmen, während sie das Pulver in Portionsbeutel füllten. Zuvor hatten sie das Kokain mit Milchzucker gestreckt, sodass sie die doppelte Menge erhielten. Die fertigen Tütchen verstauten sie in verschiedenen Verstecken innerhalb der Wohnung, lediglich mit zwanzig davon machten sie sich auf den Weg, um das Gemisch in den Düsseldorfer Diskotheken anzubieten. Die Freundschaft mit Franco öffnete ihnen viele Türen und sie begannen, sich in der Schicki-Micki-Gesellschaft heimisch zu fühlen. Die Deals wickelten sie in Toilettenräumen oder sogar offen an den Tischen ab, die verwöhnten Sprösslinge der Reichen kannten hier keine Tabus. Sie fühlten sich absolut sicher und waren bereit, mit diesen teuren Stimulanzien ihre Körper an die Leistungsgrenzen zu bringen.

»Da hinten, sieh mal zu dem Tisch mit dem Farbigen und den zwei Puppen. Ist das nicht ein Spieler aus der Bundesliga? Kann dir jetzt nicht auf Anhieb den Verein nennen, aber ich meine, der heißt Mabuse oder so ähnlich.«

Marcos deutete dezent auf einen Tisch, an dem ausgelassen gefeiert wurde, der Sekt floss in Strömen. Der Spieler schien hier bekannt zu sein, von allen Seiten wurde er lauthals begrüßt.

»Ja, ich glaube, den habe ich schon im Fernsehen gesehen, wir sollten ihm auf den Zahn fühlen. Da, jetzt steht er auf, geht wohl Wasser abschlagen. Ich gehe ihm nach, vielleicht tut sich ja eine neue Abnahmequelle auf.«

Claudio erhob sich und schlenderte Richtung Herrentoiletten. Leicht schwankend stand der Fußballspieler vor dem Pissoir, summte *Graceland* von Paul Simon und grinste dümmlich.

»Geile Stimmung hier.«

Claudio versuchte es mit Smalltalk, um mit dem Fußballspieler ins Gespräch zu kommen.

»Das kann man so sagen, die Mucke ist klasse. Hab dich noch nie hier gesehen.«

Claudio ging auf die Bemerkung nicht ein.

»Kannst du noch einen zusätzlichen Stimmungsmacher gebrauchen? Ich hab reines Koks, hast du Interesse?«

»Wie viel hast du von dem Zeug?«

Die Frage überraschte Claudio schon etwas, er zögerte mit der Antwort.

»So viel, wie du haben willst, neunzig das Gramm.«

»Dann lass zehn Gramm rüberwachsen. Die Nacht ist lang und die Ladys sind scharf.«

»Kannst du haben. Wir treffen uns in fünfzehn Minuten hier, muss das Zeug erst holen. In Ordnung?«

Das müde Kopfnicken zeigte Zustimmung an, während er ungeschickt an seinem Hosenschlitz herumfingerte.

»Zehn Gramm will der haben, total geil. Da haben wir einen Riesen-Fisch an der Angel. Geh zum

Wagen und hol die Ware, gleich treffe ich ihn wieder.«

Marcos griff nervös nach dem Wagenschlüssel.

»Irre, ich hab's gewusst, der hat genug Knete und schnupft das ganze Zeug in einem Hieb ins Hirn. Bin gleich wieder da.«

Marcos stürzte davon, während Claudio zwei alkoholfreie Cocktails bestellte. In diesem Geschäft mussten sie einen klaren Kopf bewahren.

Als Claudio die Toilette betrat, wurde er bereits erwartet.

»Wenn der Stoff nicht sauber ist, reiß ich dir die Eier ab. Hier ist die Knete, raus mit dem Zeug.«

Claudio hatte sich bereits mit einem Blick davon überzeugt, dass keine der Zellen besetzt war, man konnte nie vorsichtig genug sein. Die Tütchen kramte er aus den Hosenumschlägen und zeigte sie dem Spieler.

»Hier die Knete, den Rest kannst du behalten. Bist du immer hier? Kannst mir nächste Woche die gleiche Menge besorgen, geht das klar?«

Claudio nickte cool.

»Geht klar. Nächsten Samstag - gleiche Uhrzeit, gleicher Ort.«

»Scheiße, der Kerl hat einen Hunderter Trinkgeld gegeben. Der schwimmt im Geld, den halten wir uns warm. Wir können Feierabend machen, ich will mich aufs Ohr hauen. Darf morgen früh raus, muss bei einem verfickten Brunch kellnern. Hier, pack die Knete weg. Noch so ein Deal und wir können Franco auszahlen.«

»Klaro, das kriegen wir hin, Claudio. Von da an geht der Reibach komplett an uns.«

Marcos verstaute das Geld in der Brusttasche und griente zufrieden. Die Heimfahrt wurde kurz hinter dem Bürgerpark unterbrochen, als eine Polizei-Kontrolle ihren Wagen herauswinkte.

»Scheiße, Scheiße ... jetzt haben sie uns am Arsch«, fluchte Marcos und schlug auf das Lenkrad ein.

»Halt die Fresse und bleib cool, die können uns nichts. Du hast doch den letzten Stoff vorhin geholt und wir haben nichts getrunken, das wird nur eine normale Verkehrskontrolle. Lass mich reden.«

»Guten Morgen, die Herren, allgemeine Verkehrskontrolle. Bitte die Fahrzeugpapiere und den Führerschein.«

Mit zitternden Fingern suchte Marcos nach den Papieren, was dem Beamten nicht entging.

»Haben Sie Alkohol getrunken oder Rauschmittel zu sich genommen?«

Entsetzt schaute Marcos zu dem Beamten auf und schrie fast hysterisch: »Nein, verdammt noch mal, ich bin nüchtern! Wir haben nur etwas gefeiert, Sie kriegen meine Papiere schon, Augenblick noch.«

Der Polizist blieb ruhig und trat einen Schritt zurück.

»Steigen Sie bitte aus und stellen Sie sich vor das Fahrzeug ... beide.«

Claudio fluchte vor sich hin und befolgte die Aufforderung. Marcos glaubte, dass er mit Aufsässigkeit weiter käme und ließ die Seitenscheibe hochfahren. Der Polizist stellte sich neben das Fahrzeug, eine Hand auf der Waffe.

»Verlassen Sie sofort das Fahrzeug und stellen Sie sich vor die Motorhaube, so wie ich es Ihnen gesagt habe. Leisten Sie keinen Widerstand, sonst muss ich Sie festnehmen.«

»Beweg deinen Arsch jetzt endlich raus, du Idiot.«, fuhr Claudio den Freund an und stellte sich vor das Auto. Ein zweiter Polizist trat hinter ihn.

»Legen Sie beide Hände auf die Haube und spreizen Sie die Beine.«

Er tastete Claudio sorgfältig ab. Als Marcos endlich neben ihm stand, musste auch er die Prozedur über sich ergehen lassen. Die Beamten ertasteten bei Marcos den Brustbeutel.

»Öffnen Sie bitte den Beutel.«

Sie staunten nicht schlecht, als insgesamt Tausendsechshundert Mark zum Vorschein kamen.

»Tragen Sie immer so viel Geld mit sich herum, wenn Sie feiern gehen? Haben Sie irgendwelche Verkäufe getätigt oder haben Sie gespielt?«

Verzweiflung stand in den Augen von Marcos, der den Freund hilfesuchend ansah.

»Wir haben heute Löhnung bekommen und das Geld vorsichtshalber in seinem Brustbeutel versteckt. Man muss ja mit allem rechnen in der Altstadt.«

Der Beamte wechselte einige unverständliche Worte mit seinem Kollegen. Einer der beiden postierte sich daraufhin hinter den Jungs, während der andere damit begann, den Innenraum des Wagens zu inspizieren. Seine Hände glitten in jede Ritze und kontrollierten sogar die Zwischenräume der Sitze. Jedes einzelne Teil im Handschuhfach, in der Ablage und auf den Sitzen nahm er in Augenschein. Als er die Packung Papiertaschentücher, die unter der Windschutzscheibe lag, achtlos beiseiteschob, blieb Claudio fast das Herz stehen.

»Öffnen Sie bitte den Kofferraum!«

Die Aufforderung kam kurz und knapp.

»Der ist doch auf, Sie brauchen nur auf den Knopf zu drücken.«

»Machen Sie bitte den Kofferraum auf!«

Der Beamte wiederholte seine Aufforderung ruhig. Auch hier wurde jeder Gegenstand einer Sichtkontrolle unterzogen, selbst der Reservekanister wurde geöffnet.

»Gut, meine Herren, Sie können fahren. Ich will Ihnen kostenfrei einen Rat für die Zukunft geben: Beherrschen Sie sich bei Verkehrskontrollen etwas, wir tun hier nur unsere Pflicht und ein renitentes Verhalten Ihrerseits macht unsere Aufgabe nicht leichter. Gute Fahrt noch.«

»Verflucht noch mal, ich hätte mir fast in die Hose geschissen. Gott sei Dank haben wir meine Päckchen alle verhökert. Aber wo hast du, verdammt noch mal, deine Ware versteckt?«

Marco würgte fast den Motor ab, als er losfuhr, seine Hände zitterten immer noch. Claudio lächelte.

»Besser, wenn du nicht alles weißt, dann kannst du auch nichts verraten. Ich rate dir nur, dass du zukünftig deine Nerven und die Schnauze im Zaum hältst, deine Angst war ja schon zu riechen. In dem Geschäft ist das nicht gerade vorteilhaft.«

Ruhig rollte der Wagen Richtung Neuss. Claudio machte sich ernsthaft Gedanken darüber, ob er weiterhin mit Marcos zusammenarbeiten sollte, seine Unbeherrschtheit barg ein gewisses Risiko.

Falsches Spiel

Das Kokain-Geschäft blühte. Mittlerweile hatten die beiden Freunde einen festen Abnehmerkreis und mussten ihren Vorrat schon vor dem verabredeten Zeitpunkt auffüllen. Claudio telefonierte mit Franco und bestellte eine weitere Lieferung von siebzig Gramm, Treffpunkt an bekannter Stelle bei gleichzeitiger Abrechnung.

»Hab uns für Samstag bei Franco angemeldet, er gibt uns siebzig Gramm auf Kommission, hat sich ja für alle Seiten gelohnt. Bring die Knete mit, den Rest teilen wir.«

Marcos wirkte unkonzentriert und nervös. Er rutschte ständig auf dem Stuhl herum und wischte sich mit den Händen fahrig über die Augen.

»Kannst du deinem verfluchten Hintern nicht mal 'ne Ruhepause verordnen? Du machst mich kirre, hast du was geraucht?«

Claudio brachte diese Aufgeregtheit langsam zur Weißglut.

»Was ist los mit dir, spuck´s aus?«

Quälend langsam kamen die Worte über Marcos' Lippen.

»Claudio ... also, das war so. Vor Wochen war ich in der Klemme, das heißt, ich musste bei Toni, das ist ein Buchmacher, für Spielschulden Geld leihen. Der hat mir zwei Eintreiber auf den Hals gehetzt. Die haben mir ...«

Mit offenem Mund saß Claudio vor ihm. Er unterbrach das Geständnis, indem er Marcos am Hemdkragen heranzog.

»Soll das heißen, dass du denen unser Geld gegeben hast? Du hast das Geld abgegeben, das wir Franco schulden, ist das so? Du hast deine Schulden mit dem Geld bezahlt, für das *ich* im Wort stehe? Kannst du dir vorstellen, was die jetzt mit uns machen? Nein, das kannst du nicht, du Wahnsinniger. Du hast ja keine Ahnung, was es bei uns bedeutet, sein Wort zu brechen.«

Claudio schüttelte ihn wild und schleuderte Marcos diese Worte entgegen. Er konnte seine Wut kaum mehr kontrollieren.

»Du bescheuertes Arschloch hast uns ganz tief in die Scheiße geritten. Die werden uns das Herz rausschneiden und an die Hunde verfüttern. Du kannst viel auf dieser verdammten Welt anstellen, aber breche nie, niemals dein Wort gegenüber einem Mitglied der Familie. Ich habe keine Ahnung, wie wir aus diesem Dreck wieder rauskommen. Was hast du nur getan, cielo aiuto?«

Claudio sank zurück und vergrub sein Gesicht in beiden Händen.

»Claudio, versteh mich doch, ich ...«

Claudios Kopf zuckte hoch und er schrie: »Halt jetzt endlich die Fresse, bevor ich dir eine reinhaue. Du hättest mit mir darüber sprechen müssen, das war auch mein Geld. Du hast mich ebenfalls betrogen und in tödliche Gefahr gebracht. Ich muss jetzt überlegen, wie wir da rauskommen. Ich kann mich jetzt nicht darauf verlassen, dass ich Franco von früher kenne.«

»Ich gehe zu Franco und erkläre ihm alles, ich regle das schon mit ihm.«

Claudio konnte nicht begreifen, wie blauäugig dieser Bursche war. Marcos konnte nicht ahnen, zu welchen Maßnahmen gegriffen wurde, wenn jemand sein Wort brach.

»Einen Scheißdreck wirst du tun. Wenn du da ohne mich auftauchst, wird man dich an deinen Eiern aufhängen und verrotten lassen. Nein, das muss ich für uns regeln, ich stehe im Wort. Aber eines kann ich dir sagen: Mit dir werde ich in Zukunft so keine Deals mehr durchziehen, such dir einen neuen Partner und einen anderen Lieferanten, aber komm mir nicht in die Quere, ist das klar?«

»Claudio, das kommt nie wieder vor, ich verspreche es.«

Claudio stand langsam auf und sah Marcos tief in die Augen.

»Du hast recht, das wird nie wieder vorkommen. Ich verspreche dir, dass du an unsere Kunden kein einziges Gramm Koks mehr verkaufen wirst. Wenn Franco dich erwischt, dann gnade dir Gott.«

Er verließ die Wohnung und lief nachdenklich durch die Straßen. Für ihn gab es nur zwei Lösungen: Entweder machte er sich unsichtbar oder er stellte sich

Franco. Er entschied sich für die zweite Variante, um das Problem rasch aus der Welt zu schaffen.

»Hi, Claudio. Ich hörte, dass eure Geschäfte prima laufen. Wo ist Marcos, hatte der keine Zeit für mich?«

Franco hatte es sich hinter dem Schreibtisch bequem gemacht und blickte sein Gegenüber erwartungsvoll an. Der Bodyguard stand wie gewohnt in der Türfüllung und blickte stur auf einen Punkt an der gegenüberliegenden Wand. Claudio ließ sich durch die scheinbare Gleichgültigkeit nicht täuschen. Das war eine Kampfmaschine.

»Franco, ich komme mit einem Problem zu dir.«

»Hast du anderen Dealern in die Suppe gespuckt oder seid ihr euch in die Quere gekommen? Das regeln wir schon, keine Sorge, aber erzähl.«

Mit kurzen Sätzen erklärte er das Unfassbare und spürte, wie sich Francos Körper mit jedem Wort mehr anspannte. Das Lächeln war wie weggewischt und eine Eiseskälte beherrschte seine Augen.

»Ich übernehme die Verantwortung für Marcos, ich habe dir mein Wort gegeben. Was kann ich tun, damit wir ins Reine kommen?«

Franco beobachtete ihn unentwegt. Die Stille dröhnte in Claudios Ohren, war beängstigend. Er konnte regelrecht spüren, wie sich der Fleischberg von hinten näherte und ihm einen Draht um den Hals legte.

»Franco, was kann ich ...?«

Das Gesicht des Angesprochenen zeigte Verärgerung.

»Nessuna parola di più, halt verdammt noch mal deine Schnauze, ich muss nachdenken.«

Minuten vergingen, in denen Claudio litt.

»Hör mir jetzt genau zu, Claudio. Wir kennen uns aus der Heimat und ich glaube, dass du genau hättest einschätzen können, was ein gebrochenes Wort in unserer Branche bedeutet. Du trägst nur eine Teilschuld, daher lasse ich Gnade vor Recht ergehen. Du wirst mir die Schulden in Raten abtragen, ich gebe dir vier Monate Zeit. Ich gebe dir sogar neuen Stoff auf Kommission, damit du das Geld auch verdienen kannst. Eine Bedingung gibt es: Es wird der Tag kommen, da werde ich dich um etwas bitten. Das wirst du dann für mich erledigen. Capito? Es kann sein, dass ich das nie in Anspruch nehmen werde, aber wenn, dann will ich keinen Einwand hören. Um diesen Marcos werden wir uns kümmern. Und jetzt, lass uns über alte Zeiten reden.«

»Aber Franco, was soll mit Marcos geschehen?«

»Lass uns über alte Zeiten reden«, wiederholte Franco bestimmt.

Erleichtert nahm Marcos die Nachricht auf, dass Claudio auch zukünftig mit Franco Geschäfte machen durfte. Nach einer heftigen Diskussion zwischen den beiden stand fest, dass Marcos sich auf keinen Fall in Francos Nähe sehen lassen durfte, auch wenn er die implizite Drohung des Drogenhändlers nicht ernst nahm. Weiterhin würde er Claudio dessen Geld in Raten zurückzahlen.

Die Straße, in der sie heute Abend arbeiteten, war ideal, um den Stoff an den Mann zu bringen. Die Beleuchtung drang nur teilweise in die Hauseingänge und schützte die Gruppe vor den Blicken der Nachbarn. Leichter Nieselregen hielt die Menschen davon ab, lange Abendspaziergänge zu machen.

Als das Geschäft gelaufen war, peilte Marcos vorsichtig die Lage und blickte die Straße runter. Zwei Käufer hatten es eilig, das Kokain zu konsumieren. Sie hatten eine Zeitung auf der obersten Treppenstufe ausgebreitet, schütteten das Pulver vorsichtig auf das Papier und begannen damit, den Stoff in dünne Streifen zu teilen. Mit Strohhalmen wollten sie das weiße Pulver durch die Nase in die Schleimhäute saugen. Keiner von ihnen hatte das Fahrzeug bemerkt, das geräuschlos aus einer Nebelwand auftauchte und neben ihnen stoppte.

»Was treibt ihr da, Jungs?«

Die Frage zerriss die Stille und ließ die vier erstarren. Claudio fasste sich als erster und schlenderte zum Polizeiauto.

»Wir hängen so ab, Herr Hauptkommissar. Zuhause ist nichts los und uns fehlt die Kohle für die Disco.«

Die Beifahrertür öffnete sich und der angesprochene Beamte stieg aus. Claudio wich einen Schritt zurück. Marcos hatte sich lässig gegen die Hauswand gelehnt und steckte sich eine Zigarette in den Mund. Das zitternde Streichholz beleuchtete kurz sein Gesicht; das Zucken darin konnte er kaum verbergen, sein Körper bebte. Die beiden Käufer saßen abwartend auf den Treppenstufen, bis der Beamte auf sie zuging.

»Trinkt ihr Alkohol? Wie kann sich jemand bei diesem Sauwetter freiwillig draußen rumtreiben?«

Der Fahrer hatte ebenfalls den Wagen verlassen und sah auf das Fahrzeugdach gestützt zu. Sein Kollege näherte sich unaufhaltsam dem Hauseingang, in dem die beiden Käufer abwarteten. Wenige Zentimeter vor ihnen blieb der Beamte stehen.

»Stehen Sie bitte auf und treten Sie zur Seite.«

Der Blick des Polizisten blieb an der Zeitung hängen. Er hatte alle Treppenstufen inspiziert, hob mit der Schuhspitze das Papier an und suchte den Stein darunter ab.

»Die Zeitung hat uns den Arsch gewärmt«, glaubte Claudio, erklären zu müssen. Mit Grauen hatte er gesehen, wie sich das Kokain am Rand der Stufe sammelte.

Der Beamte sah zu seinem Partner.

»Hier ist nichts.«

Er wandte sich an die Gruppe.

»Macht hier bloß keinen Krach. Wenn wir eine Meldung von den Anwohnern kriegen, sind wir sofort wieder da. Besser, ihr geht nach Hause und nehmt ein Buch in die Hand, kann sicher nicht schaden. Also, gute Nacht.«

Er stieg in das Einsatzfahrzeug und so still, wie es gekommen waren, glitt es davon.

»Verdammt, verdammt ... der gute Stoff, diese Idioten haben uns das Koks versaut.«

Einer der beiden Käufer schlug vor Verzweiflung mit der Faust gegen die Hauswand.

»Sei froh, dass die dein Zeug nicht gefunden haben. Dann würden wir jetzt auf der Wache sitzen, beruhig dich.«

Marcos hatte seine halbgerauchte Kippe erleichtert weggeknipst und packte nun den Verzweifelten am Revers, um ihn zu schütteln.

»Habt Ihr noch was von dem Zeug?«

Die Frage kam von dessen Freund, der schon nach einer Geldrolle in der Hosentasche fingerte. Claudio und Marcos sahen sich kurz an und konnten ihr Grinsen nur schlecht verbergen.

Der Tag war erfolgreich gelaufen, die Geldscheine in Marcos' Tasche fühlten sich angenehm an. Er freute sich auf ein kühles Bier in der Wohnung, die er normalerweise mit einer Freundin teilte. Doch heute war Mädelsabend, er war also allein. Ein gruseliger Horrorfilm sollte ihm die Zeit versüßen, in der er sich ungestört auf dem Sofa herumlümmeln konnte. Das Licht in der Diele beleuchtete die unaufgeräumte Garderobe. Schon oft hatte er Tina gebeten, ihre Sachen ordentlich aufzuhängen und die Schuhe nicht über den Boden zu verteilen. Ärgerlich kickte er ihre Sneaker quer durch die Diele. Die Küche zeigte an, dass sie die Wohnung in aller Eile verlassen hatte, die dreckigen Teller und Töpfe im Spülbecken verbreiteten einen unangenehmen Geruch. Ein angebissenes Pizzastück lag einsam auf der Tischplatte.

Entnervt zog er die letzte Bierflasche aus dem Kühlschrank, ansonsten fristeten dort nur ein Käsekanten und eine Margarineschachtel ihr tristes Dasein.

»Du solltest deiner Perle ab und zu was auf die Fresse hauen. So kann doch kein Mensch leben.«

Die Worte kamen aus dem Nichts ... er spürte keinen Herzschlag mehr. Alles um ihn herum erstarb in Reglosigkeit. Die Bierflasche folgte der Erdanziehung und zersplitterte auf dem Fliesenboden, doch das nahm er nur unterbewusst wahr. Was geschah hier? Wie kam der Kerl, von dem er bisher nicht mal etwas sehen konnte, in die Wohnung? Und was wollte er von ihm?

»Willst du uns nicht begrüßen? Marcos, wo sind deine Manieren geblieben? Komm, setz dich zu uns.«

Die Worte kamen nun aus einer anderen Richtung, jedoch mit einem freundlich-gefährlichen Unterton. Seine Blase schien ihm übervoll, sie drückte im Unterleib. Mit zitternden Knien drehte er sich langsam um und sah in ein Gesicht, das ihm den Horrorfilm ersetzte. Kalte Augen standen dicht beieinander unter einer niedrigen Stirn, die dünnen Haare waren am Hinterkopf zu einem Pferdeschwanz gebunden, die Lippen hatten sich zu einem zynischen Grinsen verzogen. Das Gesicht erzeugte pures Grauen ... seine Nase fehlte.

Marcos konnte zwei Löcher erkennen, die mit Haut überzogen waren. Er versuchte, ein Würgen zu unterdrücken, und riss spontan die Hand vor den Mund.

»Gefalle ich dir nicht, mein Freund? Ich kann dir nur raten, schlaf nie bekifft in einem Keller, in dem Ratten ihr Zuhause haben. Geh da rein, da möchte jemand mit dir reden.«

Das riesige Monster trat einen Schritt zur Seite, sodass Marcos endlich den zweiten Besucher im Halbdunkel erkennen konnte. Franco saß mit übereinandergeschlagenen Beinen im Sessel, ausdruckslos blickende Augen fixierten das Opfer. Bevor Marcos sprechen konnte, stieß ihm das

Rattengesicht einen Küchenstuhl in die Kniekehlen. Mit einem kurzen Aufschrei fiel er zurück, sofort presste ihm eine Hand ein übel riechendes Tuch in den offenstehenden Mund. Das Geräusch, das jetzt folgte, kam Marcos bekannt vor, es erinnerte ihn an graues Gewebeband, das von einer Rolle gezogen wurde. Momente später saß er mit gebundenen Händen auf dem Stuhl und musste hinnehmen, dass auch seine Füße eine feste Verbindung mit den Stuhlbeinen eingingen. Angst, lähmende Angst ließ seinen Atem stocken. Kam jetzt das, was Claudio ihm prophezeit hatte? Hoffentlich würden die Qualen nicht so lange dauern ... möge der Tod schnell und gnädig sein.

Franco beobachtete ihn. Er versuchte, diesem zwingenden Blick auszuweichen. Den zweiten Mann spürte er wie ein Fallbeil im Rücken. Der Augenblick kam, in dem ihm die Schließmuskeln den Dienst versagten, sein heißer Urin erreichte den Teppich, wurde dort gierig aufgesaugt. Tränen der Scham und des Grauens liefen über seine Wangen. In Gedanken versuchte er zu beten, doch die Angst verweigerte ihm zusammenhängende Verse. Francos Worte rissen ihn zurück in die Realität.

»Du weißt, warum ich hier bin? Du wunderst dich bestimmt, warum ich den Weg von Düsseldorf nach Neuss auf mich nehme? Alles nur, um einen kleinen Pisser in seinem Loch zu besuchen? Ja, ich glaube, das weißt du ... das weißt du ganz sicher.«

An dieser Stelle machte er eine Pause und genoss die Angst, die diesen schlotternden Körper bis in die Spitzen besetzt hielt.

»Ich bin nicht immer gesetzestreu, nein, ganz und gar nicht. Das betrifft zumindest das offizielle Gesetzbuch. *Einem* Gesetz bin ich aber immer treu geblieben, einem *ungeschriebenen* Gesetz ... dem Gesetz der Ehre. Hast du davon gehört, du Furz? Doch, das hast du; es war dir wohl nie so wichtig. Ich möchte dir zeigen, wie bedeutend dieses Gesetz in unserer Branche ist.«

Er gab dem Ungeheuer ein Zeichen.

»Du hast mein Vertrauen schändlich missbraucht, was verwerflich genug ist. Was noch viel schlimmer ist: Du hast einen Freund ans Messer geliefert, der sein Wort gegeben hat. Du hast ihn im Stich gelassen.«

Franco legte die Fingerspitzen gegeneinander und seine Augen blitzten.

»Luca wird dir jetzt zeigen, was wir mit Leuten anstellen, die sich gegen dieses Gesetz stellen. Er wird dir eine Lektion erteilen, die du niemals vergessen wirst.«

Marcos' Augen drohten, aus den Höhlen zu treten. Die Pupillen drehte er verzweifelt zur Decke, sodass nur noch das Weiße im Auge zu sehen war. Ein unangenehmer Geruch von frischem Kot verbreitete sich und Franco hielt sich angewidert ein Taschentuch vor die Nase. Todesangst verbreitete sich wie ein Virus in Marcos' Körper. Das Zittern konnte er nicht mehr kontrollieren und es verstärkte sich noch, als er die Spitze des Stiletts an der Wange spürte. Den Schmerz nahm er kaum wahr, als die Klinge ihm die Haut vom Ohr bis zum Mundwinkel aufschlitzte. Ein Blutrinnsal tropfte auf seinen schmuddeligen Pullover.

»Marcos, lass dir das eine Warnung sein. Du hast es deinem Freund Claudio zu verdanken, dass wir dir heute nicht die Hoden abschneiden und sie dir ins Maul stopfen. Er hat für dich um Gnade gebeten und sich verbürgt. Vertraue nicht darauf, dass es im Wiederholungsfall noch mal so glimpflich abgeht. Wirst du in Zukunft dein Wort halten und die Schulden an ihn zurückzahlen?«

Selbst durch den Knebel konnte Franco das Ja verstehen. Das bekräftigende Kopfnicken verteilte weitere Blutspritzer auf Marcos' Kleidung. Sein Körper entspannte sich urplötzlich und der Restharn konnte ebenfalls den Weg durch das Hosenbein finden. Franco erhob sich angewidert, Luca folgte schattengleich.

Tödliche Stille umfing Marcos, nachdem er das Geräusch der sich schließenden Tür vernommen hatte. Ein Weinkrampf nahm ihm einen Teil der Anspannung. Mit einem unmenschlichen Schrei befreite er sich vollends aus der Angststarre.

Ein todsicherer Coup

Der schrille Klang des Telefons riss Claudio aus seinen Gedanken. Die Stimme seiner Mutter zauberte augenblicklich ein Lächeln in sein Gesicht.

»Mein Junge, wie geht es dir, bist du wohlauf? Ich wollte dir persönlich zu deinem neunzehnten Geburtstag gratulieren. Viele Grüße auch von deinen Geschwistern. Papa steht neben mir und möchte mit dir reden.«

»Ach Mama, schön, dass du anrufst, alles ist prima und ich bin gesund. Heute werden wir bei Nicola feiern. Euch geht es doch hoffentlich auch gut?«

Im Hintergrund war Getuschel zu hören, Papa hatte übernommen.

»Hallo, mein Sohn. Auch von mir alles Gute. Du scheinst ja gut zu verdienen, Mama hatte vergessen, dir für die großzügige Unterstützung zu danken. Das Geld hilft uns über den Berg. Was ich dir sagen wollte: Gestern hatte ich Besuch von zwei Männern, die nach dem Aufenthaltsort von Giovanni fragten. Ganz nebenbei wollten sie wissen, ob du Kontakt zu ihm hättest. Ich denke, dass sie so deinen Aufenthaltsort herausfinden wollten, also habe ich denen gesagt, dass ich keine Ahnung hätte. Ich hoffe, dass die irgendwann aufgeben.«

Ein Fahrzeug fuhr lärmend an der Telefonzelle vorbei und Francesco musste eine Pause einlegen.

»Wie gefällt es dir in deinem neuen Job, ich meine deine Ausbildung in diesem Düsseldorfer Hotel?«

Diese Frage hatte Claudio befürchtet und zögerte mit der Antwort.

»Das läuft soweit ganz gut. Ich habe schon viel gelernt in den ersten fünf Monaten, aber die Bezahlung könnte besser sein. Ich hätte Probleme, allein davon meine Ausgaben zu decken. Aber ich verdiene ja ein paar Mark nebenbei, also wird das schon, Papa.«

»Das ist gut, mein Junge, denn eine Ausbildung ist wichtig. Wenn du ungelernt bist, kriegst du nur schlecht bezahlte Aushilfsjobs. Das musst du durchziehen. So, das Kleingeld ist alle, ich muss jetzt Schluss machen. Grüß mir Nicola, Ida und die Kinder. Noch mal alles Gute.«

Der durchgehende Ton zeigte, dass die Verbindung unterbrochen war. Ihm war nicht wohl dabei, dem Vater die Wahrheit verschwiegen zu haben. Er hatte die Ausbildung im Hotel Meissen begonnen, die Bezahlung deckte jedoch kaum die fixen Kosten, sodass er befürchtete, die Lehre wieder an den Nagel hängen zu müssen.

Manfred, den Claudio zufällig kennengelernt hatte, machte eine Ausbildung in einem Autohaus, er hatte angedeutet, dass dort Kohle zu holen wäre. Bei Geld horchte Claudio immer auf, das versüßte das Leben, also wollte er sich mit Manfred treffen.

»Du kommst spät, Claudio. Wir waren um acht verabredet, jetzt ist es nach neun.«

»Jetzt halt mal die Füße still, ich hatte noch Ware auszuliefern. Was hast du für mich?«

Claudio setzte sich auf den Barhocker und bestellte eine Coke. Manfred sah ihn verärgert an und wartete ab, bis das Getränk da war.

»Hier geht es um viel Kohle. Wir müssen allerdings vorsichtig sein, ich darf auf keinen Fall darin verwickelt werden. Auf mich darf kein Verdacht fallen.«

»Kannst du jetzt endlich zur Sache kommen?«

Claudio widerte es an, dass Manfred schon jetzt den Fluchtweg suchte.

»Also, das ist so. Einmal pro Woche werden die gesamten Einnahmen von einer Angestellten zur Bank gebracht. Die lassen das eine Frau machen, weil sie wohl glauben, dass es unauffälliger ist. Da kommen oft hohe Summen zusammen.«

»Wie viel?«

Claudio stellte die Zwischenfrage, während er scheinbar uninteressiert den blinden Spiegel hinter dem Flaschenregal betrachtete. Innerlich war er gespannt wie ein Bogen.

»Ich schätze, dass sich so um die Hunderttausend in der Kassette befinden dürften, das schwankt je nach Verkaufslage. Na, wäre das was für dich?«

Claudio betrachtete immer noch scheinbar gelangweilt die Thekendeko.

»Na ja, nicht übel. Das kann ich nicht allein durchziehen, da muss ich Verstärkung holen. Und es muss von langer Hand geplant werden. Wir müssen das über einen längeren Zeitraum beobachten, damit nichts schiefläuft. Ich glaub, ich hab da die passenden Leute an der Hand. Du gibst mir nur durch, wann die Tussi das Geld wegbringt und welchen Weg sie geht, den Rest erledigen wir. Du kriegst anschließend deinen Anteil.«

Während Manfred ihm Belangloses erzählte, ging Claudio schon in Gedanken die nächsten Schritte durch. Das Ganze hörte sich wirklich nicht schlecht an.

In einer Disco in Düsseldorf war er vor Wochen mit einem Typen ins Gespräch gekommen, der auf diesem Gebiet versiert schien. Er unternahm mit zwei Kumpeln des Öfteren kleinere Raubzüge und hatte gemeint, dass sie für einen Tipp immer dankbar wären. Tatsächlich traf er Fred an seinem Stammplatz.

»Hast du immer noch Interesse an einem schnellen Job? Ist viel Bares drin für uns.«

Fred lehnte sich im Sessel zurück und betrachtete Claudio eingehend. Skepsis stand in seinem Gesicht.

»Wie sicher ist der Job und was ist drin?«

Claudio spürte, dass Fred Feuer gefangen hatte, also berichtete er ihm ausführlich von Manfreds Tipp.

»Da brauchen wir Vorlauf, ich muss erst die Lage checken. Dafür müssen wir noch zwei Mann zusätzlich haben, ein Fahrzeug muss besorgt werden, die Fluchtroute muss feststehen und ich will den Laufweg von der Puppe wissen. Die Perle wird doch sicher nicht immer zur gleichen Zeit die Kassette wegbringen, also brauchen wir eine aktuelle Info. Setz für die Recherche mindestens zwei Monate an, früher gehe ich da nicht dran. Bist du auch dabei? Soll ich die beiden Männer besorgen?«

Claudio hatte aufmerksam zugehört und nickte.

»Kannst die Männer anheuern, alles wird zu gleichen Teilen aufgeteilt. Geht das klar?«

Alle Vorbereitungen liefen wie am Schnürchen. Claudio war für das Ablenkungsmanöver zuständig und Fred übernahm mit einem weiteren Mann den eigentlichen Überfall, der Fahrer wartete im Fluchtwagen. Manfred, der Auszubildende aus dem Autohaus, sollte das Signal geben, wenn die Angestellte mit dem Geld die Firma verließ.

»Sie ist raus. Sie läuft heute Route drei, viel Glück.«

Claudio legte auf und sah die Geldbotin bereits um die Ecke biegen. Von dort waren es noch achthundert Meter bis zum Nachttresor der Sparkasse. Die Handtasche hatte die sportlich gekleidete, dunkelhaarige Dame unter den Arm geklemmt. Bei jedem Schritt sprang der helle Mantel ein Stück auf und gab den Blick auf wohlgeformte, schlanke Beine frei. Nur kurz verharrte sie am Schaufenster eines Juweliers, wo sie die Auslage betrachtete. Schließlich setzte sie mit einem Lächeln ihren Weg fort. Claudios innere Stimme meldete sich, da ihm bei der Sache nicht mehr wohl war. Sein Gefühl, dass irgendwas bei der Sache schief laufen könnte, wurde immer stärker.

Verabredungsgemäß überquerte er diagonal die Kreuzung und brachte damit den Verkehr ins Stocken. Etliche Autos waren gezwungen, anzuhalten und in allen Richtungen entstand ein Stau. Schimpfende Autofahrer verließen ihre Fahrzeuge und zogen so die volle Aufmerksamkeit der Passanten auf sich, sodass niemand darauf achtete, wie sich zwei Männer an die Fersen einer Frau hängten und ihr in eine Nebenstraße folgten. Die Tumulte auf der Kreuzung eskalierten, da sich Claudio mit den verärgerten Fahrern auf Diskussionen einließ. Er riskierte dabei tätliche Angriffe, was genau nach dem Geschmack der Gaffer war.

Ein brutaler Tritt in die Kniekehlen brachte die Geldbotin in Sekundenschnelle zu Fall, keiner der Umstehenden nahm davon Notiz. Instinktiv klammerte sie sich an ihre Handtasche. Fred versuchte, sie ihr zu entreißen, doch mit blutigen Händen hielt sie diese eng an den Körper gepresst. Ein zweiter Tritt in die Nieren ließ sie aufschreien, immer noch klammerte sie sich mit schmerzverzerrtem Gesicht an die Tasche. Ein kurzes Stöhnen verließ ihre Lippen, als eine Schuhspitze ihren Wangenknochen traf. Blut spritzte nach allen Seiten und verteilte sich auf den Gehwegplatten. Der Körper der Frau erschlaffte und eine gnädige Ohnmacht befreite sie vorübergehend von ihren Schmerzen. Fred griff nach der Tasche und durchschnitt mit dem gezückten Messer den Tragegurt. Nach einem letzten wütenden Tritt in den Rücken ließen die Räuber von ihrem Opfer ab.

Erst jetzt bemerkte eine Passantin, was hinter ihr geschehen war und schrie hysterisch: »Ein Überfall, holt die Polizei.«

Die Nachricht verbreitete sich auf der Kreuzung wie ein Lauffeuer.

»Jemand muss die Polizei holen. Einen Krankenwagen.«

Schnell bildete sich eine neue Menschentraube um die Verletzte, und niemand achtete darauf, wie zwei Männer sich lässig vom Tatort entfernten. Sie verschwanden in einem im Schritttempo heranrollenden Wagen, die Zeugenaussagen dazu widersprachen sich später. Vereinzelt konnte man sich bei den Vernehmungen daran erinnern, dass die Männer maskiert waren, sie hatten sich dunkle Kapuzen über die Köpfe gezogen. Das Fluchtfahrzeug konnte von niemandem brauchbar beschrieben werden.

Claudio hatte den aufkommenden Tumult genutzt, um sich unauffällig unter die Menschenmenge zu mischen. Das Bild der blutenden Frau brannte sich in seine Erinnerung ein. Die Medien berichteten später von einem außergewöhnlich brutalen Überfall, bei dem es bisher noch keinerlei Hinweise auf die Täter gab. Eine Sonderkommission »Handtasche« wurde gebildet, die allerdings den Fall nicht aufklären konnte. Die Medien berichteten über schwerste Verletzungen beim Opfer.

Claudio traf als Letzter am verabredeten Treffpunkt ein. Die drei Männer sahen ihm mit versteinerten Gesichtern entgegen, es herrschte eine gefährliche Stimmung. Er musste es jetzt herauslassen, es nahm ihm die Luft.

»Was sollte diese Scheiße? Musste das sein, dass ihr die Frau so zurichtet, was ist, wenn sie stirbt? Das war so nicht geplant, Fuck.«

Keine Regung am Tisch.»Setz dich, du Scheißer.«

Freds Aufforderung hatte einen Unterton, der keinen Widerspruch duldete.

»Komm mir nicht als Moralapostel. Du wolltest hobeln, jetzt beschwer dich nicht, wenn Späne gefallen sind. Woher hast du die kuriose Info, dass wir in der Kassette so um die Hunderttausend finden? Welcher Idiot hat dir den Tipp gegeben? Sag mir den Namen und ich schneid ihm die Zunge aus dem Hals.«

Irritiert sah Claudio den Wortführer an, ihm schwante Schlimmes. Hatten sie diese Frau so zugerichtet, ohne überhaupt eine Beute zu bekommen? War alles umsonst gewesen?

»Wie viel?«, fragte er zögernd.

Fred warf ein Tuch auf den Tisch, das den Blick auf einige Geldscheine und Papiere freigab.

»Zähl nach, du Anfänger. Siebentausendsechshundert Kröten in bar, der Rest sind Schecks. Damit können wir uns den Arsch abputzen, die können wir nur auf den Müll schmeißen. Das sind nicht einmal zweitausend für jeden von uns. Scheiße, Scheiße, Scheiße.«

Fred schlug mit der Faust auf den Tisch. Sein Gesicht hatte eine beängstigende Rotfärbung angenommen.

»Das hätten wir uns denken können. Vor allem hätte das dein Informant im Autohaus wissen müssen. Kein Kunde bezahlt heutzutage noch ein Auto mit Bargeld, die paar Kröten können doch nur aus dem Servicebereich kommen. Die hätten auch keine Frau zum Nachttresor geschickt, wenn da eine solche Summe drin gewesen wäre. Dann lassen die einen Geldtransporter vorfahren. Verdammte Scheiße ... alles umsonst. Für deinen nächsten todsicheren Coup such dir zukünftig andere Partner. Einmal und nie wieder.«

Auf eigenen Beinen

Claudios Ausbildung zum Hotelfachmann endete erwartungsgemäß. Die Hotelführung versuchte noch, ihn umzustimmen, und deutete an, dass die Lehrzeit verkürzt werden könnte, weil seine Leistungen das durchaus zuließen. Doch das Argument des zu geringen Lohns war entscheidend.

Lange schon war Claudio mit Luciano befreundet, dem eine Kette von Eisständen gehörte. Die kleinen Stände maßen lediglich drei Quadratmeter, Interessierte, die auf eigenen Füßen stehen wollten, kauften ihm die gerne ab. Da er sie in der Regel an exponierter Stelle in Einkaufszentren oder Passagen mit eigenen Verträgen platzierte, konnte er sie sehr gewinnbringend anbieten.

»Das könnte was für mich sein, ich habe schon mit Eis gearbeitet. Was muss ich dafür zahlen, Luciano?«

Ein Lächeln stahl sich auf das Gesicht des Freundes.

»Das ist nicht so ganz billig, Claudio. Der Stand hat eine Spitzen-Lage, mitten in einer belebten Passage in Neuss. Da kannst du gute Umsätze machen.«

»Quatsch nicht rum, Luciano, wie viel? Aber bedenke, dass ich dir die Kohle nur abstottern kann. Ich bin im Augenblick ein bisschen klamm.«

Beide lachten über diese Untertreibung. Luciano legte ihm die Hand auf die Schulter.

»Ich mach dir einen Freundschaftspreis, weil wir Landsleute sind. Fünfzehntausend muss ich haben. Du bekommst von mir einen Vertrag, in dem dir alle Rechte und Pflichten übertragen werden, aber das Eis bekommst du ausschließlich von mir. Ist das für dich in Ordnung? Also nichts selber rühren oder woanders einkaufen. Die Standmiete im Center beträgt derzeit dreitausend Mark monatlich. Den Kaufpreis kannst du mir in Raten abbezahlen ... so, wie du es schaffst. Das ist mein Angebot.«

Claudio stierte auf die Tischplatte. Er rechnete bereits aus, wie viele Eisportionen er dafür verkaufen musste. Geduldig wartete Luciano auf seine Antwort.

»Hier ist meine Hand. Das geht in Ordnung, es ist fair. Wann machen wir den Vertrag?«

Luciano fuhr ihm mit einer Hand durch das Haar, mit der anderen schlug er ein.

»Ich wusste, dass dir das gefallen würde. Wir können den Schriftkram schon morgen erledigen, dann kannst du noch in der gesamten Saison Geld verdienen.«

Schon zwei Stunden vor Öffnung der Passage wartete Claudio ungeduldig auf Luciano, der versprochen hatte, ihm eine frische Eislieferung zur Verfügung zu stellen. Pünktlich erschien sein Freund mit mehreren Edelstahlbehältern, die er in die Thekenvertiefungen einpasste.

»Hast du die Kühlung etwa noch nicht eingestellt? Mensch Claudio, das musst du als Erstes tun, das Eis taut sonst an und verdirbt. Los, pack den Stecker in die Dose, du blöder Hund.«

Er trat Claudio spaßeshalber in den Hintern und zeigte in Richtung Steckdose.

»Das fängt ja mit dir schon beschissen an. Portionierer sind hier drin und die Hörnchen hab ich noch im Auto. Komm mit, du kannst auch die Pappbecher mitnehmen.«

Beide verschwanden flachsend im Lieferanteneingang. Die Geschäfte liefen perfekt, bereits nach vier Wochen konnte Claudio zufrieden einen durchschnittlichen Tagesumsatz von vierhundert Mark feststellen. Er freute sich darüber, dass er nach dem zwanzigsten Tag in die eigene Tasche arbeiten konnte. Die Standmiete überwies er pünktlich zum Ersten des Monats im Voraus, damit er keine Probleme mit der Centerleitung bekam, und Luciano erhielt eine monatliche Rate von tausend Mark. Der Steuerberater, den Luciano ihm empfohlen hatte, sorgte für den reibungslosen Ablauf mit dem Finanzamt. Auch das Geld an die Familie vergaß er nie, denn Papa musste seit einiger Zeit mit Kurzarbeitergeld auskommen und jede Hilfe war willkommen.

Montags tauchte regelmäßig Marcos an seinem Stand auf, der ihm seinen Anteil am Drogengeschäft ablieferte und ihm den neuen Bedarf anmeldete. Der Deal gefiel Marcos nicht besonders, dass er Claudio dreißig Prozent vom Gewinn auszahlen musste, aber wo sollte der sonst den Stoff herbekommen? Franco lieferte auf keinen Fall an ihn, das wusste Claudio für seine Zwecke auszunutzen.

Abends lag er oft in seinem Bett und freute sich darüber, dass er endlich seinen Weg gefunden hatte.

Erst beim zweiten Hinsehen erkannte er Luciano in Begleitung zweier Männer. Die hatten ihn schon seit geraumer Zeit aus der Distanz beobachtet, was Claudio nicht entgangen war.

»Hi, Claudio. Darf ich dir die Brüder Heinz und Reinhard Lausen vorstellen? Die wollen sich mit dir unterhalten und ein Geschäft vorschlagen.«

Beide Männer lächelten und begrüßten Claudio mit Handschlag.

»Also«, begann der Kleinere von Beiden, »ich möchte nicht lange drumrum reden. Wir möchten hier im Center ein Eiscafé eröffnen und wären an Ihrer Lizenz interessiert. Wenn wir Ihnen Ihren Stand abkaufen könnten, würden wir uns sehr großzügig zeigen.«

Claudio hätte mit vielem gerechnet, aber nicht mit einem Kaufangebot. Endlich hatte er die Gelegenheit zu einem geregelten Einkommen, da kamen diese Spinner daher und wollten ihm die Existenz unter dem Hintern wegkaufen.

»Was bieten Sie mir denn dafür? Verstehen Sie mich richtig, eigentlich möchte ich nicht verkaufen, dafür läuft das hier zu gut. Aber nennen Sie mir eine Summe.«

Das Lächeln auf den Gesichtern der Männer schien wie eingemeißelt, als sie antworteten.

»Wir würden die damalige Kaufsumme verdoppeln, also dreißigtausend Mark.«

»Könnten Sie das wiederholen? Ich dachte gerade, ich hätte dreißigtausend gehört.«

Beide Männer blickten fragend in Richtung Luciano.

»Hör zu, Claudio, das ist kein schlechtes Angebot, ich würde mir das überlegen.«

Das Lächeln der beiden potenziellen Käufer übernahm wieder die Oberhand.

»Jetzt hörst du mir zu, Luciano. Das hier ist eine lohnende Einnahmequelle und ich bin dir dankbar für die Chance, die du mir gegeben hast. Nur halte mir diese Krähen vom Hals. Ich will einfach nicht verkaufen, basta. Es tut mir leid, meine Herren, ich muss bedienen. Ich wünsche Ihnen noch einen erfolgreichen Tag.«

Luciano entfernte sich mit den Männern und versuchte dabei, sie zu beruhigen. Claudio dagegen hatte den Vorfall schnell vergessen.

Er räumte den Stand auf und reinigte gewissenhaft die Behälter. Der Samstag hatte Spitzenumsätze gebracht, sodass er sich auf den freien Sonntag und das Essen bei Nicola freute.

»Guten Tag, Herr Zanetti, Sie erinnern sich noch an uns?«

Claudio hatte die beiden elegant gekleideten Herren im Eifer des Reinigens nicht bemerkt. Sie standen wie Geister neben ihm.

»Was wollen Sie denn schon wieder hier? Hatte ich mich nicht deutlich genug ausgedrückt? Ich verkaufe nicht! Ist das bei Ihnen noch nicht angekommen? Suchen Sie sich ein anderes Center.«

»Wir könnten über ein neues Angebot reden, da ist noch etwas Luft.«

»Hören Sie, meine Herren, ich habe jetzt langsam die Schnauze voll. Ich will nicht verkaufen, und jetzt möchte ich Ihnen etwas mit auf den Weg geben: Versuchen Sie nicht, mich weiter zu bedrängen oder unter Druck zu setzen, Sie würden dieses Spiel bereuen. Unterschätzen Sie niemals, mit wem Sie sich hier anlegen. Ich möchte Gewalt vermeiden, aber fordern Sie mich bloß nicht heraus.«

Erschrocken über diese Aggressivität traten die Männer einen Schritt zurück. Betroffenheit stand in ihren Gesichtern.

»Um Gottes willen, Herr Zanetti. Wir wollten Ihnen nicht zu nahe treten oder Sie bedrohen. Wir wollten lediglich mit Ihnen über ein Angebot sprechen. Wo läge denn bei Ihnen eine diskussionswürdige Untergrenze?«

Jetzt war es an Claudio, etwas erstaunt zu gucken. Er dachte kurz nach.

»Ich werde erst ab einer Summe von einhunderttausend Mark verhandeln. Und jetzt, bitte, meine Herren, ich habe noch zu arbeiten.«

Wortlos entfernten sich die beiden Männer. Tagelang glaubte Claudio, dass die Sache damit ausgestanden wäre, doch hier täuschte er sich gewaltig. Schon eine Woche später sah er sie am Ende der Passage auftauchen. Einer von ihnen trug eine Mappe unter dem Arm. Mit ungewohnt ernsten Gesichtern blieben sie vor dem Stand stehen und sahen Claudio mehrere Minuten bei seinen Reinigungsarbeiten zu. Durch ein Hüsteln deuteten sie an, dass sie mit ihm reden wollten. Wortlos blickte Claudio auf und wartete.

»Wir haben über Ihren Wunsch nachgedacht und diskutiert. Es dürfte auch Ihnen klar sein, dass eine Forderung von hunderttausend Mark utopisch ist, das holen wir in zehn Jahren nicht rein. Wir wären jedoch bereit, Ihnen eine Summe von fünfundsiebzigtausend Mark cash zu zahlen. Wenn das für Sie akzeptabel ist, könnten wir schon morgen einen Vertrag unterschreiben.«

Claudios Kinnlade hatte sich gesenkt, was auch den beiden nicht entgangen war. Er ließ den Putzlappen sinken und legte den Portionierer im Zeitlupentempo auf die Ablage. In seinem Kopf arbeitete es. Jetzt hatten sie ihn genau da, wo er empfindlich war. Die Summe war gigantisch, so viel Geld hatte er noch nie auf einen Haufen gesehen. Die Entscheidung war gefallen.

»Sie sagten cash? Wir müssen aber eine Summe in den Vertrag eintragen, ich meine, für das Finanzamt. Da reichen fünfzehntausend Mark als Kaufsumme, nur so spiele ich da mit. Geht das in Ordnung?«

Die Männer verständigten sich mit einem Blick.

»Das geht schon in Ordnung, Herr Zanetti. Sind wir uns einig?«

Beide Hände streckten sich über die Theke, er schlug lächelnd ein.

»Wir sehen uns Montagabend. Wir bringen den Vertrag mit und selbstverständlich auch Ihr Geld. Wir wünschen Ihnen noch ein angenehmes Wochenende.«

Noch immer konnte er nicht glauben, dass das wirklich geschehen war. Eigentlich sollte die hohe Kaufsumme, die er genannt hatte, diese Menschen ein für alle Mal abschrecken. Aber was soll´s, er hatte ein blendendes Geschäft gemacht und konnte das Geld gebrauchen, denn Wünsche hatte er genug.

Der Pavillon des Händlers machte auf Claudio einen gepflegten, seriösen Eindruck. Schon durch das Schaufenster war ihm ein schwarzes Modell der Dreier-Serie aufgefallen. Die Sitzprobe und die Besichtigung des Innenraumes ließen keinen Zweifel daran: Das war sein Auto. Den Führerschein hatte er nach einem Crashkurs in Bonn frisch erhalten, nun fehlte ihm nur noch ein passender Wagen.

Der Schatten des Verkäufers zeichnete sich über der Seitenscheibe der Fahrertür ab, seine Stimme säuselte in Claudios Ohr:

»Ein geiles Wägelchen, oder? Komplettausstattung. Aber das wirst du schon selbst gesehen haben. Gut, das Fahrzeug hat seinen Preis, dafür fehlt es an nichts. Ist eines von unseren Tagesangeboten.«

Der Verkäufer verhinderte durch einen Schritt nach hinten, dass ihm die Kante der Fahrertür an den Kopf stieß.

»Oh, scusate, hätte Sie beinahe verletzt. Ja, das Auto ist ganz nett, wann kann es zugelassen werden?«

Das Lächeln im Gesicht des Anzugträgers verstärkte sich.

»Wenn wir die Bezahlung oder die Finanzierung geregelt haben, kann ich das Fahrzeug schon zwei Tage später zulassen. Wir benötigen die Unterschrift eines Erziehungsberechtigten, also komm mit deinen Eltern vorbei und wir wickeln das Geschäft ab.«

Er strich über das Wagendach und ergänzte: »Ein wunderschönes Auto. Deine Eltern werden begeistert sein.«

Claudio kannte diese Reaktion zur Genüge. Sein jugendliches Aussehen führte in den meisten Fällen dazu, dass er wesentlich jünger eingeschätzt wurde. Eine Fehleinschätzung, mit der er gerne spielte.

»Ich gehe davon aus, dass die Zulassung im Preis von immerhin dreiundvierzigtausend Mark drin sind. Das Auto ist ja kein Schnäppchen.«

»Da müsste ich mit der Verkaufsleitung sprechen. Kann das leider nicht zusagen.«

»Sie machen das schon. Sagen Sie Ihrem Vorgesetzten, dass wir das erwarten. Ansonsten werden wir uns bei anderen Händlern umsehen. Also, bis morgen.«

Claudio schlenderte zum Ausgang und ließ einen händereibenden Verkäufer zurück.

Er musste bei seinem nächsten Besuch nicht lange auf den Verkäufer warten. Der unterbrach spontan ein Gespräch mit einem Kollegen und eilte auf seinen Kunden zu.

»Guten Morgen. Haben es sich deine Eltern anders überlegt oder kommen die noch?«

Suchend blickte er zum Eingang.

»Ich habe meine Familie mitgebracht, haben Sie etwas Geduld. Was ist denn mit dem Endpreis, Zulassung inklusive oder nicht?«

Die Brust des Verkäufers drohte das weiße Hemd zu sprengen.

»Das habe ich mit dem Verkaufsleiter geklärt. Er wollte zuerst nicht so recht ... aber nun ja, da kam der Verkäufer in mir durch. Es geht klar. Wir beide können schon in mein Büro gehen und die Formalitäten erledigen, deine Familie wird ja auch bald kommen. Bitte, folge mir.«

Er ging mit großen Schritten vor Claudio Richtung Büro.

»Darf ich etwas Kaltes oder einen Kaffee anbieten?«

»Nein danke, lassen Sie sich beim Schreiben nicht ablenken.«

Der Vertrag war ausgefertigt, als sich der Verkäufer suchend umsah.

»Ich brauche noch die Namen deiner Eltern. Wann hattest du sie denn bestellt? Wir sind soweit durch.«

Claudio wollte diesen Augenblick noch für einen Moment genießen. Er sah freundlich lächelnd in das Gesicht seines Gegenübers, dann steckte er provozierend langsam die Hand in die Manteltasche und zog lässig eine Geldscheinrolle heraus. Dabei genoss er, wie sich das Gesicht des schleimigen Verkäufers veränderte. Ungläubig starrte der auf das Geldbündel.

»So, mein Lieber, das ist meine Familie.«

Er griff nach dem ersten Fünfhunderter und legte ihn vor sich auf den Schreibtisch. Die Zählung begann.

»Das ist mein Vater, das ist meine Mutter, das ist meine Oma, das ist mein Opa.«

Mit jedem Geldschein wuchs die Unruhe des Verkäufers. Erst jetzt wurde ihm bewusst, dass er sein Gegenüber unterschätzt hatte.

»Und das ist mein Ausweis für die Zulassung.«

Mit hochrotem Kopf ließ er diese Lehrstunde über sich ergehen und rutschte nervös auf seinem Stuhl herum. Schließlich gingen Claudio die Verwandten aus und er warf das Restgeld auf den Tisch.

»Sie haben jetzt meine Familie kennengelernt. Es ist noch früh am Tag, ich gehe davon aus, dass ich den Wagen morgen Nachmittag, mit Nummernschildern, abholen kann. Jetzt unterschreibe ich Ihnen noch die Genehmigung zur Zulassung, dann muss ich mich leider verabschieden, es stehen noch Termine an. Gibt es noch ein Problem?«

Erst nach einem Hüsteln gelang es dem Mann, den Frosch im Hals zu beseitigen.

»Nein, ich lasse noch eine Quittung ausstellen, Herr Zanetti, dann werde ich mich um alles Weitere kümmern. Sie müssen sich keine Sorgen machen, das Fahrzeug steht morgen, wie gewünscht, zugelassen für Sie bereit.«

Ein schöner Tag, dachte Claudio, als er das Autohaus verließ. In der Eingangstür konnte er im Spiegelbild verfolgen, wie die Blicke mehrerer Augenpaare auf ihn gerichtet waren. Wie gesagt, ein schöner Tag.

»Geile Kiste.«

Der Kommentar von Marcos war kurz. Krampfhaft umklammerte er den Türgriff, während Claudio den BMW durch die Kurven trieb. Er selbst hatte immer von einem solchen Boliden geträumt und war sicher, dass sich auch für ihn dieser Traum eines Tages erfüllen würde. Claudio hatte eben Glück gehabt.

»Morgen haben wir eine Lieferung in Düsseldorf, der Liga-Spieler braucht achtzig Gramm für eine Party. Du musst das Zeug noch bei Franco abholen. Der Monat läuft übrigens klasse.«

Claudio nickte kurz und konzentrierte sich darauf, das Fahrzeug zu stabilisieren. Das ausbrechende Heck machte ihm immer noch zu schaffen.

Es vergingen drei Monate des Müßiggangs, in denen sich die Jungs auf gelegentliche Koks-Lieferungen konzentrierten. Das süße Leben mit Abhängen in Cafés ließ sich aushalten und die Mädels wussten Claudios Großzügigkeit zu schätzen. Sie ließen sich gerne mit ihm ein.

Die heutige Fahrt führte nach Düsseldorf. Die Nacht war unangenehm kalt und hatte einen leichten Reif auf den Straßen hinterlassen. Die Kurve kannte Claudio von vielen Fahrten und wusste, wie er sie anschneiden musste, um mit Vollgas wieder heraus zu beschleunigen. Heute jedoch war alles anders, das Heck des Wagens führte ein Eigenleben und brach unkontrolliert aus, Claudios Gegenlenken blieb ergebnislos, da die Reifen den Kontakt zur Straße verloren hatten. Mit schreckgeweiteten Augen sah er den Baum unaufhaltsam auf sich zukommen. In Sekundenbruchteilen entschied das Schicksal, dass dieser Baum sein heutiges Endziel darstellte. Das Knirschen und Krachen des sich verbiegenden Metalls drang in sein Unterbewusstsein. Als sich das Fahrzeug um den Stamm wickelte, öffnete sich sein Airbag und verhinderte, dass er gegen die Scheiben geschleudert wurde. Regungslos verharrte er im Fahrersitz und versuchte zu verstehen, was gerade geschehen war. Alles erschien ihm so irreal, das konnte nicht passiert sein ... nicht ihm.

»Scheiße!«

Der Schrei drückte seine Verzweiflung aus. Wild trommelte er mit den Fäusten auf das Lenkrad, das vom erschlafften Airbag umwickelt war. Die Fahrertür konnte er nach zwei vergeblichen Versuchen mit einem Schulterstoß öffnen. Kraftlos fiel er aus der Öffnung und kroch vom Fahrzeug weg. Als er schwankend zum Stehen kam, überblickte er das gesamte Ausmaß der Aktion. Wie ein Kunstwerk hatte der BMW den alten Stamm des Baumes umwickelt. Aus dem Motorraum stieg Wasserdampf auf, rund um die Unfallstelle verteilten sich Metallteile und Glassplitter. Ihm wurde bewusst, dass so ein Totalschaden aussah, kalte Wut über den eigenen Leichtsinn lähmte ihn. Diese Kurve hatte er doch schon oft problemlos befahren. Erst als die Kälte sich in seinem Körper ausbreitete, wurde ihm der Grund für den Unfall bewusst.

Die Worte eines Mannes schreckten ihn auf.

»Geht es Ihnen gut oder sind Sie verletzt? Muss ich einen Krankenwagen rufen?«

Der Mann betrachtete erstaunt den Unfallort. Seinen eigenen Wagen hatte er mit laufendem Motor auf dem Randstreifen stehen lassen. Er konnte nicht begreifen, dass ein Mensch unverletzt aus diesem Haufen Metall herausgekommen war. Das Ganze erinnerte nur noch entfernt an einen BMW.

»Ich muss jetzt zur Arbeit, aber ich werde Ihnen sofort Hilfe schicken, ich rufe die Polizei. Ist Ihnen wirklich nichts passiert?«

Mit einem besorgten Blick entfernte der Mann sich zu seinem Auto und brauste los.

Seine dicke Felljacke hatte Claudio bei Fahrtantritt auf den Rücksitz gelegt. Nun wärmte sie ihn, während er nachdenklich in der Hocke an den Baum gelehnt dasaß. Aus den Augenwinkeln bemerkte er die blinkenden blauen Lichter im

Morgennebel, die sich näherten. Zwei Beamte stellten ihr Fahrzeug auf der Wiese ab, setzten ihre Mützen auf und verschafften sich einen Überblick über die Situation.

»Geht es Ihnen gut, müssen wir einen Krankenwagen bestellen?«

Einer von beiden fasste Claudio an der Schulter und sah ihn fragend an. Claudio hob eine Hand.

»Ich bin unverletzt, ich brauche keinen Krankenwagen.«

Der zweite Polizist ging zurück zur Straße und stellte Sicherungen auf, dann zeichnete er mit einem Kreidestift die Schleuderspuren des BMWs nach. An der herausgerissenen Wiese ließ sich nachverfolgen, wohin das Bremsmanöver geführt hatte.

»War ein wenig zu glatt für Ihr Tempo, sehen wir das richtig?«

Claudio zuckte nur mit den Schultern und sah zum Beamten auf.

»Den Reif konnte ich nicht sehen. Es ging in der Kurve einfach geradeaus. Die Lenkung hat nicht reagiert und dann ... peng.«

Der Polizist hatte ohne Regung zugehört.

»Können wir Ihre Papiere haben? Wir müssen den Unfallhergang aufnehmen, Führerschein und Zulassung bitte.«

Claudio fingerte seine Papiere aus der Seitentasche.

»Ach Gott, der Führerschein ist ja erst ein paar Monate alt. Immer dasselbe, die frische Fleppe in der Tasche, dickes Auto und dann so was. Herr Zanetti, ist das Fahrzeug wenigstens mit Vollkasko versichert?«

Ungläubig blickte Claudio zum Polizisten hoch.

»Nee, ich hab nur Haftpflicht. Ist das eine Vorschrift, ich meine mit der Vollkasko?«

»Nein, mein Lieber, aber dann können wir uns den Schreibkram sparen. Wir haben den Unfall registriert und werden der Landschaftsbehörde Meldung machen, der beschädigte Baum muss schließlich bezahlt werden. Gibt es einen bestimmten Abschleppdienst, den wir benachrichtigen sollen? Ansonsten rufen wir einen Dienst aus der Umgebung.«

»Das ist mir egal, rufen Sie irgendeinen, Hauptsache, ich komme endlich ins Warme.«

Der Traum vom schnellen Fahren war für lange Zeit ausgeträumt und der Frust saß tief, er fraß an ihm.

Es war an der Zeit, für diesen Rückschlag des Schicksals einen Ausgleich zu schaffen. Lange überlegte Claudio, wie er seine angegriffene Psyche wieder aufbauen sollte. Trotz der wachsenden Umsätze in den Diskotheken besserte sich seine Laune nicht gravierend, es musste etwas geschehen. Sogar Marcos hielt sich von ihm fern, weil die Stimmung zwischen ihnen explosiv war und des Öfteren zu hitzigen Debatten führte.

»Verdammt, Claudio, was soll die ständige Anfurzerei? Keiner kann etwas dazu, dass du deine Wichskarre vor den Baum gesetzt hast. Piss nicht immer deine Freunde an, wenn du damit nicht zurechtkommst, schalt einen Gang runter und geh an die Sonne!«

Lange sah ihm Claudio in die Augen, es schien einen Geistesblitz ausgelöst zu haben.

»Manchmal hast sogar du brauchbare Ideen, das wäre doch was zur Abwechslung. Hast du Lust, mitzukommen?«

Marcos reagierte völlig entsetzt.

»Hast du sie noch alle? Ich habe Schulden, die ich noch abbezahlen muss. Wenn die spitzkriegen, dass ich mein Geld im Urlaub verjuble, anstatt zu bezahlen, hauen die mir die Hucke voll. Das geht nicht. Nimm doch Anja und Moni mit, die hängen doch eh nur ab und machen jeden Scheiß mit. Einer muss sich ja sowieso ums Geschäft kümmern. Wenn wir die Kunden nicht beliefern, suchen die sich andere Lieferanten.«

Es dauerte gefühlte fünf Sekunden, die Mädchen davon zu überzeugen, dass das Klima auf Gran Canaria weitaus besser zu ertragen war, als das deutsche. Günstige Appartements fanden sie über das Internet schnell. Anja druckste einen Moment herum und sprach es dann doch aus:

»Macht es dir etwas aus, wenn noch eine Freundin mitkommt? Ich will Marianne nicht zurücklassen, die kommt hier unter die Räder. Du wirst sie mögen, Claudio.«

Das Grinsen in seinem Gesicht zeigte den beiden Frauen, dass er damit einverstanden war.

»Mach hier keinen Scheiß, während ich weg bin. Ich rufe ab und zu an, dann kannst du mir erzählen, wie das Geschäft läuft. Mit den dreihundert Gramm Stoff musst du eine Zeit lang auskommen, aber sobald ich zurück bin, besorge ich neuen. Marcos, halt die Ohren steif!«

»Alles klar. Amüsiert euch gut und steck einen für mich mit rein, du Lump.«

Das Kichern der drei Mädchen hallte noch in seinen Ohren nach, als Marcos das Flughafen-Taxi am Horizont verschwinden sah. Der kurze Aufenthalt weitete sich auf drei Monate aus. In der Zeit genossen die vier das süße Leben.

»Mädels, es ist vorbei, ich muss langsam wieder zuhause Geld tanken. Also, Koffer packen und zurück in den Nebel.«

Es kostete alle Überwindung, den Flieger zu besteigen. Während des Rückflugs dachte er darüber nach, welchen Gegenwert ihm der dreimonatige Aufenthalt auf der Insel gebracht hatte, schließlich hatte er hier mit den Mädchen über zwanzigtausend Mark verbrannt. Jetzt hieß es, Geld für die Zukunft zu erarbeiten. Eines war ihm klar: Er wollte auf keinen Fall den Kokainhandel ausweiten. Sein Traum vom eigenen Restaurant war noch nicht ausgeträumt.

Handlangerdienste retteten Claudio über die folgenden Wochen, aber die Tätigkeiten als Pizzabäcker und diverse Kellner-Aushilfsjobs nervten ihn. Sie garantierten ihm lediglich das Einkommen für die Miete. Abwechslung verschafften nur Kurierfahrten, bei denen Claudio zwischen Amsterdam, Venlo und Düsseldorf pendelte, ein Zusatzeinkommen, das er kalabrischen Freunden zu verdanken hatte, die seine Dienste gerne in Anspruch nahmen, weil er so zuverlässig war.

Die Hollandroute wurde von den Fahndern streng kontrolliert, doch Claudio fand immer wieder neue Verstecke und Strecken für den Transport. Die Bezahlung war gut, in der Regel bekam er Bargeld, von dem er monatlich eine Überweisung nach Rocca di Neto abzweigte. Lieber hätte er gehungert, bevor er auf die Zahlungen an seine Familie verzichtete.

»Hör zu, Claudio, bei der nächsten Lieferung aus Amsterdam kann ich dir nicht alles in bar auszahlen, aber ich kann dir dreihundert Gramm Koks abzweigen. Wenn du das verdealt hast, verdienst du viel mehr. Ist das für dich in Ordnung?«

Toni saß ihm gegenüber, er flüsterte den Vorschlag über den Tisch des Bistros.

»Scheiße, ich will nicht mehr mit dem Zeug dealen. Ich mach das nur ein einziges Mal für dich, damit das klar ist. Danach will ich alles wieder cash auf die Kralle haben.«

»Ist doch klar, ich bin halt im Augenblick klamm. Also, morgen Mittag an der neuen Übergabestelle, die alte Bude in Amsterdam ist nicht mehr sicher.«

Die Päckchen übernahm Claudio in einer Einkaufstüte inmitten von Touristen auf einem Ausflugsboot, das unschuldig durch die sonnendurchfluteten Grachten schipperte. An diesem Tag musste der Luftfilter des Fiat Uno als Versteck herhalten, der doppelte Boden in der Werkzeugtasche nahm seine eigenen dreihundert Gramm auf.

»Franco, wir waren uns darüber einig, dass ich keine Koks-Deals mehr mache, jetzt habe ich aber für eine Lieferung statt Bargeld reinen Stoff bekommen. Hast du Interesse?«

Franco reagierte amüsiert und lächelte.

»Find ich schon irgendwie lustig. Vor Monaten habe ich dir als Lieferant gedient, jetzt will mir mein Abnehmer Ware anbieten. Verkehrte Welt. Wenn du mir versprichst, dass du über unseren Deal die Schnauze hältst, werde ich dir helfen. Mein Lieferant wäre sauer, wenn ich woanders kaufe. Wie viel hast du denn anzubieten?«

»Dreihundert Gramm.«

Franco pfiff anerkennend und hob sein Glas. Sie stießen mit Aperol an.

»Ich kann dir nicht mehr als sechzehntausend dafür geben, will ja noch was daran verdienen. Ist das machbar und hast du das Zeug dabei?«

»Draußen im Auto. Zahlst du sofort?«

Franco stand auf und öffnete den Wandsafe, sodass Claudio das gestapelte Geld sehen konnte.

»Glaubst du, das reicht für unseren Deal?« Abwehrend hob Claudio die Hände.

»So war das nicht gemeint, Franco, ich vertraue dir zu hundert Prozent. Hätte dir die Ware trotzdem hiergelassen.«

Endlich konnte er das Leben wieder genießen. Die viertausend Mark, die er für die Fahrt in bar erhalten hatte, mischte Claudio unter die sechzehntausend von Franco. Er saß im Schneidersitz und betrachtete das Geld, das er auf der Bettdecke ausgebreitet hatte. Verdammt, das tat so gut. Nun konnte er ernsthaft darüber nachdenken, ob er das Angebot annahm, an der Grenze zu Holland eine eigene Pizzeria zu übernehmen. Mit dem Geld könnte er zumindest den Abstand bezahlen. Vorher wollte er noch etwas dazuverdienen, denn als Pizzabäcker waren keine Reichtümer zu verdienen. Doch seine Nebenjobs würden die Löcher stopfen.

Eine Gruppe Männer, von denen Claudio wusste, dass sie aus Kalabrien stammten, hatte sich in der hintersten Ecke in seiner Stammkneipe versammelt.

»Claudio, komm doch zu uns an den Tisch, wir wollen etwas mit dir besprechen.«

Schon oft hatte er für diese Männer Fahrten unternommen, sie konnten also mit ihm offen und vertrauensvoll über ihr Geschäft sprechen.

»Eine Frage an dich, mein Freund«, begann Marcello. »Du kennst dich doch in der Szene aus. Keiner von uns verkauft die Ware pur, das weißt du ja. Also ... wir suchen einen Chemiker, der uns was zum Strecken besorgt. Du hast doch auch schon gedealt, kommst du an Levamisol ran?«

Ungläubig blickte Claudio in die Runde. Das war ein Thema, das ihm nicht behagte. Er wusste, dass Levamisol ein nicht ungefährliches Entwurmungsmittel war, das Agranulozytose hervorrief – es verminderte die Produktion der weißen Blutkörperchen. Es wurde gerne zum Strecken verwendet, da es auch die Menge an Dopamin steigerte, das im Gehirn ausgeschüttet wurde. Die Dealer wussten, dass der Rausch in Verbindung mit Kokain noch verstärkt wurde. Zucker und Kreatin ließ er sich zum Strecken noch gefallen, doch hiermit wollte er nichts zu tun haben.

»Ich kann mich umhören, hab da Kontakte. Aber die Strecken das Zeug vor Ort und liefern fertig verpackt zum Verkauf, dann habt ihr die Arbeit nicht, soll ich nachfragen?«

»Perfetto, Claudio, perfetto, so machen wir das. Du sagst uns bescheid, wie viel und wann wir liefern sollen. Du bist unser Verbindungsmann und erledigst das Geschäft für uns. Wir können diesen Leuten doch vertrauen, oder?«

»Das klappt schon, Marcello.«

Die Angst saß Claudio ständig im Nacken, denn irgendwann mussten die doch merken, dass er Milchpulver unter das Kokain mischte. Über Monate lief das einträgliche Geschäft ohne Probleme, kein Konsument merkte etwas davon.

Neuer Versuch

Im Pachtvertrag für die Pizzeria konnte er keine Falle entdecken. Über Kontakte hatte er sich außerdem ein zweites Standbein aufgebaut, den Handel mit gefälschten Ausweisen und Pässen. Lukrativ war das auf jeden Fall, denn bei jeder Vermittlung handelte er den Preis individuell aus, je nach Kunde und dessen finanziellen Möglichkeiten.

Der Verkauf im Restaurant allerdings lief nicht wie erwartet. Die Umsätze blieben weit hinter denen zurück, die ihm versprochen worden waren. Wäre die Stammkundschaft nicht gewesen, hätte er davon nicht leben können, sodass die Nebengeschäfte wieder einmal die Löcher in der Kasse füllen mussten. Einer dieser Aufträge machte ihm allerdings Sorgen.

»Claudio, du erinnerst dich daran, dass du mir etwas schuldig bist? Ich komme nur ungern darauf zurück, aber ich brauche jemanden, dem ich zu hundert Prozent vertrauen kann.«

Franco hatte ihn nach Düsseldorf bestellt, ohne ihm zu sagen, worum es ging.

»Franco, das habe ich nie vergessen, was ist zu tun?«

»Ein Restaurantbesitzer verweigert die Schutzgeldzahlung an die ›Familie‹. Selbst nach zarten Hinweisen auf die Folgen zahlt er keinen Penny. Wir müssen in dieser Angelegenheit etwas

Druck ausüben und den anderen Kunden zeigen, dass wir das nicht ungesühnt dulden. Ich möchte, dass der Laden nie wieder ein Pasta-Gericht verkaufen kann. Hast du verstanden, was ich damit meine?«

Claudio nickte stumm und verabschiedete sich von seinem Freund. Das Problem war, dass auch er dafür einen vertrauenswürdigen, skrupellosen Partner brauchte.

Hamed kam dienstags zum Essen und Schwatzen. Jeder nannte ihn nur ›den Libanesen‹, aber niemand wusste, womit er sein Geld verdiente. Die Gerüchte reichten von Handel mit harten Drogen bis zum bezahlten Killer. Für Claudio spielte das keine Rolle, solange er friedlich war und die Zeche bezahlte. Wie immer saßen sie zusammen und plauderten.

»Wie läuft es bei dir?«

Auf Claudios Frage reagierte Hamed leicht irritiert.

»Geht so, warum willst du das wissen?«

Wortlos sah Claudio ihm in die Augen, bevor er sich im Stuhl zurücklehnte.

»Du kannst bestimmt noch ein paar Mark zusätzlich gebrauchen? Ich schätze, dass du ein Mann bist, der keine Angst kennt und keine Fragen stellt.«

Hameds Interesse war geweckt. Entwickelte sich da ein Geschäft? Claudio fuhr fort.

»Wir kennen uns jetzt schon lange und ich vertraue dir. Aus diesem Grund möchte ich dir ein Angebot machen. Ich habe Auftraggeber, die mich baten, ein Problem für sie zu beseitigen. Sie sind erfreulich großzügig. Ich brauche einen Partner, der das Ding mit mir durchzieht, nur dann kann ich den Auftrag annehmen. Da sind für dich fünftausend drin, hast du Interesse?«

»Was muss ich tun?«

Hamed blickte Claudio mit ausdruckslosen Augen an.

»Es geht um ein Lokal in Neuss - besser gesagt, ein Restaurant. Ich soll dafür sorgen, dass dieser Laden nie wieder öffnet. Wie ich das anstelle, ist den Auftraggebern egal, Hauptsache ist, dass diese Bude unbrauchbar wird. Ich habe mir vorgestellt, dass wir da nachts reingehen, die Einrichtung platt machen und anschließend mit Säure arbeiten. Hast du damit ein Problem?«

Hamed schüttelte den Kopf und rückte näher.

»Damit das für mich klar ist: Wir gehen nachts rein, hauen die Möbel kaputt, schütten zum Abschied Säure in die Bude und machen die Fliege ... mehr nicht? Dafür zahlst du mir fünftausend, und wir müssen keinem an die Wäsche? Bin dabei.«

Das Hochhaus, über dessen gesamte Vorderfront sich das Restaurant zog, lag im Neusser Zentrum. Claudio hätte viel dafür gegeben, eine solche Lage für seine Pizzeria zu haben, hier waren hohe Umsätze zu vermuten. Der Eingang lag zurückgesetzt und war schlecht einzusehen, was für ihre Zwecke nur von Vorteil war.

»Ich schätze, dass der Verkehr nachts gegen Null geht. Den Wagen stellen wir dort hinten neben der Hecke ab, das sind nur achtzig Meter. Die Säure steht schon im Kofferraum. Ich würde sagen, dass wir Montagabend starten, dann ist hier Ruhetag.«

Hamed nickte und betrachtete die Umgebung.

»Ich denke, dass wir die Aktion in weniger als zehn Minuten erledigt haben.«

Die beiden Männer schlenderten quer über die Straße und hielten einen Augenblick inne, um die Speisenkarte zu studieren. Das würde ein Kinderspiel.

Hamed staunte nicht schlecht, als Claudio die Eingangstür der Pizzeria mit einem Schlüssel geräuschlos öffnete. Die Straßenbeleuchtung tauchte das Innere der Gaststätte in diffuses Licht und warf lange Schatten, es reichte aber aus, um die Einrichtung erkennen zu können. Hamed begann augenblicklich damit, alle Flaschen und Gläser aus dem Wandregal hinter der Theke zu reißen. Der Innenraum füllte sich mit dem Geruch von Schnaps und Wein. Die Äxte, die sie mitgebracht hatten, schlugen in die teuren Intarsien der Theke ein und zerstörten die tief hängenden Lüster. Claudio konzentrierte sich auf die elektrischen Anlagen der Küche und zerschlug anschließend das Kochgeschirr. Zersplittertes Porzellan bedeckte den Boden der

Gaststätte. Kein Tisch, kein Stuhl blieb ungeschoren, das Chaos war perfekt. Von Vorteil war, dass die Wohnungen über dem Lokal unvermietet waren.

»Jeder einen Kanister, jetzt los. Sei vorsichtig, Claudio, das Zeug frisst dir die Haare vom Sack, wenn du nicht aufpasst. Sieh zu, dass du nichts abbekommst.«

Sie begannen aus zwei Richtungen, die Säure über das Inventar zu verteilen. Augenblicklich stiegen Dämpfe auf, die die Schleimhäute reizten.

»Verdammte Scheiße, was hast du da mitgebracht? Ich kriege keine Luft mehr, wir müssen hier raus, bevor wir ersticken.«

Claudio hatte sich vorsorglich Handschuhe angezogen. Eigentlich nur, um keine Fingerabdrücke zu hinterlassen, denn gegen die Säure richteten sie nichts aus. Er konnte durch die Dämpfe erkennen, dass Hamed sich ein Taschentuch um das Handgelenk gewickelt hatte, sein Blut tropfte auf den Boden.

»Raus hier, ich will hier drin nicht verrecken!«

Claudio drängte den Partner zur Tür und drehte hektisch den Schlüssel herum. Er zog ihn aus dem Schloss und zerrte am Arm des Libanesen. Der hatte sich hustend an den Türpfosten gelehnt und presste den verletzten Arm gegen den Körper. Die Säuredämpfe suchten ihren Weg entlang der Hauswand und bildeten eine giftige Wolke im Eingangsvorraum.

»Los, zum Auto, wir müssen hier weg!«

Schwer atmend riss Claudio an der Jacke des Libanesen. Er starrte auf den Stofffetzen, den er in der Hand hielt und der rasch zu Staub zerbröselte. Die Hosen der beiden Flüchtenden, begannen das Schicksal der Jacke zu teilen, sie existierten nur noch im Bereich des Hosenbundes, der Rest zersetzte sich.

»Wir müssen hier weg, sonst stehen wir in ein paar Minuten mit dem nackten Arsch auf der Straße. Verdammt, welche verfickte Säure hast du Arschloch da angeschleppt?«

Sie erreichten das Auto und Claudio warf sich hinter das Steuer. Beim dritten Versuch gab der Fiat Uno ein Lebenszeichen von sich. Von Hustenanfällen begleitet, bremste er endlich vor seiner Wohnung und half Hamed aus dem Wagen. Erschöpft fiel der auf das Bett und blieb verkrümmt liegen. Claudio griff nach einer Plastikschüssel und füllte sie mit warmem Wasser. Den Erste-Hilfe-Kasten unter dem Arm eilte er zu dem Verletzten. Als er das Taschentuch von der Wunde wickelte, sah er sofort, dass nur ärztliche Hilfe diese Blutung stoppen konnte. Die Arterie drückte das Blut in gleichen Abständen in hohem Bogen heraus. Spontan presste ihm Claudio eine Mullbinde drauf und nutzte sie als Druckverband, so stramm er konnte, wickelte er einen Verband um den Arm.

»Du musst in ein Krankenhaus ... sofort!«

»Ich kann auf keinen Fall hier in Neuss ins Krankenhaus. Du musst mich woanders hinbringen, die bringen uns sofort in Zusammenhang mit dem Einbruch. Mein Blut liegt da auf dem Boden.«

»Zieh dir diese Klamotten an und wasch dir das Blut ab. Ich bring dich nach Düsseldorf, beeil dich, verdammt.«

Claudio warf dem Libanesen Hose und Pullover aufs Bett und wechselte auch seine eigene Kleidung. Minuten später saßen sie im Wagen und fuhren Richtung Landeshauptstadt.

»Du gehst zur Notaufnahme, Hamed. Erzähl denen einen Schwank, wie du dich verletzt hast. Ich hau ab, die müssen nicht unbedingt meine Personalien aufnehmen. Melde dich später bei mir, okay? So, jetzt mach dich auf die Socken.«

Hamed stand schwankend neben dem Wagen, als Claudio das Gas durchdrückte und den Parkplatz verließ.

»Denk an meine Knete. Ich komm in ein paar Tagen vorbei.«

Mit diesen Worten, die Claudio nicht mehr mitbekam, stolperte der Libanese in die Notaufnahme.

Zwei Jahre später, kurz nach seinem fünfundzwanzigsten Geburtstag, hatte Claudio eingesehen, dass die Pizzeria nur Verluste brachte und sie verkauft. Nun musste er wieder für andere Leute arbeiten, ob es ihm passte oder nicht.

Das Telefon riss ihn aus dem Schlaf, den er so lange herbeigesehnt hatte. Der Abend war purer Stress gewesen, der Streit mit einem Gast hatte mit einem Anschiss vom Chef geendet. Seine Hand tastete nach dem Telefonhörer, dem Anrufer gönnte er ein geknurrtes ›Hallo?‹

»Claudio, bist du das? Hier ist Viola, Viola Vincente, du erinnerst dich? Ich, besser gesagt, Riccardo braucht deine Hilfe, wir müssen uns treffen.«

Sie klang aufgeregt. Langsam öffnete Claudio die Augen und sah auf die Wanduhr. Drei Uhr in der Nacht, er hatte gerade mal zwei Stunden in den Federn verbracht.

»Hast du eine Ahnung, wie spät es ist? Hat das nicht Zeit bis morgen Früh?«

Er hörte das Atmen am anderen Ende und wartete auf die Antwort.

»Es muss jetzt sein, unbedingt, können wir uns treffen? ... Bitte.«

Claudio brachte es fertig, sich aufzurichten, er saß auf der Bettkante.

»Was ist passiert? Hatte Riccardo einen Unfall?«

»Das kann ich dir am Telefon nicht sagen, ich komme vorbei. Wo wohnst du?«

Claudio gab ihr die Adresse und legte auf. Ihm blieb nur Zeit, sich Wasser ins Gesicht zu schütten und seine Jeans überzustreifen, da kündigte die Türklingel schon Viola an. Sie quetschte ihren Körper durch den Türspalt, zitternd lehnte sie an der Dielenwand.

»Verdammt, was ist los mit dir? Du bist ja völlig fertig. Setz dich hin, möchtest du Kaffee?«

»Nein, ich will keinen Kaffee. Die haben Riccardo an der Grenze mit einem gefälschten Ausweis kassiert, ich kann dir nicht sagen, warum er den vorgezeigt hat. Hier ist der richtige Ausweis, wir müssen ihn da rausholen.«

Sie suchte währenddessen in ihrer Handtasche nach dem Dokument. Claudio legte beruhigend die Hand auf ihren Arm und unterbrach damit das hektische Suchen, Tränen schossen aus ihren Augen. Sie presste ein Taschentuch aufs Gesicht, ihre Schultern zuckten.

»Das wird schon, wir holen ihn da raus. Wo wird er denn festgehalten?«

Er hob Violas Kinn vorsichtig an und sah in ihre rot geweinten Augen.

Sie hauchte: »In Venlo. Können wir sofort fahren? Ich habe Angst, Claudio.«

So früh am Morgen war die Autobahn verwaist, sodass sie die Grenzstation vor Morgengrauen erreichten. Die halbe Stunde Wartezeit im Vorraum war erfüllt von Hektik, ständig wurden Personen von Beamten vorgeführt, die zumeist wegen des Verdachts auf Drogenschmuggel festgenommen worden waren. Das Geschrei war unerträglich.

»Frau Vincente?«

Die Frage kam von einem bulligen Polizeibeamten, der den Kopf aus einer Tür des Nebenganges streckte.

»Sie können jetzt reinkommen.«

Viola sprang wie elektrisiert auf und fasste Claudio am Arm. Sie zerrte ihn zu dem Raum, in dessen Tür der Beamte wartete.

»Ich bin Frau Vincente, wo ist mein Mann? Ich möchte zu ihm.«

»Langsam, gute Frau, wir müssen erst einmal die Personalien feststellen. Wer ist ihr Begleiter?«

Claudio spürte eine schwere Hand auf der Schulter, die ihn zurückhielt.

»Das ist ein Freund der Familie, der mich gefahren hat.«

»Nehmen Sie bitte auf dem Stuhl an der Wand Platz und warten Sie! Sie. Frau Vincente, Sie setzen sich bitte vor den Schreibtisch, ihr Mann wird gleich vorgeführt.«

Erst Minuten später öffnete sich eine Seitentür und Ricardo erschien in Handschellen. Ein zweiter Polizist schob ihn in den Raum.

»Bleiben Sie hier stehen!«

Der Beamte setzte sich hinter den Schreibtisch und blätterte aufreizend lange in einem Hefter. Ohne aufzusehen, fragte er: »Sie sind die Ehefrau, können Sie sich ausweisen?«

Er hatte die Hand ausgestreckt und sah Viola mit ausdruckslosen Augen an. Nervös begann sie in ihrer Handtasche nach ihren Papieren zu suchen. Genervt kippte sie schließlich den gesamten Inhalt auf den Schreibtisch und fingerte ihr Dokument aus den Utensilien.

»Können Sie uns erklären, warum Ihr Ehemann noch vor wenigen Stunden Alberto Rossi hieß, sein richtiger Name scheint doch Vincente zu sein?«

Violas Blick irrte zwischen dem Beamten und Riccardo hin und her. Sie bemerkte das leichte Kopfschütteln bei ihrem Mann und zuckte mit den Schultern.

»Ich kann Ihnen die Frage nicht beantworten, ich habe den Namen Rossi noch nie gehört. Hier, sehen Sie, das ist sein Ausweis, den hat er zuhause vergessen.«

Sie reichte das Papier über den Schreibtisch, zögernd nahm der Beamte es entgegen.

»Das erklärt noch nicht, warum er mit einem gefälschten Ausweis reist, können Sie sich darauf einen Reim machen?«

Erneut sah sie aus dem Augenwinkel das kaum wahrnehmbare Kopfschütteln. Sie wusste es tatsächlich nicht, denn Riccardo hatte ihr nie

Erklärungen zu seinen Geschäften gegeben. Er meinte, dass sie sich damit nicht unnötig belasten sollte.

»Hier scheint es sich um eine allgemeine Amnesie zu handeln, Ihr Mann kann sich diesen Umstand nämlich ebenfalls nicht erklären. Er vermutet, dass die Papiere durch Zufall in seinen Besitz kamen, eine Verwechslung also. Er hofft darauf, dass ein Anwalt bei der Auflösung helfen kann. Wer ist denn der junge Mann da im Hintergrund? Könnten Sie sich ebenfalls ausweisen?«

Claudio war der Unterhaltung mit Interesse gefolgt. Als er angesprochen wurde, stand er auf und zog seinen Ausweis aus der Hosentasche. Der Mann hinter dem Schreibtisch musterte ihn eingehend, bevor er einen prüfenden Blick auf das Papier warf.

»Wenigstens der scheint echt zu sein. In welcher Beziehung stehen Sie zu dem Festgenommenen?«

»Wir sind schon seit vielen Jahren befreundet, kennen uns aus Italien und haben uns in Neuss wieder getroffen.«

»So, so. Also befreundet.«

Diese Bemerkung ließ Claudio unkommentiert. Gelassen sah er zu, wie der Polizist seine Daten in einen Computer eingab und auf das Ergebnis der Anfrage wartete. Endlich erschien es auf dem Bildschirm. Lange studierte der Beamte die Auskünfte, wobei er hin und wieder in Claudios Gesicht sah.

»Das ist interessant, sehr interessant. Sie sind ja recht umtriebig, langweilig ist Ihr Leben nicht unbedingt.«

»Kann ich meinen Mann jetzt mitnehmen?«

Violas Frage irritierte den Polizisten und er griff nach dem Schnellhefter vor ihm.

»Wir haben alle Daten aufgenommen und das gefälschte Dokument sichergestellt. Die Kollegen in Duisburg werden den Fall verfolgen. Sie können Ihren Mann mit nach Hause nehmen. Wachtmeister, nehmen Sie Herrn Vincente bitte die Handschellen ab.«

»Das vergesse ich dir nie. Danke, Claudio.«

Riccardo sah Claudio dankbar an und stieß ihm die Faust in die Rippen.

»Was hast du dir dabei gedacht? Ich habe ...«

Viola konnte ihren Unmut nicht mehr zurückhalten. Riccardos Kopf zuckte herum und er zischte: »Halt die Klappe, verdammt, halt bloß die Klappe! Danke, dass du mich abgeholt hast, aber geh mir nicht mit deinem Gezeter auf die Nüsse. Du siehst, wie gut es ist, wenn du nicht alles weißt, lass es dabei.«

Viola wusste, dass es für sie gesünder war, zu schweigen. Sie sah wortlos aus dem Fenster. Die zusammengepressten Lippen zeigten ihren unterdrückten Zorn, doch sie hatte gelernt, zu gehorchen.

Die gute Tat

Der Wind trieb die Schneeflocken an seiner Eingangstür vorbei, typisches Dezemberwetter. Passanten hetzten geduckt über den Gehsteig, jeder wollte seine Einkäufe erledigt haben, bevor der Berufsverkehr einsetzte.

Claudio hatte die ältere Dame auf der anderen Straßenseite schon oft beobachtet. Sie sprach Passanten an, um gegen ein geringes Entgelt ein Blättchen an den Mann zu bringen. Heute stand ihr eine jüngere Frau zur Seite, die den Schal über Mund und Nase gezogen hatte. Beide versuchten, die Kälte dadurch erträglicher zu machen, dass sie von einem Fuß auf den anderen traten. Was mag diese Menschen antreiben, solche Strapazen auf sich zu nehmen? Eine Bestellung lenkte Claudio von seinen Gedanken ab.

Ein Gast verließ die Pizzeria, sodass er einen Teil des Wortgefechts auf der anderen Straßenseite durch die geöffnete Tür mitbekam. Zwei Männer hatten sich mit in den Taschen vergrabenen Händen vor den Damen aufgebaut. Worum es bei dem Streit konkret ging, konnte Claudio nicht verstehen. Als einer der beiden Männer der älteren Frau ins Gesicht schlug und ihr die Zeitungen aus der Hand riss, kam Leben in seinen Körper und er griff, ohne weiter darüber nachzudenken, nach dem Pizzaschneider. Während er über die Straße hetzte, versuchte die junge Frau, der Geschlagenen aufzuhelfen. Der Tritt des zweiten

Mannes traf sie direkt unterhalb der Achselhöhle und schleuderte sie gegen die Hauswand. Ihre Pupillen richteten sich ungläubig in die Ferne, während sie im Zeitlupentempo an der Wand herunterrutschte. Der erste Schläger durchsuchte die Taschen der Älteren. Er war dadurch so abgelenkt, dass ihn Claudios Tritt gegen das Knie überraschte. Erschrocken drehte der zweite Mann den Kopf, konnte jedoch nicht verhindern, dass sich die scharfe Schneide des Pizzatrenners von seiner Stirn bis zum Kinn bewegte. Blut schoss aus der Wunde und bedeckte in Sekundenschnelle sein Gesicht, sein irrer Schmerzensschrei hallte über die Straße. Mit beiden Händen versuchte er, die Blutung zu stoppen, und drehte sich dabei wie ein Kreisel.

Dem ersten Ganoven war es gelungen, sich zu erheben. Mit einer Hand griff er sich an das lädierte Knie, mit der anderen führte er ein Messer. Ohne erkennbaren Ansatz schoss Claudios Fuß hoch und traf den Angreifer mit voller Wucht im Schritt. Bevor er wie ein Klappmesser einknickte und sich jammernd auf das schneebedeckte Pflaster legte, verdrehte er ungläubig die Augen.

»Du verdammte Drecksau, dafür zahlst du. Wir werden wiederkommen.«

Die Drohung stieß der Kumpel aus, während er nach wie vor versuchte, die Blutung in seinem Gesicht unter Kontrolle zu bekommen.

»Ich verstehe dich ganz schlecht, habe Probleme mit dem Hören.«

Damit schlug Claudio beide Hände gleichzeitig auf die Ohren des Sprechers, der winselnd den Kopf auf das Pflaster legte.

»Ihr Bettnässer, ihr solltet den heutigen Tag vergessen und habt eine milde Strafe erhalten für diese Schweinerei. Steckt das weg, leckt eure Wunden und verpisst euch. Wenn ihr glaubt, ihr müsstet euch dafür rächen, werdet ihr merken, dass diese Lektion hier nur der Anfang der Bestrafung war. Lasst eure Kadaver nie wieder in diesem Stadtteil blicken, denn sonst lernt ihr, wie wir bei uns solchen Unrat entsorgen! Macht euch jetzt bloß vom Acker!«

Er trat einen Schritt vor und hob drohend den Pizzaschneider. Eine Traube von Neugierigen machte eine Gasse frei. Die beiden Angreifer stützten sich gegenseitig und verschwanden stöhnend. Claudio bückte sich, um nach der älteren Dame zu sehen. Sie bewegte den Kopf und krächzte:

»Wie geht es Leila, ist sie schwer verletzt? Wo sind diese Männer? Sind sie weg?«

Claudio nahm ihren Kopf in die Hände und sprach auf sie ein.

»Es ist alles gut. Der Krankenwagen kommt jeden Augenblick. Leila ist wieder bei uns, sie dürfte eine Gehirnerschütterung haben. Man kümmert sich gleich um Sie, bleiben Sie ruhig. Ich muss zurück in den Laden, alles Gute für Sie beide.«

Er legte den Kopf der Frau in die Arme einer neben ihm wartenden Dame, die beruhigend auf sie einsprach. Die Wut über solche Niedertracht erfüllte ihn immer noch, nur schwer konnte er sich auf seine Arbeit konzentrieren.

Der Alltag überdeckte rasch das Ereignis der letzten Tage, nur die lokalen Medien sahen darin immer noch eine Schlagzeile. Journalisten versuchten, Interviews zu erhalten, die Claudio beständig ablehnte, Fotografen verbat er jegliche Aufnahmen.

›*Italienischer Ladenbesitzer setzt eigenes Leben heldenhaft für Opfer ein!*‹

Die Headline lockte sogar das Fernsehen an, er sollte in Talkshows gefeiert werden.

Bewaffnet mit dem Bestellblock ging er an einem Abend einige Zeit nach dem Vorfall auf die beiden Damen am hintersten Tisch zu.

»Was kann ich für ...?«

Er stockte. Vor ihm saßen die Opfer und lächelten ihn freundlich an. Sie zogen einen Stuhl zurück und zeigten damit, dass er sich zu ihnen setzen möge. Mit einem prüfenden Blick vergewisserte er sich, dass sie die einzigen Gäste waren. Ihm fehlten die Worte. Erst, als sich die Ältere der beiden vorbeugte und ihn auf die Stirn küsste, erwachte er aus seiner Starre.

»Wir möchten uns für das, was Sie getan haben, bedanken. Sie haben uns das Leben gerettet.«

Claudio antwortete: »Geht es Ihnen gut? Ich habe mir Sorgen gemacht, wusste ja nicht, wo ich Sie finden konnte.«

Die jüngere Frau ergriff das Wort.

»Uns geht es gut, aber Sie befinden sich in Gefahr. Die werden sich rächen wollen.«

Claudio winkte ab.

»Die werden ihre Wunden versorgt haben und wenn sie clever sind, werden sie diese Gegend meiden, da hab ich keine Bedenken.«

Er wandte sich an Leila, die ihn betrachtete.

»Ich habe mich gefragt, was Sie da drüben machen. Warum verkaufen Sie bei diesem Wetter Zeitungen? Da gibt es attraktiveres Arbeiten, um Geld zu verdienen.«

Ein Lächeln überzog Leilas Gesicht, als sie antwortete.

»Das Geld ist nicht für uns, es ist für unsere Schützlinge im Kinderheim. Die haben niemanden, der sich um sie kümmert. Sie wurden den Eltern weggenommen, die sie misshandelt oder missbraucht haben, und da sind auch Waisen in unserer Obhut. Viele Schicksale, die unsere Hilfe nötig machen. Wir beide kümmern uns mit einigen anderen Helfern darum, dass diese Kinder ein halbwegs normales Leben führen können. Wenn sie volljährig sind, werden sie ein eigenes Leben aufbauen müssen, aber bis dahin brauchen sie unsere Hilfe und Liebe.«

Ein angenehmer Schauer durchlief Claudio. Leilas Stimme war sanft und klar, sie verströmte Güte und Vertrautheit. Sie war sicher keine Schönheit, nach der sich Männer umschauten, aber sie besaß etwas anderes. Sie strömte eine innere beeindruckende Ruhe und Liebe aus.

»Wie heißen Sie, wie darf ich unseren Retter ansprechen?«

Claudio versuchte, sich dieses Heim vorzustellen. Für ihn war es undenkbar, sich an Kindern zu vergreifen oder sogar zu vergehen.

»Haben Sie meine Frage verstanden?«

Er zuckte zusammen.

»Doch, ja ich habe Sie verstanden, ich heiße Claudio.«

»Ein hübscher Name. Sie stammen aus dem Süden Italiens?«

Er ging nicht auf diese Frage ein, es arbeitete in ihm.

»Ich finde es wunderschön, dass Sie sich um diese Kinder kümmern. Sie sollten wissen, dass ich seit meinem dreizehnten Lebensjahr auch ohne Eltern auskommen musste. Das bedeutet nicht, dass sie sich nicht um mich kümmern würden, aber das ist eine lange Geschichte.«

»Die müssen Sie mir bei passender Gelegenheit erzählen, ich finde das faszinierend«, unterbrach ihn Leila.

»Mir kommt da eine Idee.«

Die Frauen sahen sich überrascht an und Claudio fuhr fort.

»Wäre es möglich, dass ich diesen Kindern, Ihren Kindern, Weihnachten ein Geschenk machen darf? Ist ja nicht mehr lange bis dahin. Ich lade alle Kinder und die Belegschaft an einem Weihnachtstag zum Essen ein und jeder bekommt noch ein nettes Präsent. Bitte, sagen Sie nicht nein, ich würde mich wahnsinnig darüber freuen.«

Stumm verharrten die Frauen auf ihren Stühlen. Es war spürbar, dass sie das Angebot verarbeiten mussten.

»Ich finde diese Idee wunderbar, nur ist das komplizierter, als Sie denken, lieber Claudio. Sie müssen wissen, dass der Ort der Unterbringung geheim ist. Besser gesagt, nur die Betreuer kennen die Adresse. Das ist wichtig, damit die Kinder nicht weiter von ihren Peinigern belästigt werden. Ich fände es wunderschön, wenn wir den Kindern im Hause ein besonderes Fest bieten könnten, aber das wird kaum genehmigt werden. Die Entscheidung trifft der Heimleiter, Dr. Schäfer. Wir werden ihm gerne von Ihrem Angebot erzählen, aber ich kann nichts garantieren.«

Das Gespräch wurde von einer Gruppe Jugendlicher unterbrochen, die lauthals nach Futter verlangten.

Die Waffe

Er hätte sein Leben als eintönig bezeichnen können, doch dieser Zustand wurde durch Riccardos Anruf unterbrochen.

»Hallo Claudio, ich bin`s, Riccardo. Ich hab im Augenblick einige Schwierigkeiten und muss für ein paar Tage untertauchen. Kann ich so für drei oder vier Nächte bei dir pennen? Kein Risiko für dich, versprochen.«

Claudio überlegte nur kurz.

»Klar, null Problem, wann kommst du?«

»Das ist gut, bin heute Abend so um zehn bei dir. Nur pennen, keine Umstände. Mensch, das ist klasse! Bis nachher.«

Claudio wusste, dass man in solchen Fällen keine Fragen nach dem Warum stellte, entweder man tat es oder man ließ es. Basta. Die Tage verliefen ohne Besonderheiten, Riccardo schlief auf der Couch und tauchte sowieso immer erst zu später Stunde auf. Wenn er Claudio einweihen wollte, würde er es ohne Aufforderung tun. Auffällig war nur, dass er gehetzter wirkte als früher. Am vierten Abend winkte Riccardo Claudio an den Küchentisch.

»Ich danke dir, das hätte nicht jeder für mich getan. Eine Bitte habe ich noch, bevor ich das Quartier wechsle. Kannst du für kurze Zeit eine Waffe bei dir verstecken? Ich hole sie in den nächsten Tagen garantiert wieder bei dir ab.«

Das war eine Situation, die Claudio in einen Gewissenskonflikt brachte. Mit Waffen hatte er es nicht so, da gab es bei ihm Prinzipien. Keine harten Drogen an Kinder und Jugendliche, keine Waffen. Wer eine Waffe besaß, wollte sie benutzen und er würde niemals einen Menschen umbringen.

»Muss das sein? Ich habe dir doch schon gesagt, dass ich keine Waffen benutze und sie nicht im Haus haben möchte, was soll das jetzt?«

Riccardo beugte sich über den Tisch und sah ihn bittend an.

»Verdammt, Claudio, ich verstehe dich ja. Du sollst sie auch nicht benutzen, nur aufbewahren, ich hole sie in den nächsten Tagen auf jeden Fall wieder ab ... versprochen. Muss mir erst eine andere Bleibe suchen. Ist doch klar, dass ich schlecht mit der Knarre in der Tasche durch die Gegend laufen kann, oder? Scheiße ... mach eine Ausnahme.«

Claudio stand auf und lief in der Küche auf und ab, Riccardos Blicke folgten ihm. Er wusste, dass er bereits gewonnen hatte, denn Claudio besaß dieses Ehrgefühl, das ein Nein nicht zuließ, niemals würde er einen Freund im Stich lassen. In aller Ruhe wartete er die Entscheidung ab.

»Wo ist die Knarre?«

Auf diese Frage hatte Riccardo gewartet. In Sekundenschnelle zog er die Beretta aus dem Gürtel und legte sie behutsam auf die Tischplatte. Der kalte Stahl der Waffe verursachte bei Claudio ein beklemmendes Gefühl, ihm kamen Zweifel. Riccardo entging die auftretende Unsicherheit nicht, also stand er auf und wühlte im Rucksack, den er fertig gepackt hatte. In seiner Hand tauchte ein Leinensack auf, den er neben die Beretta legte. Er wollte diesen Gewissenskonflikt unterbrechen, Claudio ablenken.

»Das ist die Reserve-Munition. Versteck die Sachen getrennt, das ist besser so. Ich muss jetzt gehen, bin noch verabredet. Du hast was gut bei mir, das vergesse ich dir niemals. Ich komm die Knarre in den nächsten Tagen abholen, wir telefonieren.«

Er warf den Rucksack über die Schulter und trat an Claudio heran. Stumm umarmte er ihn und klopfte ihm auf den Rücken. Die Tür fiel hinter ihm ins Schloss.

Claudio betrachtete die Waffe. Sie strahlte pure Gefahr aus und ließ Beklemmung in ihm aufsteigen. Vorsichtig trat er zum Tisch und dachte angestrengt darüber nach, wo er diese bedrohlichen Gegenstände verstecken konnte. Sein Blick fiel auf den Schrank, der neben dem Bett die Ecke ausfüllte. Er wusste, dass an der Rückseite ein Fach angebracht war, dessen Sinn er bis heute nicht erkannt hatte. Riccardo hatte ihm geraten, alles getrennt aufzubewahren, also verstaute er die Munition hinter dem Schrank. Die Beretta würde er am anderen Morgen im Auto verstecken.

Die folgenden, ereignislosen Tage ließen ihn die Angst vor der Waffe in seiner Wohnung vergessen.

Riccardo würde in den nächsten Tagen auftauchen und ihn von der Last befreien. Doch es sollte ganz anders kommen.

Dem Geräusch der zerberstenden Tür folgte Augenblicke später der Ruf:

»Polizei. Keine Bewegung.«

Das Hundegebell verstärkte den Lärm, den schwere Stiefel auf Dielenbrettern verursachten. Claudio schreckte hoch, der erholsame Schlaf wurde zur bloßen Erinnerung. Entsetzt starrte er in die Mündung einer Maschinenpistole, die ihm ein Vermummter vor das Gesicht hielt. Die Waffe zuckte nach vorne, sie traf brutal seine Oberlippe, das Blut verklebte Mund und Kinn. Er versuchte, die Blutung mit dem Ärmel des Shirts zu stoppen. Ein zweiter Polizist riss ihm den Arm auf den Rücken, bog ihn nach oben. Der Schmerz nahm ihm den Atem. Ein Tritt vor die Brust beförderte Claudio zurück auf das Bett, das Knie in der Niere ertrug er, bis die Handschellen zuschnappten. Der beißende Atem des Schäferhundes, dessen gefletschte Zähne nur Zentimeter vor seinem Gesicht auftauchten, verursachte Übelkeit.

Das Stimmengewirr war ohrenbetäubend. Der Raum füllte sich mit Menschen, die damit begannen, die Einrichtung systematisch zu zerlegen. Die Mündung, die auf ihn gerichtet war, trug jetzt Spuren seines Blutes. Aus den Augenwinkeln fiel ihm der Mann auf, der wortlos an der Türfüllung lehnte und emotionslos das Geschehen verfolgte. Sein Äußeres wies auf einen Italiener hin, eine Vermutung, die bestätigt wurde, als er Fragen an die Beamten stellte.

Sein Akzent war unverkennbar. Was geschah hier? Das musste mit Riccardo zu tun haben.

»Was suchen Sie eigentlich?«

Claudio presste die Worte durch die schmerzenden Lippen.

»Halt dein Maul, Quatsch nur, wenn du gefragt wirst.«

Die ausladenden Schultern des antwortenden Polizisten des Sondereinsatzkommandos nahmen ihm die Sicht auf das Geschehen. Das Poltern eines umstürzenden Möbelstückes übertönte alle anderen Geräusche.

»Was haben wir denn da? Herr Kommissar, hier wurde Munition versteckt. Jetzt müssen wir die Waffe suchen. Los, los.«

Ein Beamter zeigte triumphierend das in Folie verpackte Magazin.

»Oberwachtmeister Riegel, gehen Sie runter und filzen Sie das Auto, der Schlüssel liegt auf dem Tisch. Wir finden die Waffe.«

Die Anweisung kam aus dem Mund des Mannes, der mit ›Kommissar‹ angesprochen worden war.

»Möchten Sie uns nicht aufklären, warum Sie Munition in Ihrer Wohnung verstecken? Wo finden wir die Waffe? Ihre Situation ist nicht die Beste, eine Zusammenarbeit mit uns wird sich für Sie auszahlen.«

Die Worte kamen von dem Typen, der Claudio zuvor an der Tür aufgefallen war.

»Herr Zanetti, wir wissen alles über Sie, das können Sie uns glauben. Wir kennen die Gründe für Ihre Flucht aus Italien und sind informiert über Ihrem Aufenthalt in Mailand. Ihre Aktivitäten in Neuss und Düsseldorf haben wir schon seit Jahren auf dem Radar, Ihr Leben ist ein offenes Buch.«

Der italienische Beamte, der mittlerweile in der Hocke direkt vor ihm saß, machte eine kurze Pause und sah sich um. Schließlich fixierte er den Gefangenen wieder mit den Augen.

»Sie werden fragen, warum wir Sie nicht längst aus dem Verkehr gezogen haben. Sehen Sie, Kleinkriminelle wie Sie gibt es wie Sand am Meer. Würden wir die alle in Gefängnissen unterbringen, müssten Stadtteile zu Festungen umgebaut werden. Wir wissen, dass ihr von den Bossen und den Gewaltverbrechern gerne missbraucht werdet. Wir sind nur an den dicken Fischen interessiert. Arbeiten Sie mit uns zusammen, dann könnten wir uns arrangieren.«

Diese Ansprache hörte Claudio nicht zum ersten Mal. Immer versuchten die Ermittler, über die Festgenommenen an Informationen zu gelangen.

»Ich habe nicht den Weg von Rom hierher auf mich genommen, um Sie hinter Schloss und Riegel zu bringen. Ich gehöre zu einer Sondereinheit der italienischen Polizei, die die Aktivitäten der Mafia im Ausland aufdecken will. Unser Einfluss bei den örtlichen Behörden ist nicht unbeträchtlich, ich könnte viel für Sie erreichen. Das bedeutet gleichzeitig, dass wir etwas Verwertbares hören möchten. Zum Beispiel interessiert uns, was Sie über Riccardo Vincente wissen.«

Dass Claudio mit seiner Vermutung richtig lag, bestätigte sich in diesem Augenblick.

»Kenne ich nur flüchtig, was soll mit ihm sein?«

Trotzig warf er dem Beamten die Antwort hin.

»Falsche Antwort. Wir wissen, dass Sie ihn vor etwa einem Jahr aus Venlo abgeholt haben, als man ihn dort mit gefälschten Papieren festsetzte. Wir wissen, dass Sie ihm in dieser Wohnung Unterschlupf gewährt haben. Erst vor einigen Tagen war er hier, die Fingerabdrücke werden es beweisen. Was hat er von Ihnen gewollt? Wem gehören die Munition und die Waffe, die wir mit Sicherheit noch finden werden?«

»Ich weiß nichts von einer Waffe, wer die Munition versteckt hat, kann ich nicht sagen. Die kann schon da gewesen sein, als ich eingezogen bin.«

Der Commissario blickte ihn mit ausdrucksloser Miene an und stand schließlich auf.

»Ihnen scheint der Ernst Ihrer Lage nicht bewusst zu sein, illegaler Waffenbesitz wird in Deutschland schwer bestraft. Besonders kritisch wird es, wenn wir feststellen, dass mit der Waffe ein Gewaltverbrechen begangen wurde. Das wird Ihnen dann angehängt. Sie müssen wissen, was Sie tun, es ist Ihr beschissenes Leben.«

Oberwachtmeister Riegel hatte in der Zwischenzeit den Raum wieder betreten.

»Der Wagen ist clean.«

Die Erleichterung, die Claudio in diesem Augenblick spürte, war dem Commissario nicht entgangen. Er ging wieder in die Knie.

»Im Auto also. Wo genau finden wir sie? Schweigen Sie ruhig weiter, wir nehmen die Schrottkarre komplett auseinander. Das ist Ihnen doch klar? Wo ist sie?«

Blitzschnell überdachte Claudio die Situation. Er kam zu dem Entschluss, dass Trotz kontraproduktiv war.

»Im Fach der Fahrertür, unter den Tüchern.«

Das Gesicht des deutschen Kommissars verfärbte sich. Er war der Unterhaltung gefolgt.

»Oberwachtmeister Riegel, haben Sie den Gefangenen gehört? Ist das Fahrzeug von Ihnen gründlich durchsucht worden? Verdammt, das darf doch nicht wahr sein, könnt ihr nicht die simpelsten Aufgaben erledigen? In zwei Minuten befindet sich das Ding in meinen Händen ... und bitte mit Handschuhen. Abmarsch!«

Mit hochrotem Kopf verließ der Angepfiffene den Raum, seine eiligen Schritte hallten auf den Treppenstufen nach. Riegel schaffte es in Rekordzeit, die Beretta in einer Plastiktüte verpackt, abzuliefern.

»Schau an, eine Beretta zweiundneunzig. Kein Spielzeug, mit dem man Tauben schießt. Was macht ein junger Mann wie Sie mit diesem Mordwerkzeug?«

Der Commissario schwenkte den Beutel vor Claudios Gesicht und wartete.

»Commissario Bellini, hier haben wir einen Schlüsselbund. Sicherstellen?«

»Zeigen Sie her.«

Ein Mann von der Spurensicherung übergab das Fundstück.

»Wem gehören diese Schlüssel? Können Sie uns sagen, welche Türen wir damit öffnen können?«

Claudio warf einen Blick auf den Bund und nickte.

»Das sind alte Schlüssel zu meinen vorherigen Wohnungen. Da ist auch der Schlüssel für das Café dran, in dem ich arbeite.«

»Na, dann los, meine Herren. Die Spurensicherung bleibt vor Ort und sucht weiter, Sie und Sie kommen mit, wir fahren jetzt die Wohnungen ab. Herr Zanetti hat sicher die Adressen parat.«

Zwei bullige Polizisten nickten und schoben den Festgenommenen durch die Tür.

Das Rot des Himmels kündigte den neuen Tag an, als das Polizeifahrzeug startete. Die Situation war an Peinlichkeit kaum zu überbieten, als Claudio in Handschellen den neuen Bewohnern und Nachbarn seiner ehemaligen Wohnungen vorgeführt wurde, die bestätigten, dass er einst dort gewohnt hatte. Im gleichen Augenblick, in dem Claudio die Eingangstür des Krefelder Cafés öffnete, betrat der Inhaber Armando durch eine Hintertür die Räume. Er starrte auf die uniformierten Gäste.

»Was ist passiert, wurde hier eingebrochen?«

»Darf ich wissen, wer Sie sind?«

Ohne auf die Frage zu reagieren, stellte der Kommissar diese Gegenfrage.

»Ich bin der Inhaber, mein Name ist Armando Numi. Was machen Sie hier, warum trägt Claudio Handschellen?«

Armando hatte seine Überraschung überwunden und trat den Männern selbstsicher entgegen.

»Wir ermitteln gegen Herrn Zanetti in mehreren Strafsachen. Ist er bei Ihnen angestellt und wenn ja, seit wann?«

»Claudio arbeitet schon seit ... warten Sie ... ja, seit Februar letzten Jahres hier. Er ist der Freund meiner Schwägerin. Was soll er angestellt haben?«

»Darüber müssen wir Stillschweigen bewahren, wir nehmen ihn mit. Ich befürchte, Sie müssen vorübergehend nach einer anderen Kraft Ausschau halten, Herr Numi. Das war´s für den Augenblick. Wir danken für Ihre Mitarbeit, angenehmen Tag noch.«

Die Zelle war spartanisch ausgestattet und wirkte bedrückend. Die Handschellen behinderten weiterhin seine Bewegungsfreiheit, sodass Claudio auf der

Liege Platz nahm. Schließlich meldete seine Blase ein menschliches Bedürfnis an. Mühsam drehte er den Körper und setzte sich auf die Pritschenkante. Eine Toilette? In Zellen für Untersuchungsgefangene suchte man diesen Komfort vergebens, den Klingelknopf an der Wand entdeckte er mehr durch Zufall. Er war in Kopfhöhe angebracht, den zu erreichen war mit den auf dem Rücken verbundenen Händen unmöglich. Außerdem war der Knopf in einer Vertiefung angebracht, sodass er ihn weder mit der Nase, noch mit der Zunge eindrücken konnte.

Schweiß überzog mittlerweile seine Stirn, der Harndrang wurde unerträglich. Niemand reagierte auf Rufe, während die Schmerzen in der Blase übermächtig wurden. Mit einem befreienden »Ah« ließ er dem Urin freien Lauf, er sammelte sich zu einer ansehnlichen Pfütze auf dem Zellenboden. Der beißende Geruch der warmen Flüssigkeit erfüllte die Zelle. Ihm entging nicht, wie das Kontrollfenster in der Tür geschlossen wurde, die Vollzugsbeamten hatten ihr Schauspiel genossen.

Am nächsten Morgen betraten zwei Beamte den Raum.

»Ach, das tut uns leid, haben die Kollegen vergessen, Ihnen gestern Abend die Handschellen abzunehmen? Das ist aber kein Grund, auf den Boden zu pissen, Sie waren ein böser Junge. Beim nächsten Mal klingeln Sie bitte.«

Einer der Männer hob grinsend den mahnenden Zeigefinger. Das Frühstück stellten sie auf die Pritsche und verließen naserümpfend die Zelle. Er wusste, dass ihm bald die Tortur der Vernehmungen bevorstand. Aus seinem Mund würde nicht eine Silbe zu den Auftraggebern kommen ... er kannte die Strafe für Verrat.

Am Nachmittag des dritten Tages legten sich erneut Handschellen um Claudios Gelenke. Der Raum war nur mit Tisch und vier Stühlen bestückt. Die in den Deckenwinkeln angebrachten Minikameras und die verspiegelte Wand zeigten ihm, dass jede seiner Bewegungen beobachtet wurde. Die drei Zellen-Tage hatte er genutzt, um seine Gedanken zu ordnen und Antworten auf mögliche Fragen zu finden.

Commissario Bellini und Kommissar Reiter betraten den Raum. Minutenlang sprachen sie miteinander über einen anderen Fall, Claudio schenkten sie keinerlei Beachtung. Unvermittelt trat Ruhe ein und beide sahen ihn wortlos an.

»Wir werden dieses Gespräch aufzeichnen, während wir Fragen zu Ihrem Fall stellen, sind Sie damit einverstanden?«

Claudio nickte.

»Sind Sie damit einverstanden? Bitte antworten Sie deutlich mit ja.«

»Ja, fragen Sie.«

Claudio musste Namen, das Geburtsdatum und die Adresse bestätigen.

»Wir haben Ihnen bereits mitgeteilt, dass wir Sie schon lange beobachten und bereits Beweise gegen Sie vorliegen. Sehen Sie sich diese Fotos an und sagen Sie uns, wen Sie erkennen. Wir wüssten gerne, in welcher Beziehung Sie zu den Personen stehen.«

Die Fotosammlung zeigte Claudio deutlich den Zeitraum, in dem er schon unter Beobachtung stand. Es fanden sich Freunde, Verwandte und ›Geschäftspartner‹. Ihm war klar, dass ihn Leugnen nicht weiterbrachte. Er deutete auf jeden, den er kannte, mit dem er jemals in Verbindung gestanden hatte. Zu Einzelheiten der Verbindungen machte er keine Angaben, sofern sie ihn belastet hätten. Mit gespielter Naivität erklärte er die harmlosen Aufgaben, die er zu erfüllen gehabt hatte, bei Transporten hatte er nicht die geringste Ahnung über die Art von Waren.

»Herr Zanetti, zu den Lieferungen kommen wir später zurück. Jetzt berichten Sie uns von der Waffe. Wozu benötigt ein unbescholtener Bürger wie Sie eine automatische Waffe? Wie ist sie in Ihre Hände gelangt, wer hat Ihnen die Knarre verkauft?«

Die Fragen trafen ihn nicht unvorbereitet.

»Das ist jetzt etwa drei Jahre her, da hatte ich Streit mit einem Albaner. Der hat mich zusammengeschlagen und bedroht, wenn ich noch mal in seinem Bezirk auftauche, würde er mir das Herz rausschneiden. Ja, genau so hat er sich ausgedrückt: Ich schneide dir das Herz raus. Ich hatte eine beschissene Angst, von denen weiß man, dass die Drohungen wahr machen. Also habe ich mir in einer Düsseldorfer Disco die Waffe besorgt.«

Hier unterbrach Reiter.

»Das ging ohne Probleme? Von wem?«

»Herr Kommissar, ich möchte Ihnen ja helfen, aber da kann ich keine genauen Angaben machen. Da kennt jemand jemanden, der jemanden kennt. Sie wissen doch, wie das läuft. Der Dealer hieß Salvatore und war aus Italien, das kann ich noch sagen. Die Beretta habe ich für tausend Mark gekauft. Die kam, glaube ich, aus Belgien. Mehr weiß ich nicht.«

Die Kommissare tauschten einen kurzen Blick aus.

»Die Beretta ist bei der ballistischen Untersuchung, die DNA wird ebenfalls verglichen. Wir dürften bald wissen, ob damit ein Gewaltverbrechen verübt wurde. Ist Ihnen überhaupt klar, dass Sie die Waffe in durchgeladenem Zustand, quasi schussbereit, mitgeführt haben? Das ist ein schweres Vergehen in Deutschland und wird hart bestraft.«

Claudio wurde von dieser Feststellung überrascht.

»Ich wusste nicht, dass es da Unterschiede gibt. Ich hatte fürchterliche Angst, dass mich dieser Albaner platt macht.«

Die Bemerkung wurde nicht kommentiert. Die Tür öffnete sich einen Spalt, ein Assistent winkte den Kommissar herbei und sie flüsterten miteinander. Mit einem Formular kam er zurück und ließ den italienischen Kollegen einen Blick darauf werfen.

»Da wäre noch die Sache mit dem Kokain. Sie hatten den Auftrag, den Händlern chemische Streckmittel zu besorgen. Erklären Sie uns bitte, woher Sie die Substanzen bekamen; die Zusammensetzung interessiert uns besonders.«

Auch mit dieser Frage hatte Claudio gerechnet. In diesem Fall konnte er mit reinem Gewissen antworten.

»Ja, ich hatte den Auftrag, habe mich auch dafür bezahlen lassen. Ich habe den Auftraggebern aber ausschließlich Milchpulver zum Verschneiden geliefert, das schwöre ich bei meinem Leben. Ich hätte nicht einmal gewusst, woher ich Chemikalien bekommen sollte, da überschätzen Sie meine Kontakte genauso, wie die es getan haben.«

Bellini war aufgestanden und umkreiste den Tisch.

»Wo wir bei den Auftraggebern sind ... geben Sie uns Namen!«

»Herr Kommissar, in der Branche existieren zwar Namen, doch das sind alles Decknamen, keiner gibt sich zu erkennen. Wenn ich Ihnen sage, dass ich es mit Marco, Massimo und Franco zu tun hatte, wird Sie das nicht weiterbringen. Ich hatte nur diese Vornamen und Telefonnummern, die ständig wechselten. Wenn jemand etwas von mir wollte, hat er sich bei mir gemeldet. Ich bekam eine Lieferadresse und eine Mobilnummer, mehr gaben die Kontakte nicht preis. Für die bin ich ein Laufbursche, der nicht viel wissen darf.«

Kommissar Reiter sah auf die Uhr und stoppte das Aufnahmegerät.

»Gut ... für Heute reicht das, Sie haben jetzt einen Anruf frei.«

»Einen Anruf frei? Wozu? Wen soll ich anrufen?«

»Sie möchten doch sicher einen Anwalt hinzuziehen, der Sie bei Gericht vertritt, oder?«

Claudio fehlten jegliche Kontakte zu Anwälten, die auf Strafrecht spezialisiert waren. Er musste Hilfe von außen in Anspruch nehmen.

»Hi Elena, hier ist Claudio. Ich kann nur kurz reden, brauche deine Hilfe. Besorg mir bitte einen Anwalt, der was vom Strafrecht versteht. Die werden mich anklagen wegen Drogenhandel und unerlaubtem Waffenbesitz. Hör dich bitte um. Frag doch Armando, der kennt sich da besser aus. Kann ich mich auf dich verlassen?«

Elenas Stimme klang besorgt.

»Wie geht es dir, behandeln die dich gut? Brauchst du sonst irgendwas?«

Claudio spürte, dass die Situation Elena überforderte, und versuchte, sie zu beruhigen.

»Alles in Ordnung, keine Sorge. Nur kümmere dich sofort um den Anwalt, der soll mich hier schnellstmöglich rausholen. Muss jetzt Schluss machen, die Zeit ist um. Bis später.«

Der Justizvollzugsbeamte begleitete ihn zurück zur Zelle. Die kahlen Wände der Behausung empfingen ihn wieder. Lange lag er ausgestreckt auf der Liege, die Augen auf die obszönen Malereien gerichtet, mit denen Insassen die Wände beschmiert hatten. Wie hatte es so weit kommen können? Seine Gedanken wanderten zurück.

Das Rasseln des Schlüssels an der Zellentür riss Claudio aus seinen Gedanken. Zwei Männer begleiteten einen Justizbeamten.

»Ihr Anwalt ... Sie sagen Bescheid, wenn die Besprechung beendet ist?«

Der Beamte wartete die Antwort nicht ab, die Stahltür fiel ins Schloss. Der Kugelblitz mit den funkelnden Schweinsäuglein kam mit ausgestreckter Hand auf Claudio zu.

»Mein Name ist Peter Heise, ich vertrete Sie vor Gericht. Das ist Pietro Ricci, er wird bei allen Gesprächen, Verhören und vor Gericht als Dolmetscher fungieren, das Gesetz schreibt es so vor. Doch es ist verboten, Unterhaltungen auf italienisch zu führen. Ist das klar?«

Heise holte tief Luft, bevor er seine Rede fortsetzte.

»Herr Zanetti, ich möchte gleich zu Anfang etwas klarstellen: Keine Mätzchen mit mir. Was Sie mir anvertrauen, muss die Wahrheit sein. Wenn ich das Gefühl habe, dass Sie lügen, stört das unser Vertrauensverhältnis und ich behalte mir vor, das Mandat in diesem Fall niederzulegen. Nur so funktioniert das.«

Er zog den einzigen Stuhl heran und signalisierte dem Dolmetscher, dass der auf der Pritsche Platz nehmen sollte. Claudio hatte wortlos zugehört und versuchte, den Mann einzuschätzen.

»Bevor Sie mir Ihre Geschichte erzählen, kann ich Ihnen sagen, dass wir jetzt bereits Einiges auf der Habenseite verbuchen können. Die haben Sie verhört, bevor Sie einen Rechtsbeistand und einen Dolmetscher rufen konnten ... Fehler. Hat man Sie überhaupt auf Ihre Rechte hingewiesen? Ich habe die Verhörprotokolle einsehen können und kenne deren Version, jetzt berichten Sie bitte von Anfang an. Was haben Sie angestellt und wie lief die Verhaftung ab?«

Claudio betrachtete den Anwalt, der sich mit einem großen Taschentuch über das verschwitzte Gesicht fuhr. Anschließend glättete er damit die verbliebenen Haare, auf dem Schoß balancierte er eine Schreibmappe. Claudio konnte es nicht genau erklären, aber sein Gefühl sagte ihm, dass er mit diesem dicken Mann eine gute Wahl treffen würde. Also erzählte er. Eifrig schrieb Peter Heise mit und unterbrach nur selten mit einer Zwischenfrage.

Besonders interessierten ihn die Form der Hausdurchsuchung und die Festnahme. Als die Sprache auf die Handschellen in der ersten Nacht kam, konnte Claudio ein flüchtiges Lächeln auf dem ansonsten konzentrierten Gesicht erkennen.

»Sie wissen, dass die Behörden Sie schon seit mindestens zwei Jahren beobachten und abhören? Ich werde die diesbezügliche richterliche Verfügung anfordern. Weiterhin konnte ich in Erfahrung bringen, dass die Waffe bisher noch nie für ein Kapitalverbrechen benutzt wurde, was gut ist. Sie sagen, Sie wollen bei Ihrer Version mit dem Albaner bleiben und das ist Ihre Entscheidung. Sie müssen sich nur klar darüber sein, dass Sie deswegen auf jeden Fall verurteilt werden, das kriegen wir nicht vom Tisch. Die anderen Vorwürfe wie Drogenhandel und die Beschaffung von Streckmitteln lassen wir auf uns zukommen. Ich werde mir jetzt noch Einsicht in weitere Unterlagen verschaffen und wir sehen uns, sobald es Neuigkeiten gibt. Das biegen wir schon hin. Zuerst werden wir die sofortige Freilassung aus der Untersuchungshaft beantragen.«

Claudio beobachtete, wie das Tor Zentimeter für Zentimeter den Blick auf die Straße, auf die Freiheit freigab. Er atmete tief ein. Die Luft, das bildete er sich ein, würde vor dem Gefängnis anders riechen. Seine Auflagen waren streng, er musste sich täglich in der örtlichen Polizeiwache melden, eine ätzende

Maßnahme. Neun Monate zogen sich die Verhandlungen hin und immer öfter fand Heise Ungereimtheiten in den Ermittlungsakten. In dem Zusammenspiel von LKA, der italienischen Sonderbehörde für Mafiaaktivitäten und Interpol hakte es. Heise verstand, diesen Umstand erfolgreich für seinen Mandanten auszuschlachten.

Am Tag der Schlussplädoyers nahm Heise seinen Schützling zur Seite.

»Ich habe ein gutes Gefühl. Wir kriegen das mit der Waffe zwar nicht vom Tisch und auch das Dealen kann bewiesen werden, aber ich empfehle, wenn Sie aufgerufen werden, Folgendes: Bitte keine blöden Sprüche. Sie bereuen alles, was man beweisen kann. Sie sind jung, wollten das Leben austesten, falsche Freunde und so weiter. Seien Sie authentisch, die müssen Ihnen das abkaufen. Heulen Sie von mir aus, nur nicht grinsen. So, jetzt lassen Sie mich machen.«

Sein Puls raste, als Claudio in den Sitzungssaal geführt wurde. Mittlerweile hatte der Prozess das Interesse der Medien geweckt und die Zuschauerränge waren gut gefüllt. Die Staatsanwaltschaft war in einem halbstündigen Plädoyer bemüht, Claudio als unverbesserlichen, gewaltbereiten Verbrecher hinzustellen. Jedes noch so geringe Vergehen wurde vorgetragen, als sähe der Staatsanwalt in ihm den Killer von morgen. Wer eine geladene Waffe mitführe, wolle sie auch benutzen, der Staat dürfe nicht darauf warten, bis Schlimmeres passiert. Solche

Individuen, die aus südeuropäischen Mafiakreisen unser Rechtssystem unterwanderten, müssten aus dem Verkehr gezogen werden, es müsste ein Zeichen gesetzt werden.

Heise erhob sich und blickte rüber zum Tisch des Staatsanwaltes.

»Hohes Gericht. Zu Beginn bedanke ich mich für die unvorstellbare Voreingenommenheit der Staatsanwaltschaft. Es lässt mich an den Grundstrukturen unseres Rechtssystems zweifeln, wenn schon die Anklage die Meinung vertritt, dass jeder, der aus dem Süden Italiens stammt, automatisch der 'Ndrangheta zuzuordnen ist. Nicht ein Gewaltverbrechen oder deren Planung konnte meinem Mandanten auch nur ansatzweise bewiesen werden. Die Kurierfahrten, bei denen möglicherweise Drogen befördert wurden, können ja wohl kaum mit Straftaten dieser Mafiakiller gleichgestellt werden.«

Heise machte hier eine Pause und blickte zum Richtertisch. Er legte die Hand auf Claudios Schulter und fuhr fort.

»Sieht so ein Mörder aus, so wie ihn der Herr Staatsanwalt ja in seiner Zukunftsvision sehen möchte? Müssen wir nun alle jungen Menschen wegsperren, die ihre Grenzen austesten wollen, die nach Antworten auf Fragen des Lebens suchen? Sehen wir hier das Gesicht eines Killers? Nein, er ist ein Mensch, der selbstlos sein Leben aufs Spiel setzte, um das von anderen zu schützen? Haben uns nicht die beiden Zeuginnen in beeindruckender Art und Weise darüber berichtet, wie er sie gerettet und sich anschließend rührend um Waisenkinder gekümmert hat? Handelt so ein Gewaltverbrecher?

Zugegeben, der Kauf der Waffe war unüberlegt, aber geschah lediglich aus einer tiefen Angst heraus, dass dieser Albaner seine Drohung wahr machen könnte. Ich bitte dieses zu berücksichtigen und hoffe auf ein mildes, und damit angemessenes Urteil.«

Heise führte weiter auf, dass sein Mandant bei der Festnahme nicht über seine Rechte belehrt worden war und ihm deshalb auch der Rechtsbeistand fehlte.

Das Schlusswort gehörte Claudio. Seinem schwarzen Anzug und dem weißen Hemd hatte der Schweiß zugesetzt, die Aufregung erstickte seine Stimme. Mit Pausen, in denen er nach Fassung rang, berichtete er von seiner Reise, die ihn über Mailand nach Deutschland geführt hatte. Er beschrieb den Jungen, der von der Seite der schützenden Familie gerissen worden war und auf eigenen Füßen hatte stehen müssen und der noch nicht genau gewusst hatte, was Recht und Unrecht war. Niemals hätte er jemandem ein Leid zufügen wollen. Kurz wischte er mit dem Ärmel über seine Augen, bevor er Platz nahm.

Heise legte die fleischige Hand über Claudios und nickte anerkennend. Eine knisternde Spannung lag über dem Sitzungssaal, als die Richter nach einstündiger Beratung erschienen.

»Bitte erheben Sie sich. Es ergeht folgendes Urteil. Das Gericht erkennt den Angeklagten für schuldig des Waffenbesitzes und des Drogenhandels. Den Angeklagten Claudio Zanetti verurteilen wir daher zu einer vierzehnmonatigen Gefängnisstrafe. Die Strafe wird auf drei Jahre zur Bewährung ausgesetzt. Die Sitzung ist geschlossen.«

Die Termine beim Bewährungshelfer nervten, da das Desinteresse des Mannes rasch deutlich wurde. Die Gespräche verliefen durchweg ergebnislos, sodass Claudio die Besuche nach sechs Monaten einstellte, ohne dass darauf eine Reaktion erfolgte. Mehr Sorgen machten ihm die Versuche von Außenstehenden, ihn zu provozieren. Er wusste, schon das Überfahren einer roten Ampel oder eine läppische Ohrfeige hätte ihn ins Gefängnis gebracht. Eine grandiose Idee wurde geboren, als er mehr durch Zufall erfuhr, dass die Bewährungsauflagen ausschließlich auf deutsches Staatsgebiet begrenzt waren. Der Ausweg lag auf der Hand: Er wollte weg hier, wollte zurück in sein Italien.

»Papa? Geht es euch gut? Sind alle gesund? Kann ich mit dir über etwas reden?«

Er hielt den Telefonhörer ans Ohr gepresst und wartete.

»Du klingst so seltsam«, antwortete sein Vater nach einer kurzen Pause.»Ist bei dir alles in Ordnung oder ist was passiert?«

»Nein Papa, alles paletti. Ich wollte dich nur was fragen ... ich wollte dich fragen ...«

Der Kloß saß ihm tief im Hals.

»Raus damit, mein Junge, ich höre.«

»Ich wollte fragen, ob ich wieder zurückkommen kann? Ich meine, so richtig wohnen bei euch. Ich halte das nicht mehr aus in Krefeld. Ich suche mir auch sofort eine Arbeit, das verspreche ich euch, ich werde keinem zur Last fallen.«

Das Rauschen in der Leitung dröhnte in Claudios Ohren.

»Papa, bist du noch dran?«

»Ja sicher, ich bin noch da. Du fällst uns nicht zur Last, das bist du noch nie, du hast immer für uns gesorgt. Mama wird sich freuen. Hast du dir das gut überlegt ... ich meine, wegen der alten Geschichte? Die suchen immer noch nach Giovanni. Wann hast du deine Reise geplant?«

Claudio fiel ein Stein vom Herzen. Tief atmete er durch.

»Ich habe das mit der Pizzeria aufgegeben und dem Vermieter gekündigt, also kann ich schon in den nächsten Tagen losfahren. Ich habe mir gedacht, dass ich nicht mein Leben lang vor etwas weglaufen kann, für das ich keine Schuld trage. Wenn sie mich dort finden, werde ich mich ihnen stellen und das Ganze ein für allemal richtigstellen. So jedenfalls, mit der ständigen Angst im Nacken, will ich nicht den Rest meines Lebens zubringen. Du kannst dir nicht vorstellen, wie ich mich auf euch freue. Bestell Mama Grüße von mir, den anderen bitte auch. Ich hab euch alle lieb.«

Die Erleichterung ließ einen Schauer durch seinen Körper laufen. Den Telefonhörer drückte er gegen die Stirn, mit der anderen Hand hatte er das Gespräch unterbrochen. Endlich wieder seine Pinienwälder, sein Dorf, die Gerüche der Heimat. Wie hatte er die Sonne des Südens vermisst.

Als er zuhause seiner aktuellen Flamme Elena von seinem Entschluss erzählte, reagierte sie heftig.

»Das ist nicht wahr, du willst mich doch nur verarschen. Du gibst doch nicht freiwillig hier alles auf und gehst zurück in diese gottverlassene Einsamkeit. Was willst du da? Was ist mit mir? Du lässt mich zurück wie ein gebrauchtes Auto? Hast du Schwein nicht gesagt, dass du mich liebst? Du kannst nicht mit mir vögeln und mich dann wie einen Putzlappen in die Ecke werfen.«

Die letzten Worte schrie sie und trommelte mit ihren Fäusten gegen Claudios Brust. Er fasste sie an den Schultern und drückte sie in den Stuhl.

»Das kannst du nicht verstehen, ich werde hier wahnsinnig. Ich muss meine Familie sehen, muss endlich Frieden spüren, das Leben hier macht mich fertig. Ich habe dir nie versprochen, dass wir für die

Ewigkeit zusammenbleiben. Außerdem siehst du doch gut aus, du wirst schnell einen Neuen finden. Ich fahre auf jeden Fall am Samstag.«

Wie ein wildes Tier sprang sie auf und stürzte sich auf ihn.

»Ich soll mir einen Neuen suchen? Das wagst du mir zu sagen, du Drecksack? Ich war nur gut genug, um mit dir ins Bett zu steigen. Ich wünsche dir die Pest an den Hals, das verzeihe ich dir nie.«

Entschlossen riss sie ihre Lederjacke von der Garderobe und schlug die Wohnungstür hinter sich zu. Claudio hatte geahnt, dass es eine Szene geben würde. Er zuckte mit den Schultern und griff nach dem leeren Koffer. Doch das Spiel mit Elena sollte erst beginnen.

Wieder zuhause

Sein Blick hatte etwas Verträumtes, als er auf den alten Stadtkern von Rocca di Neto schaute. Er wollte dieses Panorama in seinem Kopf zeichnen, unauslöschlich verewigen. Er beobachtete die Ziegen, die am Hang grasten und erkannte im Dunst die weißen Häuser, deren rote Ziegeldächer einen traumhaften Kontrast zum tiefblauen Himmel bildeten. Wäsche hing auf den Balkonen. Ein einzelnes Auto, das eine Staubfahne hinterließ, fuhr in der Mittagshitze die Straße runter zum moderneren Teil der Stadt. Vieles schien verändert, aber eines war geblieben, der Geruch der Heimat.

»Oh mein Junge, ich bin so froh, dich in die Arme nehmen zu können. Wie habe ich dich vermisst.«

Annunziata hatte den weißen Fiat als Erste durch das Küchenfenster auf den Innenhof einbiegen gesehen. Sie hatte Salatkopf und Messer in das Spülbecken geworfen und war hinausgestürmt.

»Gott, bist du gewachsen. Du bist ein Mann geworden ... mein kleiner Junge ist ein richtiger Mann.«

Sie trat zwei Schritte zurück und betrachtete ihren Sohn. Schließlich hakte sie sich bei ihm unter und wollte ihn zum Haus führen.

»Einen Augenblick noch, Mama, ich hab dir was mitgebracht.«

Er führte sie zum Auto und kramte ein Paket vom Rücksitz, das er ihr mit einem Lächeln entgegenhielt.

»Für mich? Das solltest du nicht tun, mein Junge. Du hast so schwer für dein Geld arbeiten müssen. Was ist da drin?«

»Das musst du schon selbst herausfinden, jetzt können wir ins Haus gehen.«

»Oh Gott, was ist das für eine Teufelsmaschine, was mach ich damit? Claudio, komm her, ich weiß nicht, was das ist.«

Er kannte Mama sehr gut und hatte mit dieser Reaktion gerechnet. Er umarmte sie.

»Mama, das ist eine Küchenmaschine. Die wird dir in Zukunft das anstrengende Teigkneten und Teigrühren abnehmen. Brotteig, Kuchenteig ... ab jetzt kein Akt mehr. Du sollst es im Alter leichter haben und dafür gibt es diese Geräte.«

Er spürte das Zittern der Mutter. In diesem Augenblick konnte er nicht einschätzen, ob es Freude oder Anspannung war. Er drehte sie vorsichtig um und sah in ihre feuchten Augen.

»Claudio, danke, danke ... Ich ... ich weiß aber nicht, ob ich damit umgehen kann, mein Junge. Ich freue mich so über dein Geschenk, du musst mir unbedingt zeigen, wie das Höllengerät funktioniert. Jetzt setz dich da hin und lass dich ansehen. Papa muss jeden Augenblick kommen. Aber zuerst ein Wasser, oder Milch, was möchtest du?«

Claudio hatte Mutter niemals zuvor so aufgeregt gesehen. Eine Hand hielt sie auf das Paket gepresst, während sie nach Papa Ausschau hielt.

»Für Papa habe ich auch ein Geschenk. Ich hole es, bevor er kommt. Ein Radio hat er sich schon lange gewünscht, nur nichts verraten.«

Schnell lief er zum Auto und öffnete den Kofferraum. Als er wieder die Küche betrat, wischte Mutter sich mit der Schürze über die Augen. Noch immer lag die Hand auf ihrem Paket, als ob sie verhindern wollte, dass man es ihr wieder fortnahm. Das Tuckern von Vaters Auto unterbrach die Szene. Mama stürzte an die offene Tür und rief: »Er ist da. Unser Claudio ist zurück.«

Schon nach wenigen Tagen geschah das Unfassbare, Claudio konnte glücklich seiner Familie verkünden, dass er als Hotelfachkraft einen Job in Crotone antreten durfte. Seine abgebrochene Ausbildung in dem Düsseldorfer Hotel machte Eindruck. An den Vormittagen genoss Claudio in der Regel das Faulenzen. Zum Strand war es nur ein kurzer Fußmarsch, Cafés fanden sich in Crotone reichlich. Seine Arbeitszeit war genial, sie begann um zwölf, um drei Uhr war Pause, weiter ging es um sieben am Abend und endete in der Regel um Mitternacht. Die Welt war perfekt.

An diesem Tag hatte er sich eine Hose gekauft und betrachtete den Kauf gerade kritisch auf der Terrasse des Cafés. Der Wagen hielt unmittelbar neben dem Tisch. Durch das herabgekurbelte Fenster erklang eine Stimme.

»Eine gute Qualität, schöne Farbe, Claudio. Dürfen wir uns einen Augenblick zu dir setzen?«

Zwei Männer in dunklen Anzügen öffneten die Türen und verließen den schwarzen Mercedes.

»Du kennst uns nicht, entschuldige, dass wir dich so überfallen. Aber wir kennen dich. Mein Name ist Antonio Pesto und das ist Luca Mancini.«

Sie zogen während der Vorstellung Stühle heran und setzten sich an Claudios Tisch. Antonio streckte zwei Finger hoch, was dem heraneilenden Kellner zeigte, dass er zwei Espresso bringen sollte. Claudio wusste, mit wem er es hier zu tun bekam; er war hellwach. Das war dann wohl die Stunde der Entscheidung, was soll's? Die piepsige Stimme Antonios täuschte nicht darüber hinweg, dass Claudio einem Mann gegenübersaß, dem Menschenleben nichts bedeuteten. Luca Mancini schien etwas höher in der Mafia-Hierarchie zu stehen, er gab die Befehle.

»Wir haben uns Sorgen gemacht, du warst damals plötzlich nicht mehr da. Einfach verschwunden. Keiner konnte uns sagen, wo du dich aufhältst, selbst deine Eltern hast du in Sorge versetzt. Man sagt doch zumindest den Angehörigen, wenn man für längere Zeit verreist. Jeder glaubte, dir wäre Schlimmes zugestoßen. Du warst ein böser Junge.«

Antonio sah sich nach dem Kellner um und fuhr fort.

»Deine Freunde waren auch unartig. Denkt ihr Burschen nie an eure Eltern? Die vergehen doch vor Sorge.«

Der Kellner stellte eilig den Kaffee ab und verschwand mit einer kurzen Verbeugung.

»Ich hatte ...«, begann Claudio.

Der Bass von Luca Mancini unterbrach ihn.

»Hattet ihr einen Grund, zu verschwinden? Lass uns an deinem Wissen teilhaben. Was hat euch von diesem herrlichen Fleckchen Erde vertrieben? Das müssen gewaltige Gründe gewesen sein, wir hören.«

Es war genau diese Freundlichkeit in den Worten, die Claudio sagte, dass er besonders vorsichtig mit dem sein musste, was er erzählte. Er beschloss, dass er mit der Wahrheit am besten fuhr und beschrieb die Ereignisse an diesem berühmten Tag des Drogendeals haargenau. Es war unerlässlich, dass die Bosse endlich Klarheit darüber bekamen. Die drei Freunde hatten absolut nichts von dem gewusst, was Giovanni vorgehabt hatte.

»Signor Mancini, wir alle wussten, dass es in dieser Stadt etwas gibt, das gewisse Geschäfte steuert, aber keiner von uns hatte eine Ahnung, wer genau dahintersteckt. Das weiß ich bis heute nicht und möchte es auch nicht wissen. Wir hatten Angst, dass man uns das nicht glauben würde und das war der Grund, weshalb wir uns vom Acker gemacht haben. Giovanni hat uns da in eine fürchterliche Situation gebracht, das hat uns schon viele Jahre unseres Lebens versaut.«

Die beiden Männer hatten wortlos zugehört und nicht unterbrochen. Sie tauschten Blicke, bevor Antonio in die Seitentasche seines Jacketts griff und ein Foto herauszog.

»Kennst du diesen Mann?«

Claudio sah sich das Bild genau an.

»Der hat Ähnlichkeit mit dem Mann, der mich in Crotone verhört hat, dieser Kommissar Paletta ... Ja, Paletta hieß der. Was ist mit dem?«

Wieder wechselten sie einen Blick und Luca Mancini lehnte sich über den Tisch und sah Claudio mit ausdruckslosen Augen an.

»Wir wollten nur sehen, ob du die volle Wahrheit sagst, sonst nichts.«

Er griff nach Claudios Hand.

»Wir wissen, dass du deine Familie immer unterstützt hast, du hast ihr Geld geschickt. Das, finde ich, ist ein nobler Zug an dir. Ich mag das. Die Familie steht immer an erster Stelle. Wenn ich jetzt von dir verlange, dass du auf das Leben dieser, deiner Familie schwörst, würdest du das tun? Du sollst schwören, dass du uns die Wahrheit gesagt hast. Wärst du bereit, zu versichern, dass deine beiden Freunde ebenfalls nichts verraten haben?«

Während Claudio die Worte im Geiste wiederholte, starrte er unablässig auf die Tätowierung, die teilweise auf dem Handgelenk von Signor Mancini zu sehen war, eine Heiligenfigur, die er nicht kannte. Er befand sich in einer Situation, auf die er nicht vorbereitet war. Seine Freunde wussten tatsächlich genauso wenig wie er, aber das Leben der Familie dafür aufs Spiel setzen?

»Sie meinen mit den Freunden nicht Giovanni, das verstehe ich doch richtig, oder?«

»Nein, Giovanni ist ein anderer Fall, der nicht.«

Die Antwort erleichterte ihm die Entscheidung. Entschlossen sah er die beiden Männer an.

»Ja, ich verbürge mich für Guerino und Mario ... beim Leben meiner Familie.«

Mancini lehnte sich zurück und leerte seinen Espresso. Er nickte mehrmals und legte Claudio die Hand auf die Schulter.

»Du bist ein guter Mann. Ich habe Achtung vor dir, das kannst du mir glauben. Apropos Giovanni, hast du zufällig mitbekommen, wo er geblieben ist?«

Die Antwort kam prompt.

»Nein, Signore. Wenn ich es wüsste, würde ich mich sofort auf den Weg machen und ihm die Eier abschneiden. Ich glaube zwar nicht, dass er geplaudert hat, aber er trägt die Schuld daran, dass meine beiden Freunde und ich viele Jahre unseres Lebens verloren haben.«

Mancini konnte das Lachen ebenso wenig unterdrücken wie Antonio Pesto. Der Boss schlug vor Vergnügen mit der Hand auf den Tisch. Claudio lächelte unsicher.

»Kellner, bringen Sie uns die Karte. Wir wollen essen.«

Besuch

Vereinzelte Strahlen der Herbstsonne beleuchteten den Gartentisch, der zum Sonntagsessen gedeckt war. Claudios Schwester Gilda hatte ihr Kommen zugesagt. Die Passeggiata, das sonntägliche Schwätzchen nach dem Gottesdienst, hatte keine nennenswerten Neuigkeiten gebracht, Rocca lag in tiefstem Frieden. Mutter Zanetti bereitete den Salat zu, während Papa und Claudio über die unsinnigen Entscheidungen der Kommunalpolitiker diskutierten.

Das Taxi hielt hinter der Hecke und ließ eine junge Frau aussteigen.

»Ah, Gilda, heute mit Taxi, ihr Autobianchi hat jetzt wohl den Geist endgültig aufgegeben. Hallo Gil ...!«

Mitten im Satz stockte Francesco. Claudio, der mit dem Rücken zum Gartentor saß, sah das Erstaunen in den Augen des Vaters. Er drehte den Kopf und erstarrte.

»Was willst du hier?«

»Ich freue mich auch, dich zu sehen, Claudio«, pfiff Elena vergnügt. »Das ist doch sicher dein Vater, oder?«

Francesco erhob sich, die Verwirrung war ihm anzusehen.

»Wer sind Sie? Sie kennen meinen Sohn?«

In diesem Augenblick erschien der Kopf von Annunziata im Küchenfenster.

»Claudio, kannst du mir helfen und ...?«

Auch sie starrte wortlos auf den Gast. Der enge Rock und die hochhackigen Schuhe brachten Elenas tadellose Figur ausgezeichnet zur Geltung.

»Das ist schön, da lerne ich endlich die gesamte Familie kennen.«

Elena stellte den Koffer ab. Mit ausgestreckter Hand ging sie auf Vater Zanetti zu, umarmte ihn und küsste ihn auf beide Wangen. Ohne Claudio auch nur eines Blickes zu würdigen, ging sie weiter ins Haus und begrüßte dort Mutter Annunziata. Die hielt den Ankömmling auf Distanz, indem sie die Salatschüssel aufnahm.

»Darf ich fragen, wer Sie sind? Kennen Sie meinen Sohn?«

Elena schlug ihre Hände gegeneinander und erklärte mit Unschuldsmiene:

»Entschuldigung, Signora Zanetti, ich habe mich noch nicht vorgestellt. Ich bin die Freundin von Claudio aus Krefeld, mein Name ist Elena Numi. Ich stamme eigentlich aus Apulien, besser gesagt, aus Monopoli. Meine Familie wohnt noch dort. Er hat doch sicher von mir erzählt. Ich habe mir gedacht, ich überrasche ihn und dass er sich sicher darüber freut. Nun ... da bin ich.«

Ohne sie zu unterbrechen, hatte Annunziata die Erklärung über sich ergehen lassen. Mit hochgezogenen Augenbrauen marschierte sie an dem Gast vorbei.

»Ich habe die unbändige Freude in den Augen meines Sohnes gesehen, die Begeisterung fand wohl mehr innerlich statt. Möchten Sie mit uns essen?«

Elena folgte ihr, ging lächelnd auf Claudio zu und küsste ihn flüchtig auf den Mund.

»Wo darf ich mich hinsetzen? Gott, sieht das gut aus, da läuft mir das Wasser im Munde zusammen.«

Bevor sie eine Antwort bekam, knatterte Gildas weißer Wagen auf den Hof.

»Juhu, Ihr habt doch wohl nicht ohne mich angefangen? Der verdammte Auspuff, er macht mich noch verrückt. Was sehe ich da ... Damenbesuch? Claudio, du Schwerenöter, hast du uns da etwas verschwiegen?«

Sie ging auf den Tisch zu und begrüßte ihre Eltern, dann blieb sie vor Elena stehen und nahm sie in den Arm.

»Herzlich willkommen. Da hat sich mein Bruder ja eine Schönheit geangelt. Raus damit, wo kommst du her?«

Die beiden Frauen setzten sich plappernd. Claudio zuckte nur mit den Schultern, als ihn sein Vater fragend ansah.

»Ja, was machen wir jetzt mit Ihnen? Ich kann Ihnen vorübergehend nur das ehemalige Zimmer von Gilda anbieten.«

»Das ist eine blendende Idee, Mama. Ich fahre heute Abend sowieso wieder zurück.«

Gilda griff nach der Tiramisu-Schüssel. Die beiden Frauen sahen sich kurz an und kicherten.

»Das wäre nett, Signora Zanetti. Es macht Ihnen hoffentlich keine Umstände?«

Elena lächelte in die Runde. Annunziata griff sich zwei leere Schüsseln und wandte sich zum Haus.

»Das ist als vorübergehende Lösung kein Problem.«

Keinem blieb der Unterton dieser Bemerkung verborgen und Elena überspielte die Szene mit einem Lächeln.

»Was willst du hier?«

Claudio stellte den Koffer ab und fasste Elena an den Schultern. Er machte sich gar nicht erst die Mühe, seinen Ärger über ihr Erscheinen zu verstecken.

»Keiner hat dich eingeladen. Bei meiner Abreise habe ich dir deutlich gesagt, dass aus uns nichts wird. Ich habe hier bei meiner Familie Ruhe gesucht und jetzt bringst du alles durcheinander. Du hast doch hoffentlich eine Rückfahrkarte gelöst?«

Elena starrte ihn an, Tränen standen in ihren Augen.

»Was sagst du da? Glaubst du, dass ich die Reise auf mich genommen hätte, wenn ich dich nicht lieben würde? Ich habe es in Krefeld nicht mehr ausgehalten ohne dich, ich will bei dir sein. Du kannst mich nicht einfach wegschicken, so wie ... Annahme verweigert.«

Sie legte die Arme um Claudios Hals, ihr Kopf ruhte an seiner Brust, ihr Körper zuckte. Die Tränen durchnässten sein Shirt. Claudio blickte verzweifelt zur Decke, während Elena ihren Körper fest an seinen schmiegte. Er spürte die Wärme ihrer Haut, das Verlangen. Ihre Hände zogen seinen Kopf herunter, sodass sich ihre Lippen fanden. Ein langer Kuss fegte bei Claudio zumindest für den Augenblick die Zweifel davon, dass Elenas Liebe echt war. Er legte zögernd die Arme um sie und beide standen eng umschlungen im Zimmer.

Bindung fürs Leben

»Musste das sein, dass du diese Wohnung kaufst? Was machen wir damit, wenn wir später nach Deutschland ziehen? Willst du sie vermieten?«

Elenas Stimme erreichte Claudio, der noch auf dem Bett herumlungerte, aus dem Bad. Sie tuschte sich die Wimpern und schrak heftig zusammen, als sie seinen Schatten neben sich auftauchen sah.

»Wann kapierst du das endlich? Ich werde nicht nach Deutschland zurückkehren. Es tut mir wirklich leid, wenn deine Eltern und deine Schwester dort wohnen, aber das wusstest du schließlich vor deiner Reise. Du liegst mir in den Ohren, dass du mich liebst, dass du mich heiraten möchtest, und ich glaube dir das. Wir feiern sogar bei deiner Verwandtschaft in Apulien, aber schmink dir ab, dass wir anschließend nach Deutschland ziehen. Ich baue uns hier eine Zukunft auf, hier sind meine Wurzeln. Dieses fremde Land finde ich zum Kotzen, es hat mir nur Ärger gebracht. Beeil dich jetzt, meine Eltern warten mit dem Essen.«

»Verdammt, es geht nicht immer nur nach dir, ich darf doch wohl noch Wünsche äußern. Mit keinem Wort habe ich gesagt, dass wir in den nächsten Monaten wegziehen. Aber für die Zukunft darf ich doch wohl Träume haben, das kannst du mir nicht verbieten. Denk doch mal an unsere Kinder, sie würden in diesem Teil der Welt ohne Zukunft groß.«

Diese Diskussion wollte er nicht schon wieder führen. Verärgert warf er sich aufs Bett und ging in Gedanken die Gründe für die bevorstehende Hochzeit durch. Er wusste im Augenblick nicht, was gut oder schlecht für ihn war, in seinem Kopf herrschte noch immer Unordnung. Er vertraute seinem Gefühl, dass Elena ihn wirklich liebte, doch sein Empfinden für sie musste sich noch entwickeln. Das würde schon kommen ... später.

Matteo führte seine Tochter durch die Reihe der wartenden Gäste zum Altar, wo Claudio nervös wartete. Er versuchte, die letzten verbliebenen Wassertropfen aus dem Brautstrauß herauszupressen. Ein verhaltenes ›Oh‹ war zu hören, als die Braut in ihrem weißen Kleid erschien. Er war zwar nervös, ein Glücksgefühl suchte er aber vergebens. Seine innere Stimme sagte ihm immer wieder, dass er einen Fehler beging, doch er hörte nicht auf sie.

Bei der anschließenden Feier lernte Claudio seine neue Verwandtschaft kennen. Selbst der engste Kreis, der geladen war, hätte ein ganzes Restaurant gefüllt. Noch während die Feier in vollen Zügen lief, fiel der Rückzug des Brautpaares um Mitternacht nur den Wenigsten auf. Durch das offene Fenster hörten sie noch lange die Musik und die Gespräche der Gäste. Am nächsten Tag machten sie sich gemeinsam mit Claudios Eltern auf den Heimweg nach Rocca, in ihre eigene Wohnung.

Claudio erstaunte es, dass immer noch Licht brannte, als er weit nach Mitternacht die Tür öffnete. Elena hatte ihre Zeitschrift abgelegt und saß wartend im Bett.

»Warum schläfst du nicht? Es ist schon fast ein Uhr. Ist etwas passiert?«

Er war besorgt und setzte sich auf die Bettkante.

»Es ist nichts Schlimmes, bei mir ist die Periode ausgeblieben.«

Claudio sah sie entgeistert an.

»Und deshalb verzichtest du auf deinen Schlaf? Was ist da so schlimm dran?«

Er stand auf und begann damit, sich auszuziehen.

»Hast du sie noch alle beisammen? Kannst du dir nicht denken, was das bedeutet? So dumm kannst selbst du nicht sein, verdammt ... wir bekommen ein Kind.«

Elena schrie ihm die Worte entgegen. Wie angewurzelt blieb er stehen und drehte sich um.

»Weil dir einmal die Periode ausbleibt, glaubst du sofort, dass du schwanger bist? Hast du einen Test gemacht? Wieso bist du dir so sicher?«

Entgeistert sah er auf Elena, die ihn wütend anfauchte.

»Eine Frau merkt das sofort, du Irrer! Meine Mutter sagt auch, dass ich schwanger bin.«

Sein Gesicht verfärbte sich, langsam ging er zurück zum Bett.

»Willst du mir damit sagen, dass du diese Neuigkeit schon in die Welt posaunt hast? Und deine Mutter hat sofort eine Ferndiagnose stellen können? Was wird es denn, Mädchen oder Junge?«

Elena hatte sich in das Kopfkissen geworfen.

»Woher soll ich das wissen?«

»Ach nein, das wisst ihr zwei dann doch nicht? Was ist los mit euch? Morgen Früh sollten wir es mit Kaffeesatzlesen versuchen, dann werden wir die letzten Geheimnisse dieser Schwangerschaft lösen.«

Elena warf sich zur Seite und schluchzte. Obwohl Claudio auf dem Weg ins Bad war, blieb er stehen und überlegte, dann setzte er sich auf die Bettkante und legte eine Hand auf ihr Haar. Er spürte ihre Weinkrämpfe und bereute die zynischen Bemerkungen.

»Tut mir leid. Aber versteh doch, das kommt ein wenig schnell. Kann es nicht sein, dass dieses Ausbleiben der Periode eine andere Ursache hat? Du könntest doch krank sein, oder so was, das kann doch auch was Harmloses sein. Ich freue mich doch, wenn du recht hast, also, wenn wir ein Kind bekommen. Aber lass uns doch erst ganz sicher sein.«

»Ich bin sicher!«, schrie sie ihm entgegen und riss sich los. »Ich kann das nicht mehr, ich halte das nicht mehr aus. Mit wem soll ich reden? Meine Familie ist in Deutschland, keiner hier spricht mit mir, niemand kümmert sich um mich. Wie soll das werden, wenn wir das Kind bekommen? Du bist arbeiten und kommst erst nachts nach Hause, deine Familie kümmert sich nicht um mich. Ich will hier weg.«

Die letzten Worte stieß sie mit einem verzweifelten Unterton aus, es lag ein Flehen darin.

»Ach, darum geht es. Du willst mich unter Druck setzen, damit ich mit dir zurück nach Deutschland ziehe. Schmink dir das ab. Du kannst in Gottes Namen gehen ... ich bleibe hier. Ich bin hier geboren und Deutschland ist nicht mein Land, basta.«

Er spürte die Wut in sich aufsteigen und verschwand ins Wohnzimmer. Während er sich die Decke auf der Couch ausbreitete, hörte er ihr Schluchzen aus dem Schlafzimmer. Es hörte erst auf, als er die Tür schloss.

Im Sommer musste Claudio einsehen, dass Elena mit ihrer Schwangerschaft richtig gelegen hatte. Obwohl er sich Mühe gab, ihr seine Freude über das bevorstehende Ereignis zu zeigen, hatte sich die Beziehung der beiden merklich abgekühlt. Er verbrachte seine Vormittage immer öfter im Kreis der Freunde, die Wohnung wurde ihm fremd, stieß ihn ab, da Elena ihre Hausarbeit immer mehr vernachlässigte. Sie saß nur noch apathisch herum. Gespräche beschränkten beide auf das Nötigste und wenn Claudio nach Lösungen suchte und eine Unterhaltung begann, führte es in der Regel stets zum gleichen Ergebnis:

Ich will nach Hause zu meiner Familie.

Claudio hatte die Post nachts mit nach oben genommen und begann beim Frühstück damit, sie durchzusehen.

»Scheiße! Was ist das denn? Das darf doch nicht wahr sein. Fünfhundertachtundsechzig Euro? Hast du mit Schwarzenegger in Amerika telefoniert? Kannst du mir das erklären? Komm gefälligst her, wenn ich mit dir spreche.«

»Das kann nicht sein, die haben sich geirrt bei der Telefongesellschaft. Ich habe nur zwei oder drei Mal mit Ira und meiner Mutter telefoniert.«

Sie rief diese Worte aus dem Wohnzimmer herüber, ohne seiner Aufforderung zu folgen. Claudio erschien mit hochrotem Kopf in der Tür und wedelte mit der Rechnung.

»Ach so. Die haben sich geirrt und sechsunddreißig Telefonate mit Datum einfach mal so erfunden. Die haben sogar Uhrzeiten und Dauer der Gespräche aufgelistet, mit den angewählten Nummern. Willst du mich verarschen? Ich reiß mir den Hintern auf, damit wir über die Runden kommen und die Raten bezahlen können und du palaverst stundenlang mit deiner Blase. Wovon soll ich das bezahlen?«

Elena sprang auf und giftete zurück.

»Ist mir egal, wovon du das bezahlst, ich habe Rechte. Ich habe das Recht, mit meinen Eltern und meiner Schwester zu reden. Ich kann nur telefonieren, da ich ja hier in diesem Kaff verrotte und nicht bei ihnen sein kann. Du kannst mich nicht einsperren! Hast du auch nur einen Gedanken daran verschwendet, was aus unserem Kind wird? Das wird in diese Einöde geboren und hier verblöden, aber das ist dir ja egal, du Bauer. Du bist ja hier zuhause.«

Sie hatte sich in Rage geredet und stand mit feurigen Augen vor ihm.

»Du sagst zu mir Bauer? Du lungerst den ganzen Tag zuhause herum, bewegst deinen Hintern nicht, machst nicht mal was zu essen ... *du* sagst zu *mir* Bauer? Ich gehe jeden Tag arbeiten, damit wir uns das Nötigste erlauben können, und du glaubst, dass du das Recht hast, eine solche Summe zu vertelefonieren? Wenn es dir hier zu einsam ist, frage ich mich, warum du deine Familie, deine so geliebte Heimat verlassen hast. Ich habe dich nicht gerufen ... keiner hat dich gerufen.«

Mit diesen Worten drehte er sich um und schlug die Tür zur Küche zu. Weinend vergrub Elena ihren Kopf in den Armen. Der Sessel hatte die schluchzende Frau schon oft aufgenommen.

An ihrem Geburtstag glaubte Elena, dass es ein Tag wie jeder andere würde. Claudio schlief noch, da er in der Nacht länger gearbeitet hatte, also hob sie vorsichtig die Bettdecke an und verließ das Zimmer, ohne ihren Mann eines Blickes zu würdigen. Mit verschlafenen Augen hantierte sie an der Espressomaschine. Das Frühstück bestand bei ihr aus einem Cappuccino und einigen Tramezzini. Müde ließ sie sich auf den Küchenstuhl fallen. Erst jetzt bemerkte sie den roten Briefumschlag, auf den ihr Name gemalt war.

Dem Geburtstagskind Elena.

Sie rieb die Hände an ihrem Pyjama trocken und nahm das Papier vorsichtig auf. Mit dem Löffelstiel öffnete sie den Verschluss, ihr Puls raste.

Herzlichen Glückwunsch zum Geburtstag. Dein Claudio.

Ein zweiter Umschlag, den sie hastig hervorzog. Ihr Herz klopfte, als sie erkannte, dass es ein Flugticket nach Deutschland war.

Sie konnte nicht fassen, was sie sah. Was bedeutete es, dass er ihr diese Reise schenkte? Das

Ticket war für den folgenden Samstag ausgestellt. Würde jetzt alles wieder gut? Es blieben ihr noch vier Tage, um sich auf die Reise vorzubereiten. Endlich wieder die Gesichter der Familie, der Freunde sehen, sie drückte den Umschlag an die Brust. Erst jetzt sah sie Claudio lächelnd im Bett sitzen.

»Danke, aber warum kommst du nicht mit? Meine Eltern würden sich freuen, wenn sie uns zusammen sehen könnten.«

Mit dieser Frage hatte er gerechnet.

»Das ist im Augenblick unmöglich, wir haben im Hotel einen beschissenen Krankenstand. Außerdem sollst du Zeit für dich haben, genieße deinen Aufenthalt bei deiner Familie. Ich habe in dieser Stadt zu viel Mist erleben müssen, Deutschland hat mir nur geschadet. Wir brauchen diese Zeit beide ... Zeit, über uns nachzudenken.«

Die Trennung tat Claudio gut. In den Telefonaten, die Elena mit ihm führte, machte sie keinen Hehl daraus, dass sie nur ungern zurück nach Italien kommen wollte. Claudio spürte die Veränderung sofort, als er sie vom Flughafen abholte, auf der Fahrt nach Rocca wechselten sie kaum ein Wort. Die Spannung war für ihn unerträglich.

»Was wird das, ist zuhause etwas Schreckliches passiert? Warum redest du nicht mit mir? Ich lasse dich zwei Wochen Urlaub machen und als Dank erhalte ich eine schlecht gelaunte Frau zurück. Da hättest du gleich dableiben können.«

»Das wäre ich gerne, das kannst du mir glauben. Zwei Wochen Zivilisation, Menschen um mich herum, die nicht in der Vergangenheit leben. Das hat mich glücklich gemacht. Was sehe ich hier? Bäume, vertrocknete Felder, öde Dörfer, Menschen, die von der Zukunft überholt werden. Das ist tiefstes Mittelalter.«

Claudio bremste den Wagen am Straßenrand. Er ging um das Fahrzeug herum, riss die Tür auf und zerrte Elena heraus, dann fasste er in ihren Haarschopf und drehte ihr Gesicht in alle Richtungen.

»Das hier ist für dich Mittelalter? Du wolltest hier mit mir leben. *Ich liebe dich* ... das hast du vor nicht langer Zeit zu mir gesagt und ich Trottel habe dir geglaubt. Was wolltest du eigentlich, sag es mir? Du kommst aus Deutschland in diesen Teil der Welt, heiratest und beschimpfst deinen Mann. Glaubst du, dass du mit Menschen spielen kannst? Hast du geglaubt, dass alle nach deiner Pfeife tanzen? Ich werde dir zeigen, dass es nicht so ist.«

Elena riss sich los und stützte die Hände schwer atmend gegen das Wagendach. Sie sah ihren Mann mit feurigen, vor Hass triefenden Augen an und giftete.

»Genau davor haben mich meine Eltern gewarnt. Sie wussten, dass du ein jähzorniger, selbstherrlicher Egomane bist ... ein Krimineller. Meine Schwester Ira hat dich auch durchschaut. Sie sagte, dass Menschen mit deiner Vergangenheit sich niemals ändern können.

Du hast viel zu lange im Milieu zugebracht, du kannst gar nicht normal leben. Du kannst nicht lieben, weil du gewalttätig und nur auf dich selbst fixiert bist.«

Sie spie ihm diese Worte förmlich entgegen. Mit dem Ärmel wischte sie den Speichel von den Lippen.

»Das also ist die Quelle deines Hasses, deine Familie hat deinen Geist vergiftet. Mein Gefühl hat mich nicht getäuscht, ich wollte dich nicht um mich haben. Ich wollte ein neues Leben ohne dich in meiner Heimat führen. Welcher Teufel hat dich geschickt? Nie hätte ich dich bei mir aufnehmen dürfen. Wenn du nicht unser Kind tragen würdest, ich würde dich wieder in ein Flugzeug setzen ... zurück zu deiner Brut.«

»Ja, genau das werde ich auch tun, ich halte es hier nicht länger aus. Meine Eltern werden mich und mein Kind gerne aufnehmen. Ich packe meine Sachen und verschwinde, das musst du mir kein zweites Mal sagen. Du kannst mir ein Ticket für die nächste Maschine buchen ... ohne Rückflug.«

Elena hielt beide Hände auf den Bauch gepresst und atmete heftiger, sie wankte und setzte sich auf einen Randstein. Claudio beobachtete sie aufmerksam und näherte sich zögernd.

»Was hast du? Ist was mit dem Kind? Geht es dir nicht gut?«

Mit schmerzverzerrter Stimme antwortete sie.

»Siehst du, was du angerichtet hast? Bring mich sofort nach Hause.«

Sie erhob sich mühsam, wehrte die Hilfe Claudios mit einer heftigen Handbewegung ab. Die letzten Kilometer fuhr er vorsichtig mit besorgtem Blick zur hinteren Sitzbank.

»Das ist nicht dein Ernst, du lässt deine Frau allein nach Deutschland fliegen? Du lässt es zu, dass deine Frau, die dein Kind unter dem Herzen trägt, ohne dich in Deutschland lebt? Hast du kein Ehrgefühl? Haben wir dir nicht beigebracht, was Familie bedeutet?«

Francesco Zanetti lief schon seit einer guten Stunde gestikulierend durch den Raum.

»Hast du Mama schon davon erzählt? Tu das besser nicht, die wird dich wie früher versohlen. Und recht hat sie damit. Niemand lässt seine Familie im Stich, du bringst damit Schande über uns. Du weißt, dass ich dich liebe, doch das würde ich dir nicht verzeihen. Vielleicht ist es ja so, dass sie in diesem Land nicht leben kann, aber es ist doch möglich, dass sie dich trotz allem liebt. Du musst über deinen Schatten springen, das bist du meinem Enkelkind und dir selbst schuldig. Bitte versprich mir, dass du darüber nachdenkst.«

Die Predigt brachte Claudio völlig durcheinander. Seine Entscheidung für die Trennung kam ins Wanken. Selbst seine Schwester Gilda hatte sich gegen ihn gewendet und ihm den Marsch geblasen. Mama wollte er damit nicht behelligen.

Er war auf dem Weg zum Auto, als er die Stimme der Mutter von der Bank unter dem Baum vernahm.

»Claudio, komm bitte zu mir. Setz dich einen Augenblick.«

Er folgte ihrer Aufforderung und sie nahm seine Hand, die sie in ihrem Schoss vergrub.

»Mein Junge, ich bin mir sicher, dass ich nicht immer gerecht zu dir war. Hier und da habe ich dich sehr hart angefasst, aber ich habe dich immer geliebt, wollte nur das Beste für dich. Das Gleiche trifft auf deinen Vater zu, auch ihm gegenüber habe ich Fehler gemacht. Doch eines habe ich immer getan: Ich habe ihn stets geliebt und respektiert. Glaubst du, dass ich nicht mitbekommen habe, was zwischen dir und Elena geschieht? Eine Mutter spürt es, wenn die Kinder Kummer haben.«

»Aber Mama, ich ...«, versuchte Claudio, einzuwenden.

Annunziata ignorierte den Einwurf.

»Ich will ehrlich zu dir sein, Elena wäre nie meine erste Wahl für dich gewesen, das wirst du wohl auch gemerkt haben. Wir haben uns nie richtig verstanden. Sie gehört nicht hier hin und wäre immer unglücklich; sie ist ein Kind der Stadt und verwöhnt, sie wird niemals eine Italienerin. Es ist so, und du hättest das wissen müssen, als du sie geheiratet hast. Es ist richtig, dass du leichtfertig eine Ehe eingegangen bist. Nur, sie jetzt mit dem Kind sitzen lassen, ... das wäre eines Zanetti nicht würdig, das nähme ich dir übel, so wie es dein Vater tut. Zeige Charakter und Ehre, fahre mit ihr nach Deutschland und versuche, ihr ein guter Ehemann zu sein. Das bist du dir und uns schuldig. Das ist auch meine Einstellung.«

Sie endete an dieser Stelle mit ihrer Strafpredigt und wartete die Wirkung geduldig ab. Claudio hatte den Hinterkopf an den Baumstamm gelegt und die Augen in den blauen Himmel gerichtet. Es arbeitete in ihm. Jeder appellierte an Ehre, keiner versuchte, die Zweifel zu verstehen. Sie mussten nicht mit dieser selbstsüchtigen Frau zusammenleben und ihre Launen ertragen. Das ungeborene Leben und die Familienehre standen im Vordergrund. Jetzt war seine Welt erst recht in Unordnung geraten.

Gemeinsame Zukunft in Deutschland

Seine persönlichen Sachen hatte er im Auto verstaut, alles andere sollte nachgeschickt werden. Reisefertig stand er auf dem Hof vor dem Elternhaus, die Spannung war unerträglich. Vater Zanetti konnte die Tränen nicht zurückhalten, als er Claudio in die Arme nahm. Er legte den Mund an Claudios Ohr.

»Du hast richtig entschieden, du tust das, was ein Mann tun sollte. Werdet glücklich miteinander. Und bitte, behüte mein Enkelkind ... Viel Glück.«

Er drehte sich weg und ging ins Haus. Von Elena hatte er sich schon gestern verabschiedet, sie saß bereits im Flieger, da ihr die lange Autofahrt nicht zuzumuten war.

»Gottes Augen mögen immer über Euch wachen. Ich segne Euch und hoffe, dass ich ein gesundes Enkelkind bekomme.«

Annunziata Zanetti strich ihm mit der Hand über den Kopf und küsste seinen Scheitel. Er spürte das Zittern ihrer Hände. Sie trat einen Schritt zurück und verfolgte stumm, wie das Auto durch die Einfahrt auf die Straße bog. Erst als Claudios winkende Hand hinter der Hecke verschwand, schlug sie beide Hände schluchzend vor das Gesicht. Francesco war hinter sie getreten und schlang tröstend beide Hände um seine geliebte Frau.

»Haben wir richtig gehandelt, Annunziata? Ich weiß es nicht mehr.«

»Ich bin wieder da. Hast du die Arbeitsklamotten gewaschen? Ich habe nur noch eine Schürze.«

Claudio hatte die Pasta-Schale auf den Küchentisch abgestellt. Er hörte, dass Elena den Fernseher eingeschaltet hatte und einer Show folgte.

»Hast du gehört, was ich gefragt habe?«

Er ging ins Wohnzimmer und sah sie auf der Couch liegen, die Chipstüte war zur Hälfte geleert. Eine Hand ruhte auf dem Bauch, der mittlerweile einen beträchtlichen Umfang erreicht hatte.

»Was soll die Treiberei? Ich kann doch nicht ständig die Waschmaschine laufen lassen, wenn drei Teile gewaschen werden müssen.«

Ohne vom Bildschirm aufzusehen griff sie erneut in die Chipstüte.

»Drei Teile, habe ich richtig gehört? Da liegt Wäsche von zwei Wochen rum, mindestens sechs Schürzen, etliche Shirts, und die Unterwäsche stinkt schon. Was willst du mir erzählen, dass du keine Zeit hattest? Du bekommst erst in vier Monaten das Kind, da wird deine Kraft ausreichen, Wäsche in die Maschine zu stopfen. Soll ich das auch noch tun? Ich arbeite dreizehn Stunden am Tag, du liegst hier rum. Die Betten müssen bezogen werden, die Küche hat schon eine Fettschicht, die mit dem Spachtel beseitigt werden muss, das Bad ist verkommen. Hat man dir die Hände amputiert? Mich kotzt das allmählich an.«

Elena schob erstaunlich flott ihre Beine von der Couch und saß aufrecht. Das strähnige Haar fiel ihr über die Schultern. Mit einer unbeherrschten Bewegung riss sie den Ärmel ihres Nachthemdes hoch.

»Dich kotzt das an? Hast du mich mal gefragt, was mich ankotzt? Das interessiert dich nicht. Ich muss hier warten, warten darauf, dass mein Göttergatte es für nötig erachtet, spät abends sein Heim aufzusuchen. Mein Mann will mir verkaufen, dass er jeden Tag zwölf Stunden in der Trattoria arbeitet. Armando ist am Nachmittag schon zuhause und kümmert sich um die Familie. Was weiß ich, wo du dich rumtreibst? Mich rührst du ja nicht mehr an ... da wird mein lieber Mann Ersatz gefunden haben. Irgendeine Schlampe wird den Hintern schon hinhalten.«

Obwohl sie bemerkte, dass sich Claudios Körper versteifte, fuhr sie mit ihren Beschimpfungen fort.

»Geld ist auch nicht da, ich kann noch nicht mal einkaufen gehen. Würde gerne, so wie andere Frauen, in die City fahren und was Nettes kaufen. Nein, das Geld bekommt wohl die Andere.«

»Bist du jetzt fertig? Hast du dein Gift ausgekotzt? Du kannst es deinem Umstand verdanken, dass ich dich nicht an den Haaren vor die Tür schleife, deine dreckigen Gedanken machen mich krank. Ich arbeite so lange, weil dein Schwager eben mehr Geld in das Restaurant eingebracht hat und ich meinen

Anteil abarbeiten muss, das ist Fakt. Ich fasse dich nicht an? Woran könnte das wohl liegen? Wer schläft schon gerne mit einer giftigen Kobra? Du bist nur noch ein Schatten von der Frau, die ich gekannt habe. Das Äußere wäre wieder herstellbar, du müsstest lediglich ab und zu duschen und die Haare richten. Dein Problem ist der Müllberg, den du in deiner Seele angehäuft hast, du bist abgrundtief böse geworden. Deine Unzufriedenheit mit allem ... ja, mit allem ... macht dich zur Hexe. Du kannst dich selber nicht ausstehen. Du suchst nach einem Ventil, um den angesammelten Dreck über jemandem auszuschütten. Mich würde es nicht überraschen, wenn Qualm aus deinem Mund käme und du auf einem Besen fliegen könntest.«

Claudio stand nun dicht vor ihr.

»Gott möge verhindern, dass unser Kind diese Gene in seinem Blut trägt.«

Mit blitzenden Augen schrie sie zurück.

»Das könnte dir so passen. Ich ziehe aus, damit die Schlampe einziehen kann? So einfach mache ich es euch nicht. Du sorgst gefälligst für mich und mein Kind, das ist deine Pflicht, mein Lieber. Lass mich jetzt in Ruhe, ich gehe ins Bett.«

Claudio kannte das. Sie schoss ihr Gift ab und zog sich dann zurück. Diese Nacht würde er wieder auf dem Sofa zubringen.

»Du machst uns verrückt, Claudio, setz dich doch endlich. Das Kind kommt nicht früher, nur weil du wie ein wildes Tier rauf und runter läufst.«

Vater Matteo und seine Frau Luisa saßen mit knetenden Händen auf der Bank. Dort hatten sie bereits gesessen, als Claudio ihre schwangere Tochter eingeliefert hatte. Elena musste sie schon vor ihm informiert haben.

Eilige Schritte näherten sich vom Eingang. Ira setzte sich neben ihre Eltern, ohne Claudio eines Blickes zu würdigen. Das Warten wurde für ihn unerträglich, sein Hemd klebte wie ein nasser Lappen am Körper. Die Tür neben einem verhangenen Fenster öffnete sich. Eine Frau mit Mundschutz trat in den Gang.

»Wer von Ihnen heißt Zanetti?«

»Was ist es? Können wir zu ihr?«

Luisa Numi stürzte auf die Frau zu.

»Ich suche den Vater, gute Frau, das sind Sie wohl sicher nicht. Wer also?«

Sie sah Claudio an und zog ihn mit in den anschließenden Raum.

»Die anderen Besucher warten bitte hier draußen!«, rief sie beim Schließen der Tür in den Flur.

»Bitte leise, Herr Zanetti, ihre Frau ist noch etwas benommen. Es ist eine Tochter, meinen Glückwunsch.«

Das Familienleben normalisierte sich nur für kurze Zeit. Claudio vergötterte ihren süßen Sonnenschein, Giada ließ ihn vergessen, welches Martyrium ihm Elena bereitete. Sie war überfordert mit den Aufgaben einer Mutter, also übernahmen ihre Eltern und Ira die Tätigkeiten, zu denen sie nicht fähig und auch nicht bereit war. Die Streitereien zwischen Claudio und ihr eskalierten immer häufiger und führten sogar zu gelegentlichen Handgreiflichkeiten.

»Wie lange soll das noch so gehen mit dir? Du vergisst, dass du ein Kind hast. Du vergisst, dass du damit eine Aufgabe zu erfüllen hast. Das ist doch nicht normal, dass täglich deine Eltern oder Ira hier rumlungern und den Haushalt führen, das ist hier schließlich keine WG.«

Claudio hatte sich vorgenommen, reinen Tisch zu machen, bevor er mit Giada in den Park ging. Elena saß auf der Couch und blätterte in einer Frauenzeitschrift. Das Kind brabbelte vor sich hin und spielte mit seinen Zehen.

»Was willst du mir sagen? Du kriegst jeden Tag dein Essen, deine Wäsche ist gebügelt, das Kind ist sauber. Was stört dich daran, wer dafür sorgt? Ich mach schon genug in diesem Haushalt ... du siehst es nur nicht, weil du bei deiner Schlampe bist. Wenigstens meine Familie kümmert sich um mich, du bist ja nie hier.«

Mit einer Überheblichkeit, die den kalten Zorn in Claudio hochtrieb, warf sie ihm diese Antwort hin. Sie blätterte um und betrachtete das Gespräch für beendet.

Ein Schrei löste sich aus ihrem Mund, als ihr Kopf nach hinten gerissen wurde, sein Gesicht war nur Zentimeter über ihrem.

»Du willst eine Mutter sein? Du, die alle Aufgaben durch andere erledigen lässt? Dir sollte man die Eierstöcke entfernen lassen. Eine innere Stimme hat mich gewarnt, als du in Rocca aufgetaucht bist. Die Hölle hat dich auf die Menschheit losgelassen. Ausgerechnet ich wurde ausgewählt, dich zu heiraten. Heutzutage muss man sich von solchen Frauen scheiden lassen, im Mittelalter wärst du verbrannt worden. Ich hab auf diese ganze Scheiße keinen Bock mehr. Hör mir jetzt genau zu, das ist mein voller Ernst: Ich gebe dir genau ein Jahr Zeit, damit du dich änderst. Ein Jahr, um eine Mutter zu werden und deinen Haushalt selbst zu regeln.«

Claudio stieß sie von sich und lehnte an der Küchenplatte.

»Du drohst mir? Du solltest darüber nachdenken, wer dir zu Arbeit und Einkommen verholfen hat. Meine Familie hilft, ja, aber nicht nur mir. Auch dich halten sie am Leben. Ohne sie wärst du ein Nichts, immer noch ein kleiner, dealender Ganove. Denke mal darüber nach, was ich alles über dich weiß.«

Der Speichel lief ihr aus dem Mundwinkel.

Claudio nahm die weinende Giada aus dem Bettchen und drückte sie liebevoll an die Schulter. Mit ruhiger Stimme wiederholte er.

»Ein Jahr, genau ein Jahr.«

»Was ist denn dann, du Versager? Was willst du dann tun?«

Elena schob kämpferisch den Kopf vor.

»Wenn du dich bis dahin nicht geändert hast, trennen wir uns. Ich würde es schon jetzt tun, doch ich möchte diese Familie retten. Ich bin mir meiner Verantwortung als Vater bewusst. Überleg dir, was du tust. Jetzt werde ich mit meiner Tochter an die Luft gehen, hier kann ich nicht atmen.«

In den kommenden Monaten hatte Claudio durchaus den Eindruck, dass Elena Aufgaben übernahm und sich mehr um das Kind kümmerte. Die Kälte konnte sie jedoch nicht unterdrücken. Ein Eheleben im eigentlichen Sinne fand nicht statt.

Ohne ein Geräusch zu machen, öffnete Claudio die Tür. Wieder hatte die Reinigung des Restaurants bis weit nach Mitternacht gedauert, denn im Dezember lief der Laden gut und die Gäste blieben lange sitzen. Jetzt wollte er nicht auch noch das Kind wecken. Lange ruhte sein Blick auf dem Gesicht der schlafenden Giada in ihrem Bettchen. Es machte ihn sehr glücklich, wenn er in das unschuldige Gesicht seines Kindes sehen konnte.

Elena lag schlafend auf dem Bett, eine Zeitschrift wurde halb von ihrem Gesicht verdeckt. Claudio schlich in die Küche und berührte zufällig das Handy auf dem Dielenschrank. Das Display war noch erleuchtet, erst vor kurzer Zeit musste ein Anruf gekommen sein. Er drückte auf die Liste und sah, dass dort achtzehn Anrufe mit einer unterdrückten Nummer angekommen, aber nicht angenommen worden waren.

»Kannst du kurz in die Küche kommen? Ich möchte was mit dir besprechen.«

Claudio sprach leise und schüttelte Elenas Schulter.

»Jetzt? Verdammt, es ist zwei Uhr nachts, hat das nicht Zeit bis morgen Früh?«

Elena schwang die Beine, von Flüchen begleitet, aus dem Bett. Sie ließ sich lustlos auf den Stuhl fallen und stützte ihren Kopf in beide Hände. Ihre Augen blieben geschlossen, doch das änderte sich, als ihr Claudio das Display des Handys dicht vor das Gesicht hielt.

»Wer versucht, dich ständig anzurufen?«

Sie griff nach dem Gerät, Claudio zog es zurück und wiederholte die Frage.

»Woher soll ich das wissen? Die Nummer ist doch unterdrückt. Was machst du überhaupt mit meinem Handy? Werde ich jetzt schon überprüft? Gib her, das geht dich nichts an.«

Er trat einen Schritt zurück.

»Du kannst mir sagen, wem die Nummer gehört oder ich rufe sie sofort zurück. Muss ja wohl wichtig für dich sein, wenn jemand achtzehn Mal versucht, dich zu erreichen.«

Er schoss diesen Versuchsballon ab, wissend, dass eine unterdrückte Nummer nicht rückrufbar war.

»Das kann nur eine Freundin sein. Die wollte mir Bescheid geben, ob der Kinderwagen, den wir für Giada brauchen, noch im Angebot ist.«

Claudio unterdrückte den ersten Zornesausbruch und flüsterte.

»Und das versucht die schon seit drei Wochen ... jede Nacht um elf Uhr?«

Seine Hand schoss vor und traf Elena mit voller Härte auf die Wange. Ihr Kopf wurde zur Seite gerissen. Sie stierte Claudio an, fassungslos, weil er es gewagt hatte, sie zu ohrfeigen.

»Du erlaubst dir, mich anzulügen? Wer ist das, der dich jede Nacht anruft? Ich frage das ein letztes Mal! Sag mir die Wahrheit, sonst ...«

Er kam drohend auf sie zu. Sie zuckte zurück und hob beide Arme schützend vor das Gesicht.

»Ich sag's ja, hör auf damit.«

Resigniert gab sie den Widerstand auf und senkte den Kopf.

»Martin ruft mich immer an. Ich habe ihn vor einigen Wochen im Einkaufscenter getroffen, er hat mir an der Rolltreppe mit dem Kinderwagen geholfen. Er war nur nett zu mir, hat mir Dinge gesagt, die ich von dir noch nie gehört habe. Darüber solltest du nachdenken, er ist ein Mann, der weiß, was Frauen hören wollen.«

Elenas Worte schlugen wie Donnerschläge ein, seine Wut wuchs.

»Der Typ hat aber auch nicht das Miststück erlebt, das ich tagtäglich ertragen muss. Hast du mit ihm geschlafen?«

»Wie meinst du das?«

Claudio näherte sich.

»Wie ich das meine? Hat die Mutter meiner Tochter mit diesem Penner gefickt? Ist das jetzt bei dir angekommen? Habt ihr es miteinander getrieben? Musste meine Tochter womöglich dabei zusehen?«

Drohend kam er einen weiteren Schritt auf sie zu.

Wieder hob sie die Arme und schrie ihm ins Gesicht.

»Ja, ja ... wir haben es getan, immer und immer wieder. Es war gut, du Bauer, er hat mir das gegeben, was du nicht geben wolltest. Und weißt du was? ... Ich bereue nicht eine Minute und würde es wieder und wieder tun.«

Ihr Gesicht war von Hass gezeichnet, ihre Augen schleuderten Blitze. Sie nahm den Schlag hin und spuckte Claudio ins Gesicht.

»Du wirst das in Zukunft noch oft tun können, aber nicht als meine Frau. Du bist eine Hure. Nimm deine Sachen und verschwinde aus meinen Augen!«

Giada schrie sich die Seele aus der Brust. Man hätte glauben können, dass sie die gefährliche Spannung spürte. Claudio nahm das Kind auf den Arm und strich über seinen Haarschopf.

»Ich werde nicht so einfach gehen, das habe ich dir schon gesagt, ich habe Rechte.«

Claudio legte die Kleine ins Bettchen und drehte sich blitzschnell um.

»Du hast Rechte? Du berufst dich auf Rechte? Eine Mutter, die es im Beisein ihres Kindes mit anderen Kerlen treibt? Ich zeige dir, welches Recht ich habe. Du verpisst dich jetzt ... auf der Stelle. Deine Sachen kannst du dir von der Straße kratzen.«

Er griff in ihre Mähne und zerrte sie zur Wohnungstür, weiter die Treppe hinunter und ließ sie vor der Haustür stehen.

»Deine Klamotten kommen sofort nach. Geh mir aus den Augen, du Miststück.«

Er riss den roten Reisekoffer aus dem Dielenschrank und begann damit, ihre Kleidungsstücke hineinzustopfen. Dann öffnete er die Balkontür und blickte auf Elena hinunter, die immer noch starr vor Entsetzen auf dem Gehsteig stand. Sie hatte die Arme schützend um den Leib gelegt und zitterte vor Kälte. Mit einem Krachen landete der Koffer direkt neben ihr.

»Hier, die anderen Plörren kannst du abholen lassen. Zieh dir was an, du kannst so nicht bei deiner Brut auftauchen, nur im Pyjama. Ich ruf dir ein Taxi.«

Er schlug die Balkontür hinter sich zu und nahm seine Tochter aus dem Bettchen.

»Ruhig, meine Kleine, der Papa schimpft nicht mit dir. Mama war böse, aber die geht jetzt zu Oma und Opa. Ich kümmer mich um dich, mein Schatz. Psssst, schlaf jetzt.«

Die Türglocke holte Claudio aus dem Schlaf. Giada veränderte die Lage, schlief jedoch weiter. Mit halbgeschlossenen Augen schlurfte er zur Tür und drückte auf die Ruftaste.

»Ja? Wer ist da?«

»Komm Claudio, mach auf, hier ist Matteo, wir müssen reden.«

Cazzo. Das hat mir jetzt gerade noch gefehlt, schoss es Claudio durch den Kopf.

»Hat das nicht Zeit bis morgen Früh?«

Die Antwort krächzte durch den Hörer.

»Es *ist* früh, wir haben sechs Uhr.«

Zwei Personen hetzten die Treppe hoch und blieben auf dem Treppenabsatz stehen. Luisa sah über die Schulter ihres Mannes hinweg und keifte los.

»Willst du uns hier auf dem Flur abfertigen oder dürfen wir reinkommen?«

Er drehte sich wortlos um und zeigte zum Wohnzimmer.

»Wie kann ich euch helfen? Ihr kommt doch sicherlich als Vermittler. Wie sagt man? ... Als Parlamentäre. Schießt los.«

Er setzte sich in den Sessel, ohne seine Schwiegereltern zum Sitzen aufzufordern.

»Claudio, das geht so nicht, das musst du verstehen«, begann Matteo.

»Was redest du da, Matteo? Dieser Kerl versteht das nicht, kann der gar nicht. Kein normaler Mann wirft seine Frau mitten in der Nacht aus der Wohnung, nur im Pyjama, ohne Schuhe an den Füßen. Das machen nur Kriminelle. Verdammt, du wolltest ihm die Meinung geigen, warum tust du das jetzt nicht?«

Matteo drehte sich zur Seite und fuhr seine Frau an.

»Halt jetzt deine Klappe, nur dieses eine Mal. Das ist ein Gespräch unter Männern, ich wusste schon, warum ich dich nicht mitnehmen wollte. Halte dich da raus!«

Claudio war nun hellwach und konnte ein Lächeln nicht unterdrücken.

»Claudio, hör mir zu«, begann Matteo erneut, »ihr seid eine Familie. In jeder Ehe kommt es zu Streitigkeiten, man muss miteinander reden. Man findet eine Lösung. Verdammt, ihr seid noch jung, da geht das Temperament durch, das kann passieren. Und wenn du das mit der anderen Frau aufgibst, wenn du es Elena heilig versprichst, wird sie dir verzeihen. Das hat sie uns versprochen.«

Das Lächeln auf Claudios Gesicht erstarb. Grundsätzlich hatte er sich vorgenommen, die Moralpredigt über sich ergehen zu lassen, doch mit dieser Lüge konfrontiert zu werden, damit hatte er nicht gerechnet. Er suchte nach Worten, obwohl er die beiden am Liebsten vom Balkon geworfen hätte.

»Habt ihr zwei da irgendetwas falsch verstanden? Nicht *ich* habe ein Verhältnis, sondern eure anständige Tochter. Sie fickt im Beisein ihrer Tochter mit einem Anderen. Das hat sie vor ein paar Stunden in dieser Wohnung vor mir zugegeben, darüber hättet ihr reden sollen. Ich für meinen Teil werde ihr das nicht durchgehen lassen. Jetzt nach dieser Lügengeschichte erst recht nicht, das könnt ihr dieser Frau bestellen. Sie ist nicht mehr Teil meiner Familie.«

Die beiden sahen sich an, wirkten irritiert. Luisa fasste sich als Erste und keifte Claudio entgegen.

»Das behauptest du. Dir dürfte doch klar sein, dass wir unserem eigenen Fleisch und Blut eher glauben als einem kriminellen Taugenichts. Du hast dein Leben bisher nur auf Lügen und Betrug aufgebaut. Jetzt, wo du es normal führen könntest, schmeißt du es weg. Das war die Chance für dich, ein Mitglied der Gesellschaft zu werden. Nein, mein vorbestrafter Schwiegersohn prügelt lieber auf die Mutter seines Kindes ein.«

Claudio spürte Zorn aufsteigen, der ihn unberechenbar machte.

»Das hast du schön gesagt. Nun ist mir klar, von welcher Seite sie das Teufelswesen geerbt hat. Du hast diese Hexe geboren und ihr das Böse eingepflanzt. Du kannst dir jetzt aussuchen, ob du die

Wohnung durch die Eingangstür verlassen willst oder ob ich dir die Balkontür öffnen soll. Dann kannst du auf deinem Besen nach Hause fliegen.«

»Claudio, lass uns doch vernünftig miteinander reden.«

Matteo hob beschwichtigend die Hände und strafte seine Frau mit einem strengen Blick.

»Das sag dieser Furie da, ich lass mich nicht beleidigen. Gibt es noch etwas zu sagen, bevor ich euch an die Luft setze?«

Er stand auf und wollte zur Tür gehen.

»Wir müssen noch über das Kind und die Trattoria reden, setz dich bitte wieder.«

Matteo hielt Claudio am Ärmel zurück.

»Da gibt es nichts zu reden. Ich werde mit meinem Anwalt sprechen, er wird wissen, wem das Kind zugesprochen wird. Und wegen der Trattoria, lieber Schwiegervater, da rede ich mit meinen Partnern und nicht mit Außenstehenden. Und jetzt raus hier ... Guten Flug, Schwiegermutter.«

»Das wirst du noch bitter bereuen, du Lump. Wenn du Krieg haben willst ... du wirst ihn bekommen.«

Matteo stellte sich schützend vor seine Frau, denn Claudio hatte die Hand bereits zum Schlag erhoben.

»Wie stellst du dir das zukünftig vor ... ich meine die Zusammenarbeit, nachdem du meine Schwägerin vor die Tür gesetzt hast? Die Schwiegereltern machen mir die Hölle heiß, weil wir noch mit dir arbeiten. Lass uns über eine vernünftige Trennung reden, Claudio.«

Armando hatte ihn um eine Unterredung gebeten, da das Betriebsklima gelitten hatte.

»Ich kann mich daran erinnern, dass wir etwas vereinbart hatten. Familienprobleme dürfen nie eine Rolle spielen, darauf hast du mir dein Wort gegeben. Gilt so was in deinen Kreisen nichts mehr? Hast du darüber nachgedacht, wer in der ganzen Zeit den Laden am Laufen gehalten hat? Wer die meisten Stunden hier verbracht hat? Ihr habt doch nur kassiert, malocht habe ich.«

Claudio spürte, wie die innere Erregung stieg. »Ich habe schon lange gespürt, dass ihr mich raushaben wollt, aber darüber können wir reden. Vereinbart waren vier Anteile von jeweils fünfundzwanzigtausend Euro. Ihr gebt mir die Kohle cash auf die Kralle ... dann überlass ich euch den Scheißladen.«

Armando war Claudios Worten ohne Regung gefolgt. Er überlegte, wie er die Sache ohne Auseinandersetzung regeln konnte.

»Ich muss darüber mit den Anderen reden. Das kann ich nicht alleine entscheiden. Eines kann ich dir aber heute schon sagen, die Summe können wir nicht mal eben so aus dem Laden rausziehen, das bedeutet Pleite. Wir müssen darüber verhandeln. Heute Abend treffe ich mich mit den Anderen, ich kann dir am nächsten Tag Bescheid geben.«

Claudio trommelte ungeduldig mit den Fingern auf die Tischplatte. Er beugte sich vor und sah Armando in die Augen.

»Hör zu, ich erinnere dich ein letztes Mal daran. Wir haben uns das Wort gegeben. Es existiert kein Vertrag, darüber bin ich mir im Klaren. Aber vergiss niemals, was ein gegebenes Wort bedeutet, in diesem Punkt verstehe ich keinen Spaß. Bescheiß mich nicht, das rate ich dir. Wenn du es doch versuchst, dann lernst du mich von einer Seite kennen, die dir nicht gefallen wird. Also ... angenehme Gespräche heute Abend.«

Das Klingeln des Telefons riss Claudio aus seinen Gedanken. Er wusste genau, wer am frühen Morgen anrief.

»Claudio? Habe ich dich etwa aus dem Schlaf geholt?«

»Armando, wenn einer um diese Zeit noch in den Federn liegt, warst du das bisher. Ich würde normalerweise schon in der Trattoria stehen. Was willst du, außer blöde Sprüche ablassen?«

Nach einer kurzen Pause kam Armando auf den Grund des Anrufs.

»Wir haben uns gestern über deinen Vorschlag unterhalten. Alle sind der Meinung, dass es besser ist, wenn wir das Geschäft zu dritt weiterführen, doch die

Kohle können wir dir nicht geben, das wäre unser Ruin. Wir haben alle drei zusammengeworfen, da sind maximal zehntausend drin. Mehr können wir nicht flüssig machen.«

Er ließ das Angebot wirken und wartete auf Claudios Reaktion. Er vernahm lediglich das Knistern der Leitung.

»Du hast nichts begriffen, Armando! Habe ich nicht deutlich gesagt: Verarscht mich nicht? Habe ich das nicht gesagt? Sag es mir!«

»Ja, sicher, Claudio. Aber ...«

Ohne ein weiteres Wort unterbrach Claudio die Verbindung. Er starrte auf den Hörer, der unschuldig auf der Gabel ruhte. Knapp zwanzig Sekunden waren vergangen. Erst nach dem fünften Klingeln hielt Claudio den Hörer an sein Ohr und lauschte wortlos.

»Verdammt, du kannst doch nicht einfach einhängen, wir können über alles reden. Lass uns verhandeln. Was ist dein letztes Wort? Deine Summe war viel zu hoch, das musst du glauben.«

Claudio war sicher, dass die drei eine höhere Summe verabredet hatten, Armando wollte Spielchen spielen.

»Was habt ihr festgelegt? Wir sind hier nicht in Marrakesch. Sag mir, was euch der Frieden wert ist, und ich überlege mir, ob ihr danach sorglos schlafen könnt.«

Armando schwieg. Durch die Leitung war zu spüren, wie sich seine Gedanken jagten. Er hatte davon gehört, dass Claudio ein unversöhnlicher Feind sein konnte.

»Glaube mir, bitte. Bei meiner Ehre, mehr als Fünfzehntausend sind auf keinen Fall drin.«

»Hast du das Wort Ehre in den Mund genommen? Das hat einen seltsamen Klang, wenn du davon sprichst. Ich schlafe drüber, morgen bekommst du von mir einen Anruf.«

Er legte auf.

»Ich komme ohne dieses Geld nicht zurecht. Du glaubst doch nicht, dass ich dich da so ohne Weiteres rauslasse. Die fünfhundert Euro zahlst du gefälligst weiter an mich. Das Finanzamt wird es interessieren, wie viel Schwarzgeld du über Jahre an der Steuer vorbeigetrickst hast, aus dieser Nummer kommst du nicht raus. Für deine dreckigen Geschäfte wirst du bezahlen ... an mich, mein Lieber.«

Claudio war klar, dass Elena die Zahlungen von ihm erpressen wollte, doch einmal musste er einen Schlussstrich ziehen. Er wollte nicht für den Rest der Tage an diesen Geier zahlen. Jetzt hieß es, hart bleiben.

»Nicht einen Cent wirst du von mir bekommen. Ich rate dir, das zu akzeptieren. Du lernst mich sonst von einer anderen Seite kennen.«

Elena stand auf und lief zum Küchenschrank. Sie füllte ihr Weinglas zum wiederholten Mal und schüttete den Inhalt in einem Zug hinunter.

»Du willst mir drohen? Du kleiner Ganove meinst, es mit meiner Familie aufnehmen zu können? Wir werden dir beibringen, wie wir solche Dinge regeln. Ich rate dir, das Geld pünktlich zu zahlen, sonst ...«

Weiter kam sie nicht. Claudios Handrücken schlug hart auf ihre Lippen, die sofort aufplatzten. Mit beiden Fäusten hielt er Elena an den Haaren und schüttelte sie.

»Du und deine Clique, ihr macht mir keine Angst. Von heute an müsst *ihr* mit dieser Angst leben. Du bist in Deutschland aufgewachsen, du kannst nicht wissen, wie wir unsere Angelegenheiten in der Heimat regeln. Bestell deiner Sippe, dass sie die Füße still halten sollen. Meine Art des Kämpfens ist eine andere, das kannst du dir nicht im Traum vorstellen. Jetzt beweg deinen Kadaver raus aus meiner Wohnung, ich kann dich nicht länger ertragen.«

Elena warf ihr Glas in die Spüle, wo es zersprang.

»Das wirst du noch bereuen. Das wirst du noch bitter bereuen. Jetzt wirst du Giada überhaupt nicht mehr zu sehen kriegen, du Dreckskerl.«

»Wage es nicht, mir das Kind vorzuenthalten ... wage es nicht. Die Besuchszeiten sind offiziell geregelt, aber ich werde auch so mein Recht durchsetzen ... das kannst du mir glauben.«

Claudio ergriff ihren Arm und zerrte sie zur Tür. Er atmete durch, als er sich von innen dagegen lehnte. Ihr Gekeife hallte im Flur nach.

Die Klingel wurde von dem heftigen Klopfen gegen die Tür noch übertönt. Claudio schaute durch den Türspion. Ein Polizeiaufgebot hatte sich im Flur versammelt. Kaum hatte er die Tür einen Spalt geöffnet, stürmten die Beamten in die Wohnung und ein Uniformierter drehte ihm die Arme auf den Rücken.

»Sind Sie Claudio Zanetti? Mein Name ist Kommissar Reinhard. Ich vollstrecke einen Haftbefehl gegen Sie wegen versuchten Mordes. Sie haben das Recht zu schweigen. Sollten Sie das nicht tun, kann alles vor Gericht gegen Sie verwendet werden. Haben Sie das verstanden? Ach ja: Sie haben das Recht auf einen Anwalt. Ziehen Sie sich eine Jacke über und kommen Sie mit! Haben Sie jetzt alles?«

Er faltete den Haftbefehl wieder zusammen, den er Claudio vors Gesicht gehalten hatte. Ohne eine Antwort abzuwarten, stießen ihn zwei bullige Polizisten in den Flur und zogen die Tür zu.

Im Verhörraum wartete Claudio eine geschlagene Stunde, bis sein Anwalt Peter Heise in Begleitung von Kommissar Reinhard erschien.

»Herr Reinhard, wären Sie so nett und lesen die erhobenen Vorwürfe in Anwesenheit meines Mandanten vor? Er hat ja noch keine Ahnung, womit er konfrontiert wird. Und bitte, lassen Sie ihm die Handschellen abnehmen, denn ich fühle mich nicht von ihm bedroht. Außerdem halte ich diese Vorsichtsmaßnahme für unangemessen.«

Der Kommissar blätterte in den Unterlagen.

»Uns liegt eine Anzeige seitens Ihrer Frau vor, dass Sie am Abend des dreiundzwanzigsten Februar versucht haben sollen, ihr ein Messer in den Hals zu stechen. Nur durch eine heftige Abwehrbewegung und Flucht aus der Wohnung konnte sie diesem Mordversuch entgehen. Sie konnte eine Risswunde am Mund vorweisen. Das wurde durch einen Amtsarzt bestätigt und liegt als Beweismittel vor. Haben Sie dazu etwas zu sagen?«

Heise bedeutete Claudio, dass er keine Aussage machen sollte.

»Mein Mandant macht an dieser Stelle von seinem Recht auf Aussageverweigerung gebrauch.«

Der Anwalt beugte sich zu Claudio und flüsterte mit ihm.

»Herr Kommissar. Herr Zanetti möchte heute keine Aussage machen. Ich werde mich mit ihm beraten. Des Weiteren werde ich den Antrag auf Haftbefreiung stellen. Wir bedanken uns.«

»Frau Zanetti«, begann Heise das Gespräch. »Sie sind sich hoffentlich darüber im Klaren, dass die Tötungsabsicht, die Sie zur Anzeige brachten, niemals beweisbar sein wird. Hier stehen zwei Aussagen gegeneinander. Es wird mir nicht schwerfallen, das Gericht davon zu überzeugen, dass es sich um den

Racheakt einer verschmähten Ehefrau handeln könnte. Keine Stichwunden, keine Tatwaffe, ein Motiv ... na ja. Noch gilt in Deutschland die Unschuldsvermutung, solange eine Schuld nicht eindeutig nachgewiesen wird. Sie werden Gefahr laufen, eine Klage wegen Falschaussage und Irreführung des Gerichts zu erhalten. Das ist kein Kavaliersdelikt, das wird mit Gefängnis bestraft. Denken Sie über Ihr Tun nach.«

Hier legte er eine Pause ein und beobachtete Elena, die schon seit Minuten in ihrer Kaffeetasse rührte.

»Ihr Gatte wäre auf mein Anraten hin bereit, eine Summe von zweitausend Euro an Sie zu entrichten, wenn Sie die Anzeige zurückziehen. Natürlich ohne Anerkennung einer Schuld. Ich gebe Ihnen drei Tage Bedenkzeit. Hier ist eine Telefonnummer, rufen Sie mich an.«

Heise erhob sich, beugte sich aber noch mal herunter zu Elena.

»Was ich noch anführen möchte. Das Gespräch zwischen uns hat niemals stattgefunden. Ziehen Sie die Anzeige zurück und Sie erhalten einen Umschlag mit dem Geld.«

Heise legte einen Geldschein auf den Tisch des Cafés und deutete eine Verbeugung an, bevor er ging.

»Das ging ja problemloser, als ich gedacht hatte.«
Grinsend saß Claudio vor Heises Riesenschreibtisch. Schon am nächsten Tag hatte man

ihn aus der Zelle entlassen. Es hieß, dass das Verfahren eingestellt wurde, da die Klägerin die Anzeige zurückgezogen hatte.

»Es passiert öfter, als Sie annehmen mögen. Anzeigen von Ehepartnern werden nur in wenigen Fällen bis zum bitteren Ende durchgezogen. Der Druck ist immens und es kommt meistens zu einer vorzeitigen Einigung. Nun ja, jetzt liegt es an Ihnen, wie Sie die Sache beenden. Dann sage ich: Bis zum nächsten Mal, Herr Zanetti. Bleiben Sie mir bitte als Kunde erhalten.«

Beide lachten über diesen Scherz und verabschiedeten sich.

Das Telefon klingelte. An der Nummer erkannte Claudio die Anruferin.

»Wann kommt endlich das Geld? Ich warte schon eine Woche, meine Geduld ist bald am Ende.«

»Geld? Welches Geld? Wovon sprichst du? Den Unterhalt für die Kleine müsstest du doch schon haben. Ich bin jetzt etwas ratlos.«

Die Pause am anderen Ende zog sich lang hin.

»Du verdammter Drecksack. Das hätte ich mir denken können, du brichst immer dein Wort. Das ist typisch für euch Drecksganoven. Aber das wirst du noch bereuen, glaub mir.«

Claudio konnte sich das hassverzerrte Gesicht seiner Frau vorstellen.

»Ich habe mein Wort immer gehalten, das habe ich noch nie in meinem Leben gebrochen. Doch dir habe ich es nie gegeben. Ich hatte dir nie versprochen, für etwas zu zahlen, erst recht nicht für etwas, das ich nie getan habe. Geh zurück zum Teufel und lass mich besser in Ruhe.«

Ein bedeutender Schritt

Claudio überschlug noch mal die Finanzen. In einer Stunde erwartete er die Männer, mit denen er seine Zukunft planen wollte. Die Zeit der Untätigkeit nach der Trennung von Armando zerrte an seinen Nerven, es entsprach nicht seiner Natur, die Hände in den Schoß zu legen. Der Plan stand, in seinem Kopf hatte er schon klare Formen angenommen: Endlich sollte ein original italienisches Café-Restaurant unter seiner Regie öffnen. Da sein Startkapital, die Fünfzehntausend Ablöse von Armando und dreißigtausend Erspartes, nicht ausreichte, mussten Partner her, die ihm das Geld vorstreckten. Das Lokal sollte nur weit weg von Krefeld sein, denn er wollte zukünftig auf keinen Fall Kontakt zu dieser Stadt haben, die ihm nur Kriege beschert hatte.

»Marcos, du Schweinehund, schön, dich zu sehen, setz dich. Die Anderen müssten jeden Augenblick kommen. Wein oder Wasser?«

Claudio nahm den Freund in die Arme und führte ihn ins Wohnzimmer.

»Setz dich bitte, da kommen gleich noch drei. Wie geht es dir?«

Bevor Marcos eine Antwort geben konnte, klingelte es abermals.

»Das ist fabelhaft, alle sind pünktlich. Nehmt euch was zu trinken, Gläser stehen auf dem Tisch. Also, das ist mein alter Freund Marcos, der auch

Teilhaber sein wird, dann haben wir hier ebenfalls zwei alte Freunde, Marco und Carlo. Der Vierte im Bunde wäre mein Lieferant Cosimo Pavlizi. Ihr alle wisst, warum wir uns hier getroffen haben.«

Er sah jeden Einzelnen an.

»Ich habe eine Idee und dafür brauche ich eure Kohle, so simpel ist das.«

»Der Kerl hat Nerven, warum sollte ich mein sauer verdientes Geld in eine blöde Idee stecken? Kannst du dir vorstellen, wie lange ich dafür habe arbeiten müssen?«

Marco grinste in die Runde.

»Klar wissen wir das. Du stehst mittags auf und studierst deine Kontoauszüge, dann erkennst du sofort, was deine Häuser mit den Wuchermieten eingebracht haben.«

Marco schlug sich auf die Schenkel und lachte, alle applaudierten zu Claudios Erklärung.

»Der Kerl hat mir vom ersten Augenblick an gefallen, der quatscht nicht drumrum. Wie viel brauchst du, mein Freund?«

»Ja, das will ich auch wissen. Die Idee mit dem Restaurant finde ich prima, aber ich brauche eine Zahl. Du solltest uns auch sagen, wie du dir das mit der Rückzahlung vorgestellt hast.«

Carlo verdiente Geld mit Wettgeschäften und Erpressungen, so hieß es zumindest in der Szene, doch den Geldscheinen war das später nicht mehr anzusehen. Die Männer verhandelten fast eine Stunde über die Summen und lehnten sich nach getaner Arbeit zurück. Sie hoben die Gläser, um mit einem ›Salute‹ anzustoßen.

»Freunde, ich danke euch für das Vertrauen. Ich werde jedem einen Vertrag ausfertigen und ihn euch in den nächsten Tagen bringen.«

Nach einem kurzen Blickwechsel unter ihnen, ergriff Marco das Wort.

»Ich spreche für alle, denke ich. Wir kennen uns schon viele Jahre und haben gemeinsam eine Menge Scheiße erlebt. Das hat zumindest mir eines gegeben: Vertrauen. Claudio, hör zu, du musst uns kein Papier in die Hand drücken, auf dem du dich zur Rückzahlung verpflichtest. Uns genügt dein Wort. Wir sind Italiener, wir kommen aus dem Süden, das bedeutet Einiges. Ist das so im Sinne der Anderen? Genügt euch auch das Wort von Claudio?«

Die Männer hoben stumm die Gläser und stießen an.

»Danke für euer Vertrauen. Ich gelobe, jedem von euch pünktlich die Raten zu zahlen.«

Claudio hatte sich gerührt erhoben, es war ihm anzusehen, dass er mit der Fassung rang.

»Hört jetzt auf mit dem Gesülze. Ich lade euch zum Essen ein, das müssen wir feiern.«

Cosimo hatte sich bisher aus der Diskussion weitestgehend herausgehalten, daher sahen ihn alle erstaunt an. Nach einem kollektiven Schulterklopfen machten sich die neuen Partner auf den Weg.

Die Idee, ein Café-Restaurant direkt in der City zu eröffnen, erwies sich als genial, das ›La Gondola‹ wurde von den Gästen mit Begeisterung angenommen. Die umliegenden Geschäfte bescherten durch das Personal hervorragenden Zulauf und die günstige Mittagskarte sprach sich schnell herum. Auf der gegenüberliegenden Straßenseite siedelte Claudio zwei Jahre später einen zusätzlichen Pizzaservice an, der eine weitere Einnahmequelle eröffnete. Claudios Arbeitstag schien kein Ende zu nehmen, keine Arbeit war ihm zu viel. Die Rückzahlung der Schulden, für die er bei seinen Partnern im Wort stand, hatte eine besondere Bedeutung.

Der Barmann Toni wusste mit den Gästen umzugehen und sein Job hinter der Theke machte ihm sichtlich Spaß. Wann immer es möglich war, erzählte er von seiner großen Liebe, einer Flamme von edler Schönheit. Die Frotzeleien der übrigen Belegschaft musste er sich gefallen lassen, da er den Beweis schuldig blieb. Das Foto, mit dem er Eindruck schinden wollte, wurde als Fälschung hingestellt, schließlich konnte sich doch jeder Bilder von Topmodels besorgen und sie als Freundin ausgeben. Die Geschichte fand ein vorläufiges Ende, als er nach einem Jahr den Job aufgab und die Stadt wechselte. Das Schicksal wollte jedoch weiter mitspielen, die Karten mischen.

»Was treibt dich denn hierher, Toni? Willst du wieder anfangen?«

Claudio, der sich im Nebenraum aufhielt, konnte die Begrüßung mithören, er lugte neugierig um die Ecke. »Hast du Sehnsucht nach den alten Freunden oder treibt dich nur die Spitzenküche hierher? Welche Schönheit bringst du uns da ins Haus?«

Claudio musste dieses Kompliment loswerden, da er vom Aussehen der Begleitung spontan beeindruckt war.

»Willst du uns deine Herzensdame nicht vorstellen?«

Toni legte den Arm um seine Freundin und drückte ihr einen Kuss auf die Wange.

»Das, Giovanna, ist der großmäulige Restaurantbesitzer Claudio, vor dem ich dich immer gewarnt habe. Der hat es faustdick hinter den Ohren, aber als Chef ist er in Ordnung.«

Die Schöne streckte Claudio die Hand entgegen und hauchte ein Buongiorno.

»Claudio, bekommen wir bei dir etwas zu essen, sobald du das Balzen beendet hast?«

Toni legte den Arm um seine Begleitung und blickte sich suchend um.

»Setzt euch bitte.«

Claudio deutete eine Verbeugung an und führte die beiden an einen Tisch.

»Ich hätte eine ganz kleine Frage. Darf ich Claudio sagen?«

Giovanna zeigte ein bezauberndes Lächeln.

»Es ist mir eine Ehre, selbstverständlich.«

Der Beginn der Unterhaltung gefiel Claudio und er sah sie erwartungsvoll an.

»Es geht eigentlich um meinen Cousin Enzo, er sucht verzweifelt nach einer Beschäftigung im Gastro-Bereich. Nun erzählte mir Toni, dass die Arbeit ihm in diesem Restaurant immer Spaß gemacht hat. Ich wollte fragen, ob Enzo eventuell ...?«

Claudio unterbrach an dieser Stelle.

»Wie alt ist der Bursche denn?«

»Enzo ist neunzehn. Er hat schon in Palermo in einer Trattoria gearbeitet, jetzt ist die Familie nach Deutschland gezogen und ...«

»Das passt doch prima, wir suchen eine Kraft für den Thekenbereich. Sag ihm bitte, dass er sich bei mir vorstellen soll, dann schauen wir weiter. Ist das so okay?«

Die Erscheinung Giovanna war nach deren Verlassen des Restaurants der Gesprächsstoff Nummer eins. Auch Claudio konnte sich dem Zauber dieser Frau nicht entziehen. Hatte Toni in der Vergangenheit doch die Wahrheit gesagt, keine erfundene Freundin ... nein, eine bildschöne Realität.

Enzo erledigte seine neuen Aufgaben zur vollen Zufriedenheit, seine dauerhafte Einstellung war für Claudio keine Frage. Seine sizilianische Abstammung machte es Enzo leicht, einen Draht zur restlichen Mannschaft zu bekommen.

»Wie geht es zuhause, ist die Familie zufrieden mit deinem Job?«

Der Smalltalk wurde gepflegt. Die Familie war jedem Italiener wichtig.

»Ich kann jetzt wenigstens mithalten, wenn alle von ihrem Beruf und Einkommen erzählen und Mama gebe ich was zur Miete dazu. Gestern war Familienfest mit viel Trara, meine Schwester hatte Geburtstag. War richtig was los bei uns, Giovanna war auch da.«

Alle Augenpaare waren auf Enzo gerichtet.

»Weiter, wie geht es deiner Cousine? Immer noch nicht verheiratet mit diesem Schlawiner?«

Enzo winkte ab.

»Das ist Schnee von gestern, die haben sich getrennt. War nicht einfach für Giovanna, sie ist im Augenblick nicht ansprechbar, lebt total zurückgezogen.«

Claudio kam an die Theke.

»Ist dieser Toni von Sinnen? Hat er diese Madonna wirklich verlassen? Das glaube ich nicht. So bescheuert kann doch keiner sein. Tu mir einen Gefallen und bestell ihr einen schönen Gruß von mir.«

Ein paar Wochen später bescherte ein Tag mit dunklen Regenwolken dem Restaurant wenig Zulauf. Zu solchen Gelegenheiten versteckten sich die Gäste vor dem Fernseher. Das Gekicher einer eintretenden Frauengruppe weckte die Lebensgeister des Personals. Vier Frauen, in einer Unterhaltung gefangen, sahen sich nach einem freien Plätzchen um.

»Buongiorno, das gibt es doch nicht. Was treibt dich hierher? Ich hätte dich beinahe nicht erkannt. Darf ich Euch einen Tisch empfehlen?«

Enzo, der an der Theke Dienst tat, nahm Giovanna sofort in den Arm.

»Das erledige ich selbst«, wurde er von Claudio abgedrängt.

Er deutete eine Verbeugung an und zeigte in den Gastraum.

»Ich freue mich, Sie hier begrüßen zu dürfen, meine Damen. Sie haben noch die freie Auswahl bei den Tischen.«

Die Mädel nickten höflich und entschieden sich für einen Platz am Fenster.

»Hat es Ihnen geschmeckt?«

Schon während des Essens konnte Claudio den Blick nicht von diesem Tisch nehmen. Das war Giovanna nicht entgangen, der es etwas unangenehm schien. Sie versuchte, den Blickkontakt zu vermeiden. Nun bot sich für Claudio die Gelegenheit, die Nähe zu Giovanna zu suchen, die ihren Platz neben einem freien Stuhl gefunden hatte.

»Darf ich Ihnen Espresso oder etwas Anderes bestellen? Das geht selbstverständlich aufs Haus.«

»Hört, hört, ein wahrer Kavalier. Das Angebot nehmen wir doch gerne an«, kam es wie aus einem Munde.

»Was haben die Damen denn heute noch vor? Sie sehen alle so unternehmungslustig aus.«

»Das klingt ja fast so, als wolle jemand seine Begleitung anbieten. Herr Zanetti, übernehmen Sie sich da nicht?«

Die Bemerkung rief erneut Gelächter in der Runde hervor.

»Da haben Sie recht, darf ich Ihnen einen Vorschlag machen?«

»Wir sind gespannt.«

»Sie bleiben noch für kurze Zeit meine Gäste. Sobald der letzte Gast gegangen ist, machen wir alle zusammen einen Ausflug nach Venlo. Wir könnten dort im Casino unser Glück versuchen. Es würden uns noch zwei Freunde begleiten, da bin ich mir sicher. Was halten Sie davon?«

Wortlos wurden Blicke getauscht. Viola, die in der Runde das Wort führte, bemerkte: »Warum eigentlich nicht. Casino ... Venlo, hört sich aufregend an. Sollen wir, Mädels?«

Sie erhielt Zustimmung, nur Giovanna hielt sich zurück. Erst, als die Freundinnen auf sie einredeten, nickte sie zögernd.

Das obligatorische Gruppenfoto vor den beiden Elefanten am Eingang des Casinos in der holländischen Stadt stimmte auf einen abwechslungsreichen Abend ein. Enzo und Carlo amüsierten sich mit den drei Damen an den Spieltischen, während Claudio sich um Giovanna kümmerte, die dem Glücksspiel nichts abgewinnen konnte. Enttäuscht war Claudio nicht darüber, dass sie beide zurückgelassen wurden. Giovanna übte eine magische Anziehungskraft auf ihn aus, die er nicht erklären konnte.

»Du wirkst bedrückt. Kann ich etwas für dich tun? Belastet dich etwas?«

Giovanna sah ihn nachdenklich an und überlegte, warum sie diesem fremden Mann ihre Sorgen anvertrauen sollte. Was wusste sie über ihn? Die Augen strahlten zwar Ehrlichkeit und Selbstbewusstsein aus und es gab da etwas, das sie nicht erklären konnte. Doch reichte das aus, um ihn ins Vertrauen zu ziehen? Seine Stimme riss sie aus ihren Gedanken.

»Sollte ich dir zu nahe getreten sein, bitte ich um Entschuldigung. Es war falsch von mir, das zu fragen.«

»Nein, nein, das ist schon in Ordnung. Es ist nur nicht so einfach, wie es scheint. Die Trennung von Toni kam doch überraschend, das braucht seine Zeit. Ich habe Probleme damit, sofort wieder in den anderen, diesen Single-Modus zu schalten. Ich muss zugeben, dass ich im Augenblick nicht so besonders gut auf Männer zu sprechen bin. Nimm das bitte nicht persönlich.«

Aufmerksam hatte Claudio ihr zugehört und seine Achtung vor dieser schönen Frau wuchs.

»Habe ich alte Wunden aufgerissen, das täte mir leid. Aber ich weiß, wovon du sprichst. Ich mache keinen Hehl daraus, dass mir derzeit auch nicht der Kopf nach einer Beziehung steht. Du musst wissen, dass ich gerade einen fiesen Scheidungskampf hinter mir habe, da hat sich fast schon eine Frauenphobie entwickelt.«

Giovanna lachte glockenhell auf.

»Entschuldige bitte, ich wollte dich nicht auslachen. Aber das kann ich verstehen. Lass uns einfach von anderen Dingen sprechen, das ist so bedrückend. Da kommen ja auch die Anderen.«

Der Casinobesuch hatte ein kleines Wunder vollbracht und die zarten Bande zwischen beiden tatsächlich herstellen können. Claudio glaubte sich im Paradies. Immer öfter trafen sie sich und die Vorbehalte gegen eine neue Beziehung schwanden. Claudio liebte die langen Spaziergänge, die einen Ausgleich schafften zu seiner stressigen Arbeit.

Wieder einmal genossen sie die Stille des Parks, als er sie unvermittelt ansprach.

»Giovanna, sieh mich an. Ich spüre Sorgen, die du mit dir herumträgst. Willst du darüber reden?«

Sie blieb stehen und sah Claudio mit großen Augen an.

»Manchmal bist du mir unheimlich. Woher willst du ...?«

»Ich spüre so was. Ich hab dir gesagt, dass ich dich liebe, dann ist das so. Deine Sorgen kannst du vor mir nicht verbergen, also, was ist?«

Giovanna zog Claudio auf die Parkbank, vor der beide stehengeblieben waren. Sie ergriff seine Hände und sah in die Ferne.

»Es ist mein Vater, Papa macht mir Sorgen.«

»Ist er krank? Können wir ihm helfen?«

Sie schüttelte den Kopf.

»Nein, Claudio, er ist kerngesund, du kannst ihm nicht helfen. Er macht mir Vorwürfe. Vorwürfe, die unberechtigt sind. Er glaubt, den Grund für meine Trennung von Toni, gefunden zu haben.«

An dieser Stelle machte sie eine Pause und fixierte einen Punkt am Boden. Claudio legte seine Hand unter ihr Kinn und drehte ihr Gesicht zu sich.

»Weiter, was glaubt er, gefunden zu haben?«

»Er vermutet, dass ich schon zu Tonis Zeiten mit dir ein Verhältnis hatte«, platzte es aus ihr heraus. »Er glaubt mir nicht mehr, die Verbindung zu dir kam ihm zu schnell nach der Trennung. Ich weiß nicht mehr, was ich noch tun soll. Toni ist doch nicht verstorben, ich muss doch keine Trauerzeit einhalten.«

Tränen füllten ihre Augen. Claudio legte den Arm um sie und zog sie heran. Stumm saßen sie nebeneinander.

»Ich rede mit deinem Vater, ich regle das mit ihm. Alles wird gut, mein Liebling, weine nicht.«

Giovannas Vater stimmte einem Treffen mit Claudio zu, obwohl er sich über den Grund keinen Reim machen konnte, denn dieser Claudio war ihm noch nicht vorgestellt worden.

»Ich finde es schön, dass wir uns persönlich kennenlernen, Giovanna hat viel von dir erzählt. Auch Toni hat dich immer als netten Chef dargestellt. Einen Kaffee oder was Kaltes?«

Claudio nahm auf dem angebotenen Stuhl Platz und stimmte einem Kaffee zu. Er hatte sich Massimo anders vorgestellt, ihre Schönheit musste Giovanna von ihrer Mutter geerbt haben. Ihr Papa gab das typische Bild des Sizilianers ab. Er strahlte Stolz aus, das Haar war an den Schläfen schon angegraut, seine Haltung straff.

»Ich habe mir gedacht, dass wir über ein Problem sprechen sollten, das zwischen uns stehen könnte. Giovanna hat dich bisher nicht davon überzeugen können, dass es keinerlei Kontakte zwischen uns gab, als sie noch mit Toni ging. Was hat dich darauf gebracht, anders zu denken?«

Massimo war von der direkten Ansprache überrascht und blickte unsicher in seine Tasse. Während er den Löffel kreisen ließ, antwortete er.

»Das ging mir einfach zu schnell. Kaum war Toni gegangen, erschien schon ein Nachfolger, das ist nicht typisch für meine Tochter. Das gehört sich außerdem nicht. Toni war ein anständiger Junge, so was hat er nicht verdient, sie hätte noch warten sollen.«

Es fiel Claudio schwer, zu glauben, dass es immer noch Menschen mit solchen verkorksten Ansichten gab. Er ließ es jedoch unkommentiert.

»Es ärgert mich besonders«, antwortete er stattdessen, »dass du mich nicht direkt ansprichst. Wir sind erwachsene Männer, die miteinander reden sollten. Es stört mich gewaltig, wenn du deiner eigenen Tochter unterstellst, sie hätte ihren Freund betrogen. Kennst du sie wirklich so schlecht? Ich kann dir bereits jetzt bestätigen, dass ich noch nie einem so ehrenhaften Wesen wie Giovanna begegnet bin. Es ist richtig, dass ich sie schon vor langer Zeit mit Toni zusammen gesehen habe und ich würde lügen, wenn ich sagen würde, sie hätte mir nicht gefallen. Aber sie gehörte zu Toni und das war mir heilig. Kannst du das verstehen?«

Massimo suchte nach Worten, ihm war die Situation unangenehm.

»Toni hatte sich so plötzlich von ihr getrennt. Da dachte ich, dass ...«

Claudio schnitt ihm das Wort ab.

»Da hast du falsch gedacht. Hast du ihn nach den Gründen gefragt? Hast du dir jemals darüber Gedanken gemacht, dass vielleicht er ein anderes Verhältnis hatte? Der Grund hätte ja auch viel simpler sein können ... die beiden haben sich auseinandergelebt? Nein, die Schuld lag für dich bei deinem eigenen Fleisch und Blut. Ich finde das zum Kotzen.«

Giovannas Vater stellte empört die Tasse ab und bemerkte: »Claudio, ich akzeptiere, dass du mir deine Meinung dazu sagen wolltest. Aber respektiere bitte, dass ich ihr Vater bin und du dich in meinem Haus befindest.«

»Das respektiere ich auf jeden Fall, Massimo. Doch du wirst dich daran gewöhnen müssen, dass ich immer, ich sage *immer,* auf der Seite von Giovanna stehen werde ... notfalls auch gegen ihren eigenen Vater. Sie wird für mich an erster Stelle stehen, ob es dir passt oder nicht. Ich hoffe, du nimmst mir das nicht übel und gewöhnst dich daran.«

Spiel auf Zeit

»Was ist los mit dir, Marcos? Du trägst doch etwas mit dir rum, raus damit.«

Schon seit Tagen war Claudio eine Veränderung beim Freund aufgefallen, nun setzte er sich an einen Tisch und rief ihn zu sich.

»Ich hätte dich heute angequatscht. Da ist tatsächlich was, Claudio. Der Laden läuft prima und eigentlich sollte ich zufrieden sein. Ich weiß nicht, wie ich das sagen soll, aber ich glaube, das Restaurantleben ist nichts für mich. Ich merke jetzt nach sechs Wochen schon, ich brauche mehr Freiheiten, ich muss mich abends bewegen können ... ich meine ... das bindet mich zu sehr. Verstehst du, was ich sagen will?«

Marcos war dieses Gespräch unangenehm, da er sah, wie viel Energie Claudio in sein Unternehmen steckte.

»Klar verstehe ich dich, wir können nicht alle die gleichen Leidenschaften haben. Möchtest du wieder aussteigen? Möchtest du deinen Anteil zurück?«

»Das schon, aber das musst du nicht in einem Schub zahlen. Du kannst mir das so nach und nach ... du verstehst? Bist du mir jetzt böse?«

»Quatsch. Mensch, Marcos, wir kennen uns doch schon viele Jahre. Da lernt man, miteinander umzugehen. Ich versuche, das Geld zu beschaffen, mach dir keine Gedanken.«

Wenn das Telefon zuhause klingelte, war es in der Regel dringend.

»Herr Zanetti, ich grüße Sie. Anwaltsbüro Heimisch. Der Chef möchte kurz mit Ihnen reden, ich stelle durch.«

»Heimisch hier. Gestern hat sich erneut die Center-Verwaltung bei mir gemeldet, da ist was in Bewegung geraten. Die haben mir deutlich machen wollen, welchen Tagesverlust Sie verursachen, weil die nicht mit dem Bau beginnen können. Hat mir gefallen, habe denen sofort gesagt, dass sie eine Menge Geld gespart hätten, wenn man das Erstgebot von fünfzigtausend massiv erhöht hätte. Hören Sie, Ihnen gehört doch auch dieser Pizzaservice auf der anderen Straßenseite, oder irre ich mich da? Wie ist denn da die Laufzeit?«

Claudio hatte das der Verwaltung schon mitgeteilt und glaubte, dass der Anwalt das ebenso wusste.

»Der läuft noch zehn Jahre, das wissen die aber.«

»Das ist gut, Herr Zanetti, das ist sehr gut. Ich telefoniere gleich mit den Center-Anwälten und melde mich bei Ihnen. Die wollen einen Besprechungstermin mit uns abstimmen.«

Claudio hatte seinem Anwalt den Vorfall in den letzten Tagen vorenthalten, als zwei Typen der Stadtverwaltung noch mal bei ihm aufgetaucht waren. Ihm sollte klargestellt werden, wie wichtig das

Bauvorhaben des Centers für die Stadt war. In dem Gespräch hatten sie ihm unterschwellig gedroht, wie unangenehm es doch für ihn würde, wenn ständig ein stinkender Müllcontainer vor dem Restaurant stehen würde. Bevor er sie an die Luft setzte, hatte er ihnen unmissverständlich deutlich gemacht, dass sie sich das sehr gut überlegen sollten. Es wäre besser, wenn sie zuvor Erkundigungen über ihn einziehen würden, bevor sie solch eine Aktion starteten.

Beim Treffen zwischen allen Beteiligten, ordnete die Sekretärin der Heimisch-Kanzlei die Tassen und Gläser ein letztes Mal, bevor die Herren am ovalen Tisch Platz nahmen und der Hausherr alle miteinander bekannt machte.

»Meine Herren. Ich begrüße es, dass Sie die Bereitschaft erklärt haben, die Angelegenheit außergerichtlich zu klären. Das dürfte vor allem der Betreibergesellschaft entgegenkommen, denn so verkürzen wir die Streitigkeiten doch um Einiges. Und das wissen Sie so gut wie wir, Sie reduzieren die Kosten Ihrer Mandanten immens. Ich möchte Sie also höflich um das angekündigte Gebot bitten.«

Umständlich entnahmen die Angesprochenen ihren Aktenkoffern Papiere, die sie auf dem Tisch ausbreiteten.

»In Anbetracht der Tatsache, dass Sie, Herr Zanetti, auf das Recht zur Einhaltung der Pachtzeit pochen, ist die Gesellschaft bereit, Ihnen eine

Abstandssumme in Höhe von siebenhunderttausend Euro anzubieten.«

Mit ausdrucksloser Miene und schweigend hatte Claudio auf das Gebot reagiert, ganz der Vorgehensweise entsprechend, die Heimisch und er abgesprochen hatten.

»Meine Herren, vor Tagen führte ich ein Gespräch mit Ihren Auftraggebern. In diesem Gespräch glaubte man, mich mit den Verlustzahlen beeindrucken zu müssen, die entstünden, weil mein Mandant nicht einwilligt. Ich habe mir erlaubt, eine Rechnung aufzumachen. Man sprach hier von derzeitigen Tagesverlusten in Höhe von circa dreitausenddreihundert Euro. Legen wir zugrunde, dass der Pachtvertrag des Restaurants noch sieben Jahre, der des Pizzavertriebes sogar noch zehn Jahre läuft, ergibt sich dabei eine Verlustsumme von etwa zwölf Millionen Euro. Ich bin mir völlig darüber im Klaren, dass die Gesellschaft das Projekt niemals so lange zurückstellen würde, aber denken Sie bitte noch mal darüber nach, ob Sie Herrn Zanetti weiterhin Krümel vorwerfen möchten. Jetzt offerieren Sie bitte das genehmigte Angebot, das vor Ihnen auf dem Tisch liegt, ansonsten müssen wir hier abbrechen. Das Erstangebot ist absolut inakzeptabel.«

Die Anwälte steckten für einen Augenblick die Köpfe zusammen. Schließlich schob der Ältere von beiden, dessen Scheitel mit dem Lineal gezogen schien, das vorgefertigte Papier über den ovalen

Mahagonitisch. Bevor Heimisch es aufnehmen konnte, hielt er die Hand drauf und ergänzte.

»Sehen Sie das nicht als Kapitulation. Es stellt jedoch auf jeden Fall das absolut letzte Angebot an Ihren Mandanten dar. Sollten Sie nicht zustimmen, werden wir tatsächlich den Klageweg gehen.«

Unwillig nahm er die Hand vom Papier. Heimisch überflog die Vertragsvereinbarungen und konnte ein leichtes Schmunzeln nicht verbergen. Er reichte das Papier an Claudio weiter, dessen Blick vom Finger des Anwalts gelenkt wurde, der wie zufällig auf die Eins mit den sechs Nullen zeigte. Ein kurzes Nicken signalisierte Heimisch, dass er einverstanden war.

»Ich freue mich darüber, dass wir im Sinne der Vertragsparteien zu einer Einigung gekommen sind. Die Unterlagen werden wir Ihrem Büro nach genauer Prüfung unterschrieben zukommen lassen. Wir bedanken uns für Ihr Kommen und wünschen einen angenehmen Tag.«

Gerne wäre Claudio mit seinem Restaurant an alter Stelle geblieben, doch die Center-Verträge zum Umzug in neue Räume standen. Der Bau des neuen Centers bescherte ihm eine Riesenbaustelle und viel Lärm. Das neue Restaurant entstand nur wenige Meter vom Haupteingang entfernt und wurde wieder schnell von den Gästen angenommen.

Schon seit Tagen amüsierte sich die Mannschaft über das Verhalten ihres Chefs. Einem eingesperrten Tiger gleich hetzte er von einem Gästetisch zum nächsten. Er scheuchte die Mitarbeiter in der Küche, nichts ging ihm schnell genug, doch alle ertrugen diese Hektik mit Geduld, denn es war absehbar, dass diese Zeit bald vorüber sein würde. Jeden Tag rechneten sie mit der Geburt der Kronprinzessin. Wenn es bisher eine klare Aussage der Gynäkologin gab, dann diese: Es würde auf jeden Fall ein Mädchen sein.

»Lass den Teller stehen, ich bring die Lammstreifen selbst an Tisch acht. An Tisch vier noch drei Espresso.«

Claudio war in seinem Element. Auf dem Weg zum Tisch verabschiedete er zwei Gäste mit einem freundlichen Gute-Nacht-Gruß. Das Klingeln des Telefons ließ ihn kurz vor Tisch acht erstarren.

»Nein, Signora, die Familie Kreisler ist schon gegangen. Nichts zu danken, gute Nacht.«

Carlo schüttelte den Kopf, als Claudio fragend zur Theke blickte.

»Mensch Claudio, entspann dich, komm wieder runter. Das wird schon alles seinen Weg gehen. Giovanna wird die Geburt schon aus Rücksicht auf die Öffnungszeiten nicht in den Abend legen.«

Peter Kastner war seit der Eröffnung Stammgast, er klopfte Claudio auf die Schulter und stimmte in das Lachen der Freunde ein.

»Du solltest heute das Kellnern den Profis überlassen, du hast dich ja schon bekleckert.«

Er zeigte lachend auf einen Fleck, der Claudios weißes Hemd zierte.

»Macht ihr euch nur lustig, ich bin an solche Aktionen nicht gewöhnt. Wie viele Kinder hast du deiner Frau schon angedreht, waren das neun oder schon zehn? Hast du eigentlich keine anderen Hobbys zuhause?«

Während das Gelächter am Tisch lauter wurde, klingelte das Telefon erneut.

»Ich sag's ihm ... ja, sofort.«

Carlo knallte den Hörer in die Schale und sah sich suchend um.

»Claudio, ab in die Puschen. Avanti, avanti. Giovanna wartet, es geht los.«

Jeder im Lokal wusste Bescheid. Während sich Claudio die Schürze vom Körper riss und achtlos auf einen Stuhl warf, brandete Applaus auf. Er zerrte die Jacke aus der Garderobe, stieß die Eingangstür auf und erschien Sekunden später wieder, um nach dem Autoschlüssel zu grapschen, der ihm lächelnd von einem Kellner entgegengehalten wurde.

Fast wäre er über die Notfall-Tasche gestolpert, die fertig gepackt in der Diele stand. Claudio suchte zuerst im Schlafzimmer nach Giovanna, fand sie dann aber gequält lächelnd im Wohnzimmer sitzend vor. Sie presste die Hände auf den Bauch und atmete hechelnd.

»Hilf mir auf, Claudio, dann können wir los. Du siehst ja schlimm aus. Fahr bloß vorsichtig.«

Sanft half er Giovanna aus dem tiefen Sessel und stützte sie beim Gehen, so gut es ging.

»Du sollst vorsichtig fahren«, presste sie erneut mahnend durch die schmerzverzerrten Lippen, »und guck auf die Fahrbahn, ich komm schon zurecht.«

Den Wagen bremste er direkt vor der Notaufnahme. Während er die Fahrertür offenließ, beeilte er sich, die Fondtür zu öffnen.

»Lassen Sie, wir machen das schon!«

Zwei Pfleger drängten einen erstaunt dreinblickenden Claudio zur Seite.

»Frau Zanetti, setzen Sie sich vorsichtig in den Stuhl. Haben Sie Schmerzen? Alles wird gut, gnädige Frau, alles wird gut.«

Sie eilten mit ihrer Patientin in den hinteren Teil der Notaufnahme.

»Halt! Sie nicht!«, stoppte ihn die Stimme einer Schwester. »Ihre Frau muss jetzt erst untersucht werden. Kommen Sie zu mir, wir machen den Schreibkram. Ganz ruhig, die machen das nicht zum ersten Mal. Sie sollten jetzt erst einmal Ihr Auto aus der Zufahrt entfernen, wegen der Notfälle. Dann kommen Sie wieder zu mir.«

Die Dame hinter der Theke registrierte lächelnd das Abwürgen des Motors, als Claudio umparken wollte.

»Wie geht es meiner Frau? Ist sie schon im Kreißsaal?«

»Es besteht kein Grund, nervös zu sein. Ihre Frau ist jetzt in sachkundigen Händen. Gut, dass sie vorher angerufen hat, da konnten wir schon alles vorbereiten. Jetzt füllen wir das Aufnahmeformular aus, dann haben Sie die Möglichkeit, zu warten, oder sie lassen uns eine Telefonnummer ...«

»Ich warte, kein Problem.«

Die Worte schossen aus ihm heraus.

»Das kann unter Umständen länger dauern, Herr Zanetti.«

Mit ruhiger Stimme teilte sie ihm das mit, während sie die Daten in den Computer schrieb.

»So, das haben wir. Tja, jetzt fehlt nur noch das Kind. Setzen Sie sich bitte in den Wartebereich. Den Flur runter, die zweite Tür links. Brauchen Sie etwas zur Beruhigung? Ich kann Ihnen eine Pille geben.«

»Nein, nein, brauche ich nicht, bin völlig ruhig. Welche Tür war das?«

Der Zeiger drehte unaufhaltsam seine Runden. Das Personal der Frühschicht löste die Belegschaft aus der Nachtwache ab. Claudio schreckte hoch, als ihn eine Krankenschwester versehentlich am vorstehenden Fuß berührte. Er war tatsächlich eingeschlafen und blinzelte verstört in das grelle Neonlicht. Dieser verflixte Zeiger hatte bereits die Sieben-Uhr-Marke erreicht. Claudio war hellwach und eilte zum Aufnahmeschalter.

»Habe ich verschlafen, ist meine Tochter schon da? Kann ich sie sehen? Wie geht es meiner Frau?«

Entgeistert sah ihn die Schwester an.

»Wer sind Sie überhaupt? Warten Sie einen Augenblick.«

»Zanetti, mein Name ist Zanetti. Meine Frau ist schon seit gestern Abend hier, wir bekommen eine Tochter.«

Die Schwester lachte schallend.

»Ach so, Sie sind der Herr Zanetti. So, so, da kann ich Ihnen eine gute Nachricht geben: Ihre Frau hat man vor fünf Minuten in den Kreißsaal gebracht, das Kind müsste bald da sein. Warten Sie bitte im ... Hallo, Herr Zanetti? Puh, hat der es eilig ... Männer.«

Sie schüttelte lachend den Kopf und sah dem lossprintenden Claudio hinterher. Die Spannung war unerträglich und Claudio zog unaufhaltsam seine Bahnen. Er musste sich den Wartebereich mit einem ebenfalls umherirrenden Blondschopf teilen. Sie drohten bei ihren Wanderungen hin und wieder zusammenzustoßen.

»Wie lange warten Sie schon?«

Claudio reagierte erst, als sein Leidensbruder ihn festhielt und die Frage erneut stellte.

»Heute Nacht, ich habe meine Frau heute Nacht gebracht. Sie ist gerade da drin. Ich bekomme eine Tochter und Sie?«

Der blonde Mann überragte Claudio um Kopflänge. Der Riese mit den ausladenden Schultern knetete unablässig seine Finger und ließ sie knacken, ein Geräusch, das durch Mark und Bein ging. Plötzlich blieb er vor Claudio stehen.

»Meine Frau habe ich vor einer Stunde gebracht. Das Kind ist immer noch nicht da. Wie lange dauert denn so was? Die arme Karin.«

Er wartete die Antwort nicht ab und setzte seine Pendelstaffel fort.

»Herr Zanetti? Wer von Ihnen beiden heißt Zanetti? Ach ja, Sie natürlich.«

Die Krankenschwester hatte den Mundschutz gelöst und kam auf Claudio zu.

»Sie können jetzt zu Ihrer Frau, kommen Sie mit.«

Als sie sich abwenden wollte, hielt sie der Riese am Arm zurück.

»Schwester, was ist mit meiner Frau? Wie geht es dem Kind?«

Sie drehte sich um und stupste ihn mit dem Finger vor die Brust.

»Sie, guter Mann, werden noch etwas warten müssen. Die Wehen müssen erst stärker werden. Setzen Sie sich hin und trinken Sie etwas, Sie sehen ja schrecklich aus.«

Sie zog Claudio hinter sich her.

»Ist das Kind gesund?«

Er zupfte an ihrem Kittel.

»Ach ja, entschuldigen Sie, Herr Zanetti, das hatte ich vergessen. Ihr Mädchen ist kerngesund, wir bringen es später ins Zimmer. Jetzt kümmern Sie sich um Ihre Frau, sie war übrigens verdammt tapfer. Meinen Glückwunsch zur Tochter.«

»Was ist los mit dir? Du bist ja kalkweiß. Geht es dir nicht gut?«

Giovanna schaute ihm sorgenvoll entgegen. Sie hatte die Hand ausgestreckt, als Claudio den Raum betrat. Sie wirkte müde, aber glücklich.

»Komm her, mein Schatz, alles ist in bester Ordnung. Hast du die Kleine schon gesehen? Claudio, sprich mit mir. Du musst nicht weinen, uns geht es doch gut. Die kleine Maus ist so süß, das glaubst du nicht.«

Claudio hatte die Arme um Giovanna gelegt. Er wagte kaum, ihre Lippen beim Kuss zu berühren. Mit feuchten Augen betrachtete er seine Madonna liebevoll.

»Geht es dir wirklich gut, oder sagst du das nur, um mich zu beruhigen?«

Er strich ihr zärtlich über die Wange.

»Ach Gott, ich liebe dich auch, Claudio.«

Mit einem Lächeln zog sie ihn an sich und küsste ihn auf die Stirn. Keiner von beiden bekam mit, dass sich die Tür geöffnet hatte und die Schwester ein kleines Bündel hereintrug. Claudio folgte den freudig aufgerissenen Augen Giovannas und drehte sich um. Sein Herz blieb für einen Augenblick stehen. Er trat ergriffen zur Seite, als Giovanna die Kleine in die Arme gelegt bekam. Die Schwester zog sich zurück.

»Dio, una Madonna. Sie ist so schön wie ihre Mutter. Diese Augen, dieser Mund, das schönste Mädchen auf der ganzen Welt.«

»Unseren herzlichen Glückwunsch zur Tochter. Auguri, Claudio.«

Die gesamte Belegschaft stürmte nach vorne, als er das Restaurant betrat. Selten hatten sie ihren Chef so stolz, aber auch so übernächtigt erlebt. Das Schulterklopfen ertrug er mit Engelsgeduld.

»Jetzt passt einmal auf, Ihr Anfänger. Das ist die Kronprinzessin des ›La Gondola‹.«

Er zauberte sein Smartphone aus der Tasche und scrollte hektisch durch die Fotos.

»Hab's gleich, noch etwas Geduld bitte. Trara, trara, die Frucht meines Leibes ... Das ist meine Tochter Alessia!«

Vier Augenpaare betrachteten das wunderschöne schwarz gelockte Mädchen.

»Das arme Kind, so traumschön und ein so hässlicher Vater.«

Dem folgenden Schlag konnte Enzo durch eine geschickte Drehung ausweichen. Nur die Flucht in die Küche, begleitet vom Gegröle der Mannschaft, rettete ihn vor weiteren Attacken.

Der Schwager

Die Kastanie im Garten spendete genug Schatten, um die sengende Sonne vom gedeckten Tisch fernzuhalten. Francesco und Annunziata blickten mit strahlenden Augen auf die versammelte Familie. Alle sprachen wild durcheinander und gaben sich dem Genuss der aufgetragenen Speisen hin. Gilda unterhielt sich mit Giovanna. Die Chemie zwischen den beiden stimmte, sie lachten herzlich über jede Kleinigkeit. Claudio fiel schon seit einiger Zeit auf, dass Gildas Ausgelassenheit bei ihrem Mann Pietro immer wieder auf Missbilligung stieß, ständig fiel er ihr ins Wort. Gilda nahm jede Beleidigung mit stoischer Ruhe hin, sie hatte gelernt, alles an sich abprallen zu lassen.

»Bist du so nett und lässt deine Frau auch einmal ausreden? Es stört, wenn du jedes Wort von ihr korrigierst. Wir möchten uns nett unterhalten, da sind deine Bemerkungen absolut überflüssig.«

Giovanna zischte die Worte an Gilda vorbei rüber zu Pietro. Ihr platzte langsam der Kragen. Schon viel zu lange hatte sie ignoriert, dass dieser Macho seine Frau vor versammelter Mannschaft lächerlich machen wollte.

»Was war das eben? Hast du versucht, mir den Mund zu verbieten? Wenn du da, wo du herkommst, so was mit deinem Mann machen kannst, mag es ja in Ordnung sein, aber hier bei uns solltest du vorsichtiger sein. Noch spreche ich mit meiner Frau, wie es mir passt. Du musst noch viel über Demut lernen.«

Claudio bekam von der Diskussion nichts mit, denn sein Vater zeigte ihm das Loch, das die Kaninchen unter dem Stall gegraben hatten. Ihnen fiel lediglich auf, dass sich die Atmosphäre am Tisch bei ihrer Rückkehr verändert hatte. Es herrschte eine Stille, die in den Ohren dröhnte, denn alle erwarteten eine Reaktion von Giovanna.

»Was hat euch die Laune verhagelt?«, fragte Claudio.

Pietro sah ihn vorwurfsvoll an.

»Du solltest deiner Frau Manieren beibringen. Sie scheint schon jetzt zeigen zu wollen, dass sie das Regiment führen möchte.«

Nur Bruchteile von Sekunden dauerte es, bis sich Claudios Hand um Pietros Kragen legte und ihn zuzog.

»Das sage ich dir nur ein einziges Mal, du Würstchen, niemals wieder sprichst du so über Giovanna ... niemals wieder! Ich werde dir sonst deinen Hals abschneiden, du armseliges Stück Dreck. Du glaubst, weil du deine Frau verprügelst, bist du ein richtiger Mann? Das ist so armselig.

Heute, im Beisein meiner Familie, verspreche ich dir eines: Fasst du noch ein einziges Mal meine Schwester an, krümmst du ihr auch nur ein Haar, werde ich dir zeigen, was wir mit solchen Typen machen. Kannst du dir das merken? Jetzt verpiss dich, geh mir aus den Augen!«

Die Aufregung in der Küche am nächsten Tag entging Claudio nicht, es schien etwas passiert zu sein.

»Mama, was ist los? Warum weinst du?«

Er stürzte auf seine Eltern zu und sah in das tränenüberströmte Gesicht seiner Mutter.

»Nichts mein Junge, gar nichts. Alles ist gut.«

Giovanna, die etwas abseits stand und Alessia an die Schulter drückte, mischte sich in das Gespräch ein.

»Alles ist gut? Nichts ist gut. Wenn ihr es ihm nicht sagt, werde ich es tun.«

Sie schrie Claudio die Worte entgegen.

»Dieser Mistkerl hat deine Schwester verprügelt, sie haben uns vom Krankenhaus aus angerufen. Sie hat schwere Prellungen und muss ein paar Tage liegen. Das ist passiert. Der Irre gehört eingesperrt.«

Claudio erstarrte für einen Augenblick, sein Gesicht glich einer Maske. Wortlos verließ er die Küche und lief zum Auto. Die Fahrt führte ihn ins Dorfinnere. Er wusste, wo er seine Freunde finden konnte.

»Federico, Antonio, kann ich euch kurz sprechen?«

Die Angesprochenen lösten sich von der Gruppe und begrüßten Claudio mit Handschlag.

»Steigt bitte ein. Ich muss was mit euch bereden.«

Die Sonne tauchte als glutroter Ball in den Horizont ein, als der Wagen vor der Häuserzeile ausrollte und drei Männer ausstiegen. Keine Menschenseele bekam mit, wie sich zwei Schatten neben der Eingangstür postierten.

Pietro versuchte, die Tür zuzuschlagen, als er Claudio erkannte, doch dessen vorgeschobener Schuh verhinderte das Vorhaben. Mit einem Krachen schlug die Haustür vor die Dielenwand und die drei Männer drängten Pietro zurück und schoben ihn ins Wohnzimmer.

»Was wollt ihr von mir? Seid ihr verrückt geworden? Das ist Hausfriedensbruch.«

»Halt die Fresse, sonst stopfe ich sie dir! Bist du nicht gewarnt worden? Habe ich dir nicht gesagt, du sollst meine Schwester in Ruhe lassen? Du Machomonster hörst einfach nicht zu, aber das werde ich dir heute beibringen, das sollst du lernen.«

Pietro öffnete den Mund, um zu schreien, doch genau darauf hatte Federico gewartet. Sein verschmutztes Taschentuch verschwand in dem aufgerissenen Mund. Antonio riss ihm derweil die Arme auf den Rücken und zog die Schlaufe des Kabelbinders zu.

»Du kannst jetzt den Wagen vor das Haus fahren. Wir bringen die Ware raus.«

Claudio öffnete den Kofferraum. Während der Fahrt spürte Pietro die Unebenheiten der Straße. In der Dunkelheit rollte er sich zusammen, unbändige Angst hatte Besitz von ihm ergriffen.

Der Transport endete schon nach wenigen Kilometern, doch die eingetretene Dämmerung verhinderte, dass Pietro auf Anhieb erkannte, wo man ihn hingebracht hatte. Die Erkenntnis traf ihn umso schrecklicher: Ein Gurgeln unter dem Knebel zeigte den drei Männern, dass er den Eingang des Friedhofes als Ziel ausgemacht hatte. Es hatte sich in der Familie rumgesprochen, dass er eine panische Angst vor Friedhöfen hatte, er mied sie sogar am helllichten Tag. Ein nächtlicher Besuch schürte bei ihm Todesängste. Er strampelte und versuchte, in die äußerste Ecke des Kofferraumes zu kriechen. Gemeinsam zerrten ihn die Freunde heraus.

»Ich habe dir gesagt, dass ich dir den Hals abschneide, wenn du meine Schwester anfasst. Heute bekommst du einen Vorgeschmack darauf, wo du anschließend ruhen wirst. Genieße die Zeit der Besichtigung. Lasst uns loslegen!«

Es war harte Arbeit, den um sich tretenden Mann auf ein Feld zu tragen, das vom Eingang aus nicht einzusehen war. Claudio nahm das Seil von der Schulter und sah mitleidlos auf Pietro herab, der mit hervortretenden Augen unverständliche, gurgelnde Töne ausstieß. Der Speichel lief ihm aus den

Mundwinkeln. Antonio spuckte ihm ins Gesicht, er empfand Abscheu vor diesen feigen Machos.

Pietro registrierte mit schreckgeweiteten Augen, dass sich seine Peiniger entfernten. Sein schlimmster Angsttraum erfüllte sich an diesem Abend. Als das Geräusch des sich entfernenden Autos verklungen war, blieb nur die Stille um ihn herum. Sie wurde unterbrochen vom verzweifelten Scharren seiner Schuhe auf dem Schotter. Die Kälte des Grabsteines, an den man ihn gebunden hatte, kroch unaufhaltsam in seine Knochen. Blut rann ihm von den Gelenken, als er verzweifelt versuchte, die Kabelbinder zu zerreißen. Selbst Vögel schienen diesen Ort zu meiden, die Ratten dagegen huschten ungestört durch den aufsteigenden Nebel. Die Dunkelheit zwischen den Gräbern gab ihnen Schutz. Ihr Pfeifen, sein eigener Atem und der Ruf eines Kauzes waren die einzigen Geräusche, die Pietro in den nächsten Stunden begleiten sollten.

»Hallo, ihr zwei Schönen.«

Claudio steuerte auf das Krankenbett zu, an dem Giovanna saß und Gildas Hand hielt. Erst jetzt bekam er ein Bild davon, was dieser Wahnsinnige angerichtet hatte. Während er beide begrüßte, sah er mit Erschrecken die blutunterlaufenen Stellen in Gildas Gesicht. Er hatte gehört, dass auch an anderen Körperteilen Prellungen versorgt werden mussten. Die Wut kochte erneut in ihm, doch er vermied es, zum jetzigen Zeitpunkt über das Schicksal ihres Peinigers zu reden.

»Gilda, hör mir zu. Ich habe schon mit Mama und Papa darüber gesprochen, das geht so nicht weiter. Du wirst diesen Kerl verlassen. Sobald du aus dem Krankenhaus entlassen wirst, holen wir deine Sachen aus der Wohnung. Eure Kinder sind schon bei den Eltern. Ich organisiere von hier aus eine Bleibe für euch, du kommst zu mir nach Deutschland. Ich sorge dafür, dass du deinen Frieden bekommst.«

Er nahm ihre Hand und drückte sie an die Wange.

»Giovanna hatte die Idee. Sie meinte, dass wir in der Küche noch eine zuverlässige Kraft brauchen könnten ... ich finde die Idee großartig.«

Gildas Blick drückte Unglauben aus. Sie umfasste dankbar die Hände der beiden und zog sie heran. In stiller Umarmung verharrten sie mehrere Minuten und ließen den Tränen freien Lauf.

Die Feier

Zum x-ten Mal ging Claudio mit Carlo die Gästeliste durch. Stammgäste, Familie und Freunde sollten seinem vierzigsten Geburtstag einen gebührenden Rahmen geben. Carlo und Giovanna bestanden darauf, einen Tisch auf jeden Fall als Reserve freizuhalten, jedoch verheimlichten sie ihm den wahren Grund. Es bedrückte ihn, dass Mama abgesagt hatte, ihre Gesundheit ließ eine solche Reise nicht mehr zu. Papa wollte sich das Treffen aber auf keinen Fall entgehen lassen, zudem hatten auch Nicola und Maria, sowie Ida und Giuseppe zugesagt. Sie hatten sich bereits für den Vorabend angekündigt, denn die Fahrt aus Mailand war zu lang, um nicht eine gemeinsame Besichtigung des Ruhrgebietes einzuplanen. Papa war neugierig darauf, Claudios neue Freunde kennenzulernen.

Die Tage vor dem Fest waren begleitet von Hektik. Claudio spürte, dass hinter seinem Rücken getuschelt, etwas geplant wurde. Alle versuchten, das Geheimnis vor ihm zu verbergen, doch das erschien ihm normal. Das gehörte zu den Überraschungen eines Geburtstags.

Der Tag begann für ihn schon mit einem unerwarteten Highlight. Claudio musste keinen Wecker stellen, eine Berührung, ein kleiner Stupser weckte ihn sanft. Er öffnete die Augen und spürte Giovannas Hände auf seiner Schulter. Sie betrachtete andächtig etwas, das vor dem Bett stand. Ein schwarz gelockter Engel balancierte vorsichtig auf das Bett der Eltern zu. Claudio war hellwach, als er seine süße Alessia sah, die in ihrem weißen Kleidchen und mit einer Kerze in der Hand ihrem Papa ein Ständchen bringen wollte. Er umfasste Giovannas Hand fester.

»Tanti auguri a te, tanti auguri a te, tante auguri al mio papà, tanti auguri a te.«

Stolz hielt sie ihm die Kerze hin. Alessia tanzte und jubelte, als er die Flamme mit einem Mal ausblies. Es entstand ein Knäuel aus kichernden Menschen, die sich eng umschlungen auf dem Bett wälzten. Für Claudio begann dieser Tag mit den Menschen, die er über alles auf dieser Welt liebte.

»Papa, du weinst ja? Mama, was ist mit Papa?«

Claudio sah seine kleine Alessia an.

»Mäuschen, Erwachsene weinen nicht nur, wenn es irgendwo wehtut. Sie weinen auch manchmal, wenn sie besonders glücklich sind. Das ist so ein Augenblick. Ich danke euch, danke für das wunderbare Lied. Und jetzt, kleine Maus, machen wir uns fertig für das Frühstück, dein Papa muss noch viel vorbereiten. Wir wollen heute Abend doch Opa, Onkel Nicola und Tante Ida begrüßen. Deine große Schwester Giada freut sich auch schon auf dich. Los, los, ab in die Küche, Papa kommt sofort nach!«

Die Kleine stürmte kreischend los. Für Claudio der Augenblick, Giovanna in die Arme zu nehmen. Liebevoll strich er ihr über den Bauch, der ihnen schon in einem Monat ein weiteres Wunder bescheren würde. Der Kuss wurde unterbrochen vom Rufen Alessias.

»Papa, Mama, kommt frühstücken ... ich warte!«

Die ersten Gäste begrüßte der Hausherr mit einem Glas Sekt. Die Geschenke überhäuften schon nach kurzer Zeit die Tische im Eingangsbereich. Dezente Musik einer Band begleitete die Gespräche und schaffte eine lockere Stimmung. Francesco Zanetti saß lächelnd inmitten seiner Familie und genoss das Spiel der Enkelkinder. Es gefiel ihm, dass er sich ausgiebig mit Claudios erster Tochter Giada unterhalten konnte. Elena wollte den Besuch ihrer Tochter zwar mit allen Mitteln unterbinden, doch sie hatte die Sturheit ihrer Tochter unterschätzt.

Claudio und Giovanna hatten sie herzlich begrüßt und schätzten es, dass sie sich intensiv mit Alessia beschäftigte. Immer wieder verirrte sich Francescos Blick zur Schwiegertochter Giovanna, die das zweite Kind unter ihrem Herzen trug. Er hoffte insgeheim auf einen Jungen.

Bis auf einen Tisch waren alle besetzt und das Personal wartete geduldig darauf, die Antipasti servieren zu dürfen. Claudio gab das verabredete Zeichen, damit der Zeitplan eingehalten werden konnte, doch niemand reagierte. Die Stille, die plötzlich eintrat, irritierte ihn. Er suchte nach dem Grund, denn Anarchie wollte er im Keim ersticken.

Die Blicke der Gäste waren auf Claudio gerichtet, nur die der Familie gingen an ihm vorbei, zum Eingang. Langsam drehte sich Claudio und er erstarrte.

»Willst du uns nicht hereinbitten?«

Die beiden Männer hatten sich die Arme um die Schultern gelegt und grinsten den Hausherrn übermütig an. Claudio suchte, nachdem er den ersten Schock überwunden hatte, Giovanna. Sie nickte gütig lächelnd und er erkannte, wem er diese Gäste zu verdanken hatte. Weit breitete er die Arme aus und ging mit feuchten Augen auf Guerino und Mario zu. Wortlos steckten sie die Köpfe zusammen. Keiner der Gäste wagte, ein Wort zu sagen. Die Kinder schauten irritiert, weil ihre Eltern ausnahmslos die Taschentücher zückten und die Nasen putzten. Auch die drei Männer am Eingang wischten sich die Augen trocken. Claudio schob seine Freunde nach vorne, erst beim zweiten Versuch funktionierte seine Stimme.

»Darf ich Euch meine Freunde aus Italien, besser gesagt, aus meiner Kinderzeit, vorstellen? Dieser Clown hier ist Guerino und dieser Vogel hört auf den Namen Mario. Wir haben uns sechsundzwanzig Jahre nicht gesehen und ich kann nicht sagen, wie glücklich ich bin. Viele von Ihnen haben mir Geschenke mitgebracht, für die ich sehr dankbar bin und über die ich mich sehr freue. Danke dafür. Doch dieses Geschenk, das mir Giovanna gemacht hat, überstrahlt alles. Dass ich diese beiden Menschen wieder umarmen durfte, macht mich unglaublich glücklich. Lassen Sie sich das Essen schmecken.«

Claudio nahm seine Freunde in den Arm und führte sie zum Tisch seiner Familie. Dass Giovanna sich später abseits von allen erregt mit Mario unterhielt, nahm Claudio nur am Rande wahr.

Späte Gäste

An Schlaf war um diese Zeit noch nicht zu denken. Das Zimmer in der City lag zwar in einer Nebenstraße, Roms Lärmpegel raubte ihm dennoch die Nachtruhe. Giovanni sah auf die Uhr und ging ins Bad. Bevor er sich mit den Freunden in der Pasticceria traf, blieb noch Zeit für eine Dusche. Die Schwüle des Tages trieb den Schweiß aus allen Poren, sodass er sehnlichst auf die angenehmeren Temperaturen des Abends wartete. Eigentlich hatte er an diesem Tag nur abgehangen und freute sich auf das abendliche Treffen mit der Clique.

Sein Freund Federico hatte Andeutungen gemacht, dass sie diverse gestohlene Luxusautos von einer Sammelstelle unauffällig zu einer Spedition fahren sollten. Die Kennzeichen waren schon getauscht, sodass der Transport relativ gefahrlos über die Bühne gehen konnte. Das verdiente Geld würde ihn bestimmt über den nächsten Monat retten, zumindest konnte er die Miete davon bezahlen.

Genießerisch ließ er das erfrischende Nass über den Körper fließen und summte leise den Song *Balada* von Gusttavo Lima. Schatten, die sich währenddessen geräuschlos durch die Räume bewegten, entgingen ihm komplett. Er schüttelte sich die letzten Tropfen aus den Haaren, band das Handtuch fester um seine Hüften und öffnete den Spind, der ihm als Kleiderschrank dienen musste.

Die Stimme in seinem Rücken sorgte dafür, dass sich die kleinen Haare in seinem Nacken blitzschnell aufrichteten.

»Hast du schon einmal davon gehört, dass man sich im Leben mindestens zweimal trifft? Ich freue mich immer wieder, wenn ich alte Freunde wiedersehe, es gibt so viel zu erzählen. Komm, Giovanni, lass uns miteinander plaudern.«

Eine mächtige Hand presste einen Lappen über Mund und Nase, während er wie ein Spielball hochgehoben wurde. Der Griff lockerte sich nicht um einen Millimeter, obwohl er wild um sich schlug. Der Geruch des Äthers raubte ihm die Sinne. Die Bewegungen wurden schwächer und eine Ohnmacht ließ seinen Körper schließlich erschlaffen.

Es roch nach Diesel und Abgasen, als Giovanni die Augen öffnete. Der Jutesack, der über den Kopf gezogen war, verhinderte, dass er sich orientieren konnte. Allerdings raubten ihm stechende Schmerzen fast die Sinne, die Quelle machte er in Händen und Füßen aus. Um ihn herum bewegten sich Personen, ihre Schritte und eine entfernt geführte Unterhaltung konnte er deutlich wahrnehmen. Die Zunge klebte an seinem Gaumen, der Durst wurde übermächtig.

»Hallo!«

Wenn er auch die Absicht hatte, zu rufen, es entstand nur ein leises Krächzen. Erst beim zweiten Versuch drang ein halbwegs verständliches Wort durch den Sack und er glaubte, dass sich Schritte näherten. Mehrere Personen hatten sich vor ihm versammelt, das spürte er deutlich.

»Ich habe Durst, bitte ...!«

Den angefangenen Satz unterbrach das Fortreißen des Beutels. Diffuses Licht einer schwachen Glühbirne beleuchtete undeutlich die Umgebung. Durch den Schleier, der sich vor seinen Augen wabernd bewegte, sah Giovanni vier Männer. Als sein Blick etwas klarer wurde, erkannte er zumindest Antonio Pesto und Luca Mancini. Das Blut gefror ihm in den Adern. In den vielen Jahren seiner Flucht hatte er sich innerlich auf diesen Tag vorbereitet, doch jetzt war alles anders. Das Grauen schüttelte ihn, denn er wusste, dass er keine Gnade erwarten durfte. Er konnte lediglich hoffen, dass es schnell vorbei ging. Er konnte sich die Ursache seiner Schmerzen erst nicht erklären, bis sein Blick zur Seite fiel. Die Augen drohten aus den Höhlen zu treten, als er die langen Nägel erkannte, die man ihm durch die Handrücken getrieben hatte. Wie einst Barabbas hatten sie ihn gekreuzigt. Die Peiniger hatten sich nicht die Mühe gemacht, ein Holzkreuz aufzubauen, sondern hatten ihn einfach auf einen Holzzaun genagelt. Lediglich die Füße waren mit rostigem Draht zusammengebunden.

Neben den beiden Stiernacken, die er der römischen Abteilung der 'Ndrangheta zuordnete, wirkten die beiden Männer aus Crotone eher unscheinbar. Er wusste aber, dass gerade Antonio Pesto zu den gefährlichsten und brutalsten Killern der Familie zählte. Luca Mancini hatte sich einen Klappstuhl herangezogen und sich etwas abseits niedergelassen, er beobachtete ihn unablässig.

»Signor Mancini, ich ...«

Der Schlag in den Magen traf ihn völlig unerwartet und trieb ein Gurgeln über seine Lippen.

»Du redest nur, wenn wir es dir gestatten ... nur dann! Capito?«

Einer der Muskelmänner flüsterte ihm die Worte zu. Antonio trat einen Schritt vor und lächelte Giovanni an.

»Wir hatten nie die Hoffnung aufgegeben, dich wiederzusehen, mein Freund. Wir kümmern uns um jeden Einzelnen, wie es sich in einer guten Familie gehört. Wenn jemand Sorgen hat, helfen wir, ist jemand ungezogen, erhält er eine Strafe. Wird jemand vermisst, suchen wir ihn. Siehst du, jetzt sind wir wieder vereint, und du kannst es dir kaum vorstellen, wie glücklich es uns macht. Ist es nicht so, Signor Mancini?«

Ein stummes Nicken bestätigte diese Feststellung. Antonio fuhr fort.

»Rom, eine wunderschöne Stadt - früher wollte ich hier auch einmal das Leben genießen. Ich wollte weg aus dieser Einöde Kalabriens. Doch als ich dort wahre Freunde fand, Freunde, denen ich vertrauen konnte, verwarf ich diesen Gedanken schnell. Ich wusste sofort, ich gehöre dahin, wo die Familie zuhause ist, wo man mir vertraut, wo ich mich auf jeden von ihnen verlassen kann.«

Antonio schritt, während er philosophierte, ständig vor den Männern auf und ab. Sein Blick war unentwegt auf den Betonboden gerichtet.

»Es ist ein hässliches Gefühl, wenn dann eines Tages deutlich wird, dass man sich bei einem Familienmitglied getäuscht hat. Für jeden Einzelnen hätte ich meine Hand ins Feuer gelegt, denn alle Mitglieder haben geschworen, ihr heiliges Ehrenwort darauf gegeben, niemals die Geheimnisse der Familie zu verraten, sie zu bewahren. Sie haben auf ihr Leben und auf das ihrer Familien geschworen - ist es nicht so, Giovanni?«

Er blieb abrupt stehen und sah Giovanni direkt in die Augen.

»Ich weiß das, Antonio, aber ...«, versuchte er, erneut weinend einzuwenden, doch dieser setzte seinen Marsch und seine Rede unbeirrt fort.

»Du, lieber Giovanni, hast vor vielen Jahren diesen Eid im Beisein von Signor Mancini gesprochen. Du hast auch später, nachdem wir dich am Gefängnis abgeholt hatten, beim Leben deiner Geschwister und im Angesicht Gottes geschworen, dass du kein Sterbenswörtchen verraten hast. Jetzt sehen wir uns nach langem Suchen in dieser wunderschönen Stadt wieder, mit dem Wissen, dass du damals Worte ausgesprochen hast, die du scheinbar nicht richtig verstanden hast. Du glaubtest, dich mit einem Verrat bei der Polizei freikaufen zu können. Deine Offenbarungen gegenüber diesem Oberkommissar Paletta ... Gott hab ihn selig ... waren ein Fehler. Du hast doch nicht wirklich geglaubt, dass wir dir das durchgehen lassen, oder? Bei deinen beiden Geschwistern werden wir noch vorstellig, wenn wir mit dir fertig sind ... so ist es von dir beschworen worden.

Doch nun wieder zu dir, du verlogenes Stück Scheiße. Du hast uns lange, viel zu lange, Arbeit und Sorgen bereitet. Während Mitglieder unserer Familie im Gefängnis schmoren mussten, hast du nach deinem Verrat das Leben hier in Rom genießen dürfen. Du musst zugeben, das ist einfach nicht fair. Du bist unseren Freunden in Crotone etwas schuldig: Dein Leben. Nur dein Tod kann einen Teil des Kummers ausgleichen, den du ihnen bereitet hast.«

Antonio tupfte sich mit dem Taschentuch über die Mundwinkel und drehte sich zu seinem Boss Mancini. Der erhob sich und sprach, während er in aller Seelenruhe den Mantel über den anderen Arm legte.

»Giovanni, bekennst du dich schuldig des Verrats an der Familie?«

Die Tränen liefen in Strömen über Giovannis Gesicht, während Antonio seine Rede gehalten hatte. Sein Körper schlotterte und der Schweiß glänzte im trüben Licht. Sein Blick war hilfesuchend zum Hallendach gerichtet.

»Gott, den du scheinbar gerade um Gnade anflehst, wird dir nicht helfen wollen. Du hast auch in seinem Namen geschworen und hast ihn schändlich belogen. Er wird dir das genauso wenig durchgehen lassen wie wir. Du weißt doch: Auge um Auge, Zahn um Zahn. Ich wiederhole noch einmal: Bekennst du dich schuldig und bereust deine Taten? Bevor du in das Himmelreich eintauchst, solltest du reinen Tisch mit uns und mit dem Herrn machen.«

»Ja, ich bereue, ich bereue, was ich getan habe. Aber bitte, lasst Gnade walten gegenüber meinen Geschwistern. Sie haben doch nichts damit zu tun, sind völlig unschuldig.«

Er schrie Mancini diese Worte flehentlich entgegen und versuchte, seine Hände von der Wand wegzureißen. Die gewaltigen Nägel verhinderte sein Vorhaben, das Blut lief ihm über die Arme in die Achselhöhlen.

»Giovanni«, antwortete Mancini völlig emotionslos, »diese Entscheidung hast du für deine Geschwister bei deinem Eid selbst getroffen. Wir halten unsere Versprechen und werden deinen Worten Taten folgen lassen. Schafft ihn mir aus den Augen!«

Das Essen und die Möglichkeit zum Tanzen genossen die Gäste ausgiebig. Ein Abend, wie ihn sich Claudio nicht schöner hätte wünschen können. Zu später Stunde winkten ihn die beiden Freunde mit ernster Miene zum Tisch.

»Was ist passiert, hat man euch bei den Getränken vergessen oder warum schaut ihr so traurig?«

Mario übernahm das Wort.

»Nein, Claudio, das ist es nicht. Wir haben lange überlegt, ob wir dir das schon heute erzählen sollen. Aber wann ist dafür schon der richtige Zeitpunkt? Es ist wegen ... wegen Giovanni. Du solltest wissen, dass wir zwischenzeitlich erfahren hatten, dass er sich in Rom versteckt hielt. Sein Bruder hatte uns sogar seine Telefonnummer gegeben.«

Claudio schaute die Zwei ungläubig an.

»Warum habt ihr ihn gesucht, was wolltet ihr dann mit ihm tun?«

»Wir wollten endlich reinen Tisch machen, wollten wissen, was damals passiert ist. Uns war nicht klar, warum er damals Namen ausgeplaudert hat. Wir beide haben lange darüber diskutiert, wie viel Schuld er daran trug, dass wir abhauen mussten. Wir müssen bedenken, dass unsere Eltern uns aus der Schusslinie haben wollten. Nur sie hatten den Verdacht, dass man sich auch an uns rächen würde.

Eigentlich konnte keiner genau wissen, ob es auch tatsächlich so gekommen wäre. Das solltest auch du überlegen. Wir wollten ein Gespräch mit ihm führen und ... bitte entschuldige ... wir wollten ihn sogar heute mit hierhin bringen.«

Claudios Blick war auf den Tisch gerichtet und seine Hand versuchte, eine Gabel zu verbiegen. Er sah seinen Freunden ins Gesicht. Er war ihnen nun auch eine Erklärung schuldig.

»Ich habe vor Jahren, als ich in Rocca war, meinen Frieden mit der Familie gemacht. Sie wussten schon seit damals, dass wir drei nichts hätten verraten können. Sie hatten die Suche nach uns daraufhin eingestellt. Giovanni wollten sie jedoch unbedingt.«

Guerino legte ihm die Hand auf den Arm.

»Claudio, sie haben ihn vor wenigen Tagen auch gefunden.«

Hier machte er eine Pause, weil Claudio ihn fassungslos ansah.

»Erzähl, was ist passiert. Mach es nicht so spannend.«

»Also. Wir haben uns ja mit ihm gestern hier in der Stadt treffen wollen, so als Vorgespräch, verstehst du? Er kam aber nicht. Wir haben seinen Bruder angerufen, weil sich an seinem Handy niemand meldete. Der hat uns dann berichtet, was in den letzten Tagen passiert ist.

Du hast es vielleicht noch nicht gehört, aber der Oberkommissar Paletta hatte am letzten Dienstag einen schlimmen Unfall. Er ist mit seinem Dienstwagen in eine Schlucht gestürzt, als ein Reifen platzte. Zufall? Ich weiß es nicht ... will ich auch gar nicht wissen. Aber was viel bedeutsamer war, man hat Giovanni gefunden.«

Guerino nahm einen Schluck aus seinem Weinglas. Seine Stimme hatte alle Festigkeit verloren.

»Sie haben ihn an einen Brunnen gebunden. Hast du schon einmal von einem Kartäuser-Kloster in Rom gehört? Die Mönche mussten damals ein Schweigegelübde ablegen, wenn sie in den Orden eintraten. Die Schweine haben dem armen Giovanni erst die Zunge rausgeschnitten und sie ihm anschließend wieder in den Mund gestopft. Er ist an seinem eigenen Blut erstickt. Dann haben sie ihn in der Nacht an den Fontanella di S.Croce in Gerusalemme gefesselt. Als morgens der erste Touristenbus vor den alten Mauern hielt, hat man ihn gefunden. Die Zeitungen sind voll davon.«

Claudio erhob sich langsam und ging wie geistesabwesend zum Ausgang. Stumm blickte er über die Straße. Guerino wollte ihn zurückholen, doch Mario stoppte ihn.

»Lass ihn das jetzt einen Augenblick verarbeiten. Das ist nicht einfach für ihn. Überleg mal, wie lange der Hass in ihm schwelte, weil er glaubte, dass allein Giovanni die Schuld an allem trägt. Mir ging es doch genauso, verdammt.«

Das letzte Versprechen

Es war spät geworden. Die letzten Gäste verließen das Restaurant in den Morgenstunden. Claudio hatte sich für den folgenden Sonntag mit seinen Freunden verabredet und freute sich darauf, endlich wieder sorglos über die alten Zeiten reden zu können. Giovanna hatte schon früher mit Papa die Feier verlassen, da Alessia am Tisch eingeschlafen war. Die gesamte Familie freute sich auf das gemeinsame Essen am Abend, bevor alle wieder die Heimreise antreten mussten.

Das späte Frühstück auf der Terrasse hatte Giovanna mit viel Liebe zubereitet. Die Morgensonne drang durch das Laub der alten Eiche und schenkte ihnen die ersten wärmenden Strahlen.

»Habe ich dir wirklich eine Freude bereitet? Ich meine, das mit deinen Freunden?«

Liebevoll nahm er sie in den Arm und drückte ihr einen Kuss auf die Stirn.

»Du hättest mir nichts Schöneres schenken können. Ich bin so glücklich darüber. Es gab Zeiten, da habe ich nicht mehr daran geglaubt, dass es für mich eine Zukunft geben könnte. Dich hat mir der Himmel geschickt, und bald schenkst du uns noch ein weiteres Wunder.«

Zärtlich strich er ihr über den Bauch.

»Claudio, du hast jetzt wieder Kontakt zu deinen Freunden, ihr habt euch bestimmt noch viel zu erzählen. Du weißt auch, dass ich sehr glücklich mit dir bin, doch etwas fehlt mir.«

Claudio war irritiert.

»Sag mir, was dir fehlt. Du kannst alles von mir haben.«

Giovanna lachte glockenhell auf.

»Du Dummkopf, das weiß ich doch, das habe ich aber nicht gemeint. Ich spreche von deinem Leben, von der Zeit, über die wir nur selten gesprochen haben. Was ist geschehen in dieser Zeit? Was hat dich belastet, was hat dich glücklich gemacht? Ich bin deine Frau und möchte dich verstehen lernen. Erzählst du mir davon, irgendwann?«

»Wenn es für dich so wichtig ist, gerne. Es ist nur nicht immer schön, was du zu hören bekommst. Gib mir noch etwas Zeit, ich muss noch ein paar Punkte klären. Doch es wird geschehen.«

»Versprichst du mir das, Claudio?«

Er zog sie fest in die Arme. Sein Blick war in die Ferne gerichtet, als er leise zu ihr sagte.

»Ich gebe dir mein Wort.«

fine

Peccare è umano.
Rimanere nel peccato è diabolico

Sündigen ist menschlich,
In der Sünde verharren ist teuflisch

Bisher erschien vom gleichen Autor:

    Der erste Thriller dieses Autors erschien bereits im Januar 2015 als E-Book und Taschenbuch. Er hält den Leser gefangen in einer ungemein fesselnden Story. Wortwitz, Sex & Crime schaffen reine Lesesucht.

               www.haraldschmidt-ebooks.de

Inhalt

Die beschauliche Idylle des Sauerlandes möchte der aus Kanada stammende Schriftsteller Patrick Schreiber eigentlich nutzen, um Depressionen und Alkoholprobleme in den Griff zu bekommen. Der Herbstwald offenbart ihm allerdings ein schreckliches Geheimnis und einen Serienmörder, der ihm weit überlegen scheint. Mit Gewalt wird er in einen Sog aus Mord, Lynchjustiz und Intrigen gezogen. Um diese ungewöhnlich brutalen Frauenmorde aufzuklären, schaltet sich der bärbeißige LKA-Mann Franz Kalkove ein.

Fehlende Spuren lassen die Ermittlungen lange ins Leere laufen. Weitere Morde können dadurch geschehen. Die Dorfgemeinschaft entpuppt sich als trügerische Fassade. Erst als sich diese beiden eigenwilligen Typen solidarisieren, scheint eine Lösung dieses Falles möglich. Dazu müssen Schreiber und eine alte Liebe aber erst durch eine wahre Hölle gehen.

Mit Wortwitz wird der Leser durch das Geschehen geführt, ohne dennoch auf den erwarteten Grusel verzichten zu müssen. Nach der Lektüre wird man die kleinen Orte und Wälder rund um das Sauerländische Winterberg mit ganz anderen Augen sehen. Nichts wird mehr so sein wie vorher.

Ein weiterer Thriller, der im Mai 2015 erschien, fesselt den Leser durch eine Story, die besonders Eltern unter die Haut geht. Kindesmisshandlung und ein Serienmörder, der es auf Jungen abgesehen hat, bringen eine Familie an den Rand des Ertragbaren.

http://www.haraldschmidt-ebooks.de

Inhalt

Täglich gibt es in Deutschland etwa vierzig Fälle von Kindesmissbrauch. Die Dunkelziffer ist jedoch höher, denn viele Opfer und ihre Angehörigen schweigen, aus Scham, aus Angst. Heilt die Zeit diese Wunden? Kann der Mensch erlittenes Leid vergessen? Tina muss sehr bitter erfahren, was es bedeutet, wenn Gespenster der Vergangenheit lebendig werden. Wohlbehütet aufgewachsen, begegnen ihr plötzlich Grausamkeiten, die sie sich nie hätte vorstellen können. Die Gräueltaten eines Sexualtäters verknüpfen sich unaufhaltsam mit dem Schicksal ihrer Familie.

Ein Thriller, der nicht loslässt. Er nimmt den Leser mit in eine Welt, die direkt neben uns existiert. Eine Welt, mit der viele Menschen selbst Erfahrungen sammeln mussten und es aus unterschiedlichsten Gründen totschweigen.

Der Autor möchte mit seiner Geschichte nachdenklich machen und zu Diskussionen anregen. Gibt es hier nur Schwarz und Weiß, nur Gut und Böse?

Eine Geschichte, frei erfunden, doch grausam nah an der Realität.

Misshandlung an Frauen, die Sehnsucht nach wahrer Liebe, selbstlose Aufopferung und Trennungsschmerz weben eine tragische Romanze, die das Herz berührt.

Als Taschenbuch und ebook.

Näheres unter:
http://www.haraldschmidt-ebooks.de

Inhalt:

Als Nicole Manfred Kirchner begegnet, glaubt sie, den Richtigen für ein bleibendes Glück gefunden zu haben. Als das Monster die Maske fallen lässt, ist es schon zu spät. Nicole muss einen sehr hohen Preis bezahlen: Sexueller Missbrauch, grausame Misshandlung und kriminelle Machenschaften treiben Nicole fast in den Freitod.

Ihr Weg kreuzt den eines älteren Mannes. Nun erfährt sie, dass es auch Menschen gibt, die Hilfsbereitschaft und Freundschaft über ihre eigene Sehnsucht nach Liebe stellen. Doch Manfred Kirchner ist nicht der Mann, der sein Opfer so schnell aus den Klauen lässt. Das Schicksal treibt ein makabres Spiel und zwingt zwei Menschen an die Grenze des Zumutbaren.

Wird Nicole sich befreien können? Erkennt sie das wahre Glück und greift danach? Kennt das Glück wirklich kein Erbarmen?

Der Autor lässt den Leser wie schon in seinen beiden vorangegangenen Romanen tief in die dunklen Seiten des menschlichen Zusammenlebens eintauchen und bietet viel Stoff für Diskussionen. Ein ergreifender Frauenroman, der für Männer nicht geeignet ist. Sie würden das Buch und den Autor hassen.

Eine beklemmende Vorstellung, dass mein eigenes Kind durch einen von mir selbst verschuldeten Unfall schwer verletzt wird. Wie gehe ich mit dieser Schuld um? Wie reagiere ich, wenn die bisher vollkommene Beziehung zur Partnerin plötzlich in Frage gestellt wird? Überwindet die wahre Liebe auch solche Prüfungen?

Inhalt

Vera und Peter Sobier genießen mit ihrem zwölfjährigen Sohn Patrick ein sorgenfreies Familienglück. Das endet abrupt, als der erfolgreiche Rechtsanwalt einen folgenschweren Verkehrsunfall verursacht. Patrick erleidet ein Schädel-/Hirn-Trauma und fällt in ein Koma. Peter Sobier kommt mit leichten Verletzungen davon und sucht verzweifelt einen Weg, mit seiner schweren Schuld leben zu können. Die Liebe zu Vera wird auf eine harte Probe gestellt.
Die härteste Zerreißprobe ihres Lebens fordert den Eltern alles ab, denn das Schicksal kann grausam sein. Verzweiflung, Glaubenskonflikte und Hoffnungslosigkeit zerfressen den Geist des Vaters. Außergewöhnliche Signale, die der Sohn aus seiner finsteren Welt aussendet, verändern die Sicht aller Beteiligten.
Wird die Liebe der Eltern den vielen Prüfungen standhalten?
Hat Patrick eine Chance, jemals wieder zurück ins Leben zu finden?

Auch in diesem Roman versteht es der Autor, den Leser tief eintauchen zu lassen in einfühlsame, aber auch emotional geführte Dialoge. Wie schon in früheren Titeln nimmt er ihn mit auf eine Gefühlsachterbahn - bis zum überraschenden Ende.